여성과 사회: 이디스 워튼 소설 연구

여성과 사회

이디스 워튼 소설 연구

| 정혜옥 지음 |

도서출판 | 동인

들어가며

　이 책은 이디스 워튼(Edith Wharton)의 소설들에 관하여 쓴 글을 바탕으로 이루어진 것이다. 20여 년에 걸쳐 쓴 글들을 수정하고 보완하는 과정에서 떠오른 주제는 결혼 제도를 비롯해 사회에 존재하는 차별로 인한 여성들의 고단한 삶이었다. 워튼을 비평가와 대중으로부터 동시에 인정받게 만든 『연락(宴樂)의 집』(*The House of Mirth* 1905)에서부터 1993년 마틴 스콜세지(Martin Scorsese) 감독이 영화화하여 워튼을 다시한 번 대중의 주목을 받게 한 마지막 소설 『순수의 시대』(*The Age of Innocence* 1920)에 이르기까지 대부분의 작품은 여성의 문제를 중심으로 다루고 있다.

　워튼이 살던 19세기 말과 20세기 초는 산업과 경제 구조의 변화와 함께 여성의 입지가 급격한 변화를 겪은 시기였다. 수공업 시대에서 대량 생산 시대로 접어들면서, 집 밖으로 산업 현장이 이동해 집안에서 이루어지던 경제 활동을 남성과 공유했던 여성들은 이제 남자들에게 의존할 수밖에 없는 존재로 변화되었다. 가정 밖의 세계가 사실상 봉쇄된 당대의 중산층 여성들에게 결혼은 경제적 사회적 생존을 보장하는 유일한 선택이었다. 빠르게 상업화하는 사회에서 가정은 당대 지배적인 담론이 주장하는 '가정 바깥의 차가운 현실 세계에서 받는 고통을 치유할 수 있는 안식처나 안락함을 제공'하기보다는 비즈니스와 같은 거래가 이루어지는 현실 세계의 연장이었다. 워튼은 급변하는 시대에 경제 사회적인 거래로 더욱 변질되는 결혼 제도 내에서, 생존의 기반이 되는 남편 확보에 총력을 기울여야 하는 여성들의 비참한 처지를 냉정하게 드러낸다.

워튼의 많은 소설은 공격적인 신흥 자본가 세력이 전통적인 보수층과 갈등하면서 강력한 영향력을 행사하기 시작하던 시기의 뉴욕 상류 사회를 배경으로 하고 있다. 이와 같은 사회를 무대로 가부장적인 자본주의 사회가 남녀 관계, 더 나아가 모든 인간관계를 훼손시키는 양상을 담아낸다. 워튼은 이러한 양상을 사회의 기본 단위를 이루는 가정의 출발점이 되는 결혼을 통해 보여주고 있는바 그녀의 소설에 등장하는 결혼은 대부분 평탄하지도 행복하지도 않다. 워튼의 소설에 등장하는 부부 가운데 이상적인 결혼 생활을 보여주는 경우는 흔하지 않다. 그녀는 결혼 제도에 얽혀있는 성(sexuality)과 사회 계층의 차별과 갈등, 경제적인 문제, 주거의 문제, 그리고 점차 대중화되는 사회와 작가의 관계 등등 여성의 생존에 관련된 문제를 특유의 관점으로 예리하고 선명하게 포착하고 있다. 여기에서 좀 더 나아가 남녀 간의 사회적 경제적인 차이가 만들어내는 삶의 전반에 걸친 비극을 그리고 있다.

워튼이 그리는 인물들 즉, 타산적인 거래로 타락한 결혼을 도피하는 『연락의 집』(*The House of Mirth*)의 릴리(Lily Bart), 결혼을 물질적인 성취를 획득하는 비즈니스처럼 생각해 결혼과 이혼을 거듭하는『그 지방의 관습』(*The Custom of the Country*)의 언딘(Undine Spragg), 불행한 결혼의 덫에서 벗어나려다 가족의 반대로 실패하는 『순수의 시대』(*The Age of Innocence*)의 엘렌(Ellen Olenska), 지옥 같은 결혼 생활을 이어 가는 『이썬 프롬』(*Ithan Frome*)의 이썬(Ithan Frome)과 지나(Zeena Frome) 그리고 매티(Mattie Silver), 아이를 위해 사랑하지 않는 사람과 결혼을 선택하는 『여름』(*Summer*)의 채러티(Charity Royall), 아예 결혼 제도에 연연하지 않는 『암초』(*The Reef*)의 소피(Sophie Viner) 등등 어느 누구도 그리 행복하지 않다. 그리고 이 불행한 여자들 곁에는 그녀들 만큼이나 행복하지 않은 남자들이 존재한다. 어느 한 편을 불행에 몰아넣는 제도는 다른 편 역시 행복하기가 어렵기 때문일 것이다.

워튼이 다루었던 문제들 즉 가정과 사회에서의 여성과 남성의 위치, 결혼 제도에 얽매인 여성들, 불행한 결혼으로 소중한 시간과 삶을 허비하는 남녀의 문제는 지금 여기를 사는 우리들의 문제이기도 하다. 어느 누가 이 문제에서 자유로울 수 있을까? 결혼을 하지 않은 사람들조차도 가족의 일원으로서 그 갈등을 공유하고 있는 이유로 결혼과 가족의 문제에서 벗어나 있지 않다.

현재 한국 사회에서 결혼과 관련한 여성의 상황이 워튼이 살던 시대에 비해 더 좋아졌다고 자신 있게 말할 수 있는 사람은 그리 많지 않을 것이다. 현대 여성에게 결혼 이외에 직업 전선이라는 선택지가 하나 더 추가되었다고 할지라도 여전히 사회적 차별이 존재하고 가정 내에서 아이 양육과 가사의 공평한 분담이 이루어지지 않는 상황에서 여성은 부당한 대우와 과중한 가사 노동에 시달리고 있기 때문이다. 거기에다가 결혼에 이르는 과정이 너무 복잡하고 많은 비용이 들어가는 지금, 그리고 경제 사회적 환경의 급격한 변동으로 미래가 불투명해 여성뿐 아니라 남성들 역시 결혼을 삶의 여정에서 꼭 해야 하는 필수 조건이라고 생각하지 않게 되었다. 이런 상황에서 결혼이라는 제도를 받아들이지 않거나, 자신의 의사와 상관없이 결혼을 할 여유가 없는 젊은이들도 상당수에 이르게 되었다. 이런 흐름에 관한 저간의 원인을 살펴보는 작업은 이 책의 범주를 벗어나는 너무나 방대한 작업으로 사회학적, 경제학적, 인류학적인 접근이 있어야 할 것이다.

이 책에서 워튼의 소설에 등장하는 인물들의 그리 행복하지 못한 결혼 양상들을 살펴보는 의의는 좀 더 행복한 결혼 생활, 그래서 더 나아가 좀 더 나은 삶을 가꾸어가는 데 조금이나마 도움이 되었으면 하는 바람 때문이다. 또한 워튼이 집요하게 추적한 결혼과 얽힌 삶의 여러 양태가 지금 우리에게 의미가 있는 것은 21세기를 살고 있는 우리의 삶에도 그런 문제와 갈등이 그대로 상존하기 때문일 것이다. 더군다나 코로나 19 바이러스가 초래한 전대미문의 사태까지 겹쳐서 출구 없는 막다른 곳에 갇혀 있다는 압박감에 시달리고 있는 지금 이 시대의 많은 사람들에게 출구를 모색하는 데 작은 도움이 되지 않을까 하는 믿음에 있다. 여성의 입지가 아주 협소하면서도 취향이 대중화되는 시대에 '상류 사회 숙녀' 출신 작가 워튼이 도태하지 않고 사회의 흐름에 앞서 나가기 위해 얼마나 고군분투했는지를 찾아보는 작업 역시 그녀가 우리에게 어떠한 삶의 자세를 요구하는지 다시 한 번 숙고해볼 일이다.

2020년 10월
정혜옥

차 례

이디스 워튼__Edith Wharton

이디스 워튼은 1862년 1월 24일 뉴욕시 맨해튼의 부유한 상류층 가정에서 이디스 뉴볼드 존스(Edith Newbold Jones)라는 이름으로 태어났다. 워튼의 아버지 조지 존스(George Frederic Jones)와 어머니 루크레티아 존스(Lucretia Stevens Rhinelander Jones)는 둘 다 구 뉴욕(Old New York) 가문 출신으로 뉴욕 사교계의 명문가인 앵글로-네덜란드계의 조상을 둔 사람들이었다. 위로 두 오빠를 둔 늦둥이 막내였던 워튼은 네 살이 되던 1866년 남북전쟁 후의 혼란스러운 상황을 피해 유럽으로 이주하는 가족들을 따라 5년 동안 이탈리아, 스페인, 독일, 프랑스를 여행했다. 뉴욕으로 돌아와 상류 사회의 딸답게 학교에 가지 않고 가정교사 아래서 프랑스어와 독일어를 공부했으며 아버지의 서재에서 문학과 철학, 과학과 예술에 관해 광범위하게 책을 읽었다.

뉴욕 상류 사회에서 멋쟁이로 소문난 사교계의 여왕이었던 어머니 루크레티아는 막내로 태어난 딸이 상류 사회의 평범한 다른 처녀들처럼 '얌전하게' 교양이나 쌓다가 자기 집안과 어울리는 좋은 가문의 남자와 결혼하기를 기대했으나 워튼은 독서광이었고 시와 단편의 습작을 계속했다. 어머니는 딸이 시와 소설을 쓰는 것을 반대했고, 소설은 결혼한 다음에나 읽으라고 조언했다. 글쓰기를 남성적인 활동이라고 생각했던 당시 상류 사회의 관습대로 가족들은 워튼의 창작 활동에 암묵적으로 반대해 워튼은 익명이나 다른 사람의 이름으로 잡지에 시를 발표했다. 1877년에 워튼은 중편 소설 『제멋대로』(*Fast and Loose*)를 썼지만 발표하지는 않았다. 1879년 워튼이 사교계에 데뷔하던 해 쇠약해진 아버지의 건강을 회복하기 위한 목적으로 유럽에 갔으나 1882년 아버지는 건강을 회복하지 못하고 프랑스 칸(Cannes)에서 사망했다.

1882년 뉴욕으로 돌아온 워튼은 신흥 갑부 집안의 해리 스티븐스(Harry Stevens)와 약혼했다. 그러나 그들의 약혼은 신흥 갑부들을 좋아하지 않던 어머니의 반대와 글을 쓰는 지적인 여성을 탐탁지 않게 여긴 스티븐스 집안의 반대로 파혼으로 끝이 났다. 1885년 4월 29일 워튼은 오빠의 친구이자 집안끼리 잘 알던 보스턴 출신의 은행가 에드워드 로빈스 워튼(Edward Robins Wharton)과 결혼했다. 결혼 후 워튼은 본격적으로 글을 쓰기 시작해 스크리브너지(誌)에 시를 발표하기 시작했고 1891년 「맨스테이 부인의 관점」("Mrs. Manstey's View")이라는 단편을 발표했다.

실내 장식과 건축에 관심이 많았던 워튼이 건축가 오그던 코드먼(Ogden Codman)과 공동 집필한 『집의 장식』(*The Decoration of Houses* 1897)은 상당 기간 스테디셀러가 되었다. 이렇듯 건축과 실내 장식에 있어서 거의 전문가 수준이던 워튼은 자신이 직접 디자인하고 지휘하여 1902년 매사추세츠 레녹스에 <마운트>(The Mount)라는 저택을 지어 거주하다 1911년 매각했다. 이 저택에서 워튼은 자신을 중요 작가로 자리매김하게 해준『연락의 집』(The House of Mirth)을 비롯하여 뉴욕 사교계를 배경으로 하는 몇 편의 작품을 집필했다. 이 저택은 1971년 이래 국립역사유적으로 지정되어 일반 사람들에게 공개되고 있다.

『심판의 계곡』(The Valley of Decision 1902)과『성역』(The Sanctuary 1903)을 발표하던 당시 워튼은 자신과 같은 뉴욕 상류 사회 출신이면서 유럽에 거주하고 있던 저명한 작가 헨리 제임스(Henry James)를 만났으며 두 사람은 일생동안 좋은 친구가 되었다. 1905년에 발표한『연락의 집』은 그 해의 베스트셀러가 되었다. 이 소설로 워튼은 상업적 성공을 거두었고 동시에 평단의 인정을 받아 작가로서의 자신감을 확립하였다.

남편과의 관계가 악화되기 시작한 1907년『지혜의 열매』(The Fruit of the Tree)를 발표한 뒤 워튼은 파리로 이주했다. <타임스 지>(The Times)의 파리 주재 기자였던 모턴 풀러턴(Morton Fullerton)의 도움으로 파리에서 소설들을 출간하기 시작하였다. 풀러턴은 워튼에게 처음으로 '사랑의 환희'를 체험하게 해주었지만 그들의 관계는 3년이 채 되지 않아 끝이 났다. 풀러턴은 여성들과의 관계가 복잡했던 바람둥이답게 워튼과 연애하는 동안에도 자신의 사촌과 몰래 약혼한 사람이었다. 자기의 사랑에 부응하지 못한 풀러턴과의 관계를 청산한 후 워튼은 파리에서 이혼 소송을 제기하여 1913년 남편과 이혼했다. 처음부터 애정이 없던 남편과의 결혼 생활은 여자관계가 복잡했던 남편이 우울증이 심해지고 워튼이 자기 부모에게서 받은 유산까지 축내자 이혼으로 28년간의 결혼을 매듭지었다. 그 해 발표한『그 지방의 관습』(*The Custom of the Country*)은 독자와 비평가들의 인정을 받았다.

이혼 후 영구히 프랑스에 자리 잡은 워튼은 사무적인 일을 처리하기 위해 몇 번 미국을 방문했으나 오래 머물지는 않았다. 제1차 세계대전이 발발하자 워튼은 프랑스에서 피난민과 고아들을 돌보는 데 헌신하여 프랑스 정부로부터 레종 도뇌르(Legion D'Honneur) 훈장과 기사 작위를 받았다. 1917년『버너 자매』(*The Bunner Sisters*)를 발표했고 또 하나의 여성 문학 걸작으로 평가받는『여름』(*Summer*)을 발표했다. 1920년 워튼은 자신의 처녀 시절 뉴욕을 배경으로 한『순수의 시대』(*The Age of Innocence*)를 발표하여 여성 작가 최초로 문학 부문 퓰리처상을 수상했다. 워튼은 40년 동안 장편 22권, 단편집 11권, 여행기와 전기 등 논픽션 9권 등 수많은 작품을 발표했다.

1923년 워튼은 예일 대학교에서 명예박사학위를 받았으며 1930년 미국예술원 회원으로 추대되었다. 1934년 자서전『뒤돌아보며』(*A Backward Glance*)를 발표하였다. 1937년 8월 11일 심장마비로 사망한 워튼은 베르사유의 미국인 묘지 고나르 묘역에 "일생의 사랑"이라고 했던 절친한 친구 월터 베리(Walter Berry) 곁에 묻혔다.

사회와
결혼 제도의
덫

1부는 결혼 제도에 갇혀 희생되는 인물들을 그린다. 『연락의 집』은 두 가지 방향에서 논하는데, 그 하나는 상류 사회에서 태어났으나 무일푼의 고아인 릴리 바트가 유일한 '자산'인 미모를 무기로 남편을 확보하려는 필사적인 노력을 기울이지만 그 결혼이 의미하는 '거래로서의 (추악한) 결혼'을 받아들이지 못하고 회피하다 결국 파멸해가는 과정을 보여준다. 또 다른 하나는 주거 공간의 관점에서 릴리라는 인물이 어디에도 뿌리를 내리지 못하는 집이 없는 존재라는 점을 보다 구체적으로 제시한다.

여성을 희생시키는 사회는 여성만이 아니라 남성 역시 희생된다는 점을 『그 지방의 관습』속 언딘의 첫 남편 랠프 마블의 희생을 통해서 보여준다. 결혼을 사업상의 거래처럼 받아들이는 부인 언딘에 의해 철저하게 이용당하고 버림받는 마블의 비참한 최후는 타락한 제도는 여성뿐 아니라 남성 역시 희생시킨다는 점을 드러낸다.

1장

결혼으로부터 도피: 『연락의 집』

1. 들어가는 말

워튼이 살던 19세기의 미국 사회는 결혼 제도 내에서의 여성의 입지가 빠르게 변화하는 시대였다. 광활한 신대륙을 개척해가던 식민지 시대는 여성의 노동이 식민지 건설과 존립에 절대적으로 필요한 것이었다. 그러나 미국의 독립 이후 개척지가 줄어들고 가족의 크기가 대가족에서 점점 더 축소되면서 여성의 노동력이 절실하게 필요한 상황에서 벗어나게 되자 여성의 영역과 입지는 자연히 줄어들기 시작하였다. 산업 사회로 변모해가던 19세기 중반 여성에게 결혼 이외의 선택은 "학교나 공장 그리고 환락가"(Montgomery 199)에서나 찾을 수 있던 불쾌하고 치명적인 것만이 남게 되었다. 그런 상황에서 결혼은 비 생산자, 즉 소비자, 더 나아가 장식적이고 기생적인 존재로 전락한 여자에게 자신의 사회적 경제적 존립에 절대적인 것이 되었다. 결혼만이 여성에게 "자신의 에너지를 분출시킬 수 있고 정체성을 부여하는 유일하게 인정된 창구"(Schriver 190)로 남게 되었을 때 생존을 위해 여성들은 남편을 확보하기 위한 눈물겨운 노력을 기울일 수밖에 없었다.

　이런 사회적 정황에서 "결혼이란 두 남녀가 사랑으로 맺어져 어떠한 어려움 속에서도 죽음이 두 사람을 갈라놓을 때까지 평생을 같이하겠다는 약조"라는 전통적이고 이상적인 결혼 정의에 대한 비판은 결혼 제도를 다시 한 번 짚어보는 이론적인 근거를 제공한다. 워튼 소설의 시대 배경이 되는 19세기 말과 20세기 초의 결혼 풍습에 대해 허먼(Sondra R. Herman)은 「사랑의 구혼 혹은 결혼 시장?」("Loving Courtship or Marriage Market?: The Ideal and Its Critics 1871-1911")이라는 글에서 "미국의 청혼 관습은 사랑을 구하는 실질적인 과정인가 아니면 결혼 시장인가?"(360)라는 질문을 던지며 전통적인 결혼을 옹호하는 의견과 비판적인 의견을 나란히 제시하고 있다. 결혼 제도에 비판하는 사람들은 미국 사회에 전반적으로 팽배해 있는 불평등의 한 부분으로 전형적인 결혼 제도를 공격한다. 비판자들은 결혼 생활의 행복이 결혼 바깥의 사회적 조건에 심각하게 영향 받는다는 점을 지적하며 결혼이 외부로부터의 피난처가 더 이상 되지 못하며 사회의 연장일 뿐이라고 역설한다. 그들은 결혼의 선택에 가장 영향을 끼치는 요소는 사랑이 아니라 물질적인 요인이며, 여성이 남성에게 재정적으로 의존할 수밖에 없는 엄연한 사실이 '결혼 시장'에 존재한다고 지적한다. 그럴 경우 여성은 결혼하고 싶은 상대 남성의 선택을 받기 위해 자신을 좋은 상품으로 제시할 수밖에 없다는 것이다.

워튼과 거의 동시대를 살았으며 점점 더 물질주의적이 되는 미국 문화에 강력한 비판을 가했던 베블런(Thorstein Veblen)은 『유한계급의 이론』(*The Theory of the Leisure Class: An Economic Study of Institution*)에서 미국 문화의 가장 강력한 힘은 돈이라고 규명한다. 베블런은 미국 문화를 돈이 지고의 선이며 힘의 원천이 되는 금전 문화라고 하면서 이런 금전 문화 시대의 유한계급인 상류층 부인들의 역할에 대해 초점을 맞추어 분석하였다. 베블런의 주된 논점은 이 시대의 유한 계층 부인들이 경제적으로 남성에게 종속되어있다는 것이다. 그는 19세기 말 미국의 주부들이 고대의 아내들과 크게 다를 바 없이 남편의 노예나 다름없는 상태라고 지적한다(83). 남편에게 예속된 노예나 마찬가지인 고대의 아내들은 남편에게 필요한 물건을 만들어주는 생산자이고 남편들이 그 소비자 역할을 하였으나 현대의 아내들은 그 역할이 바뀌어 생산자인 남성에 대해 주된 소비자 역할을 한다는 점이다. 여기서 주목할 점은 이들 부인네의 과시적인 소비가 겉으로는 자율적인 행동처럼 보이지만 실제로는 남편의 돈을 소비하면서 남편의 경제력과 힘을 다른 이들에게 과시하는 매개체로서 노예 같은 종속적인 행위일 뿐이라는 것이다. 그에 따라 여성은 여성 자신으로 존재하는 것이 아니라 단지 남성의 능력을 보여주는 기표로서 남성의 장식물 혹은 소유물로서의 기능을 담당할 뿐이라는 점이다.

네 살 때 아버지에게 버림받은 뒤 경제적 능력이 없는 어머니의 굴종적인 고통을 목격하고 성장한 길먼(Charlotte Perkins Gilman)은 『여성과 경제』(*Woman and Economics*)라는 글에서 남성 중심적인 결혼 시장이 지니는 문제점을 이렇게 지적한다. 시장을 남성이 지배했다는 사실이 여성을 남성의 노예와 소유물 같은 존재로 전락시켰으며 그 결과 여자는 연약하고 수동적인 존재로 변화하여 자신과 자식을 자기 능력으로는 부양하지 못하는 무능한 존재가 되었다. 먹이를 구할 수 있는 경제적인 상황과 자신 사이에 끼어있는 남성으로 인해, 그리고 경제적인 능력의 부재로 인해 여성은 직접 생활 전선에 뛰어들지 못하고 대신 남성과의 관계에 치중하고 그것을 발전시켜야 한다는 것이다. 그 결과 여성은 남편을 확보하기 위해 필요한 자질들, 다시 말해 남성에게 순응적인 태도, 유혹적인 외모, 성적인 매력 등등을 갖추는 데 모든 노력을 기울임으로써 결혼을 원하는 여성은 마치 매춘부처럼 본질적으로 남성에게 자신을 매매하게 되었다고 주장한다.

> 우리가 이 사실을 공개적이고 사악한 시장에서 대담하게 대면하게 될 때 우리는 자기에 대한 혐오감에 사로잡힌다. 우리는 이와 같은 관계를 영원한 관계로 만들고 법으로 뒷받침하고 종교적으로 승인하고 꽃으로 뒤덮고 감정을 고조시키면서 그것을 순수하고 사랑스럽고 정당하다고 생각한다. 남성과의 일시적인 관계는 사악하고 일생동안의 거래는 선하다고 생각한다. (63-4)

이렇게 길먼은 결혼 제도에 숨어있는 여성들의 경제적인 예속 관계를 통렬히 비난하였다.

이상과 같이 19세기 말의 결혼 제도에 비판적인 이들은 한결같이 남성에게 예속된 여성의 지위는 여성을 남성의 소유물로, 남편의 사회적 지위를 과시하는 장식물로 전락했으며 이 주종 관계가 결혼의 의미를 타

여성과 사회: 이디스 워튼 소설 연구

락시키고 있음을 지적하고 있다. 워튼의 소설에 등장하는 여성들이 처한 상황은 이들이 지적한 지점에서 그리 벗어나 있지 않다. 이들 여성은 금전 문화의 장식적인 존재, 남성들과의 관계를 통해서만 자신의 사회적 경제적 입지를 확보할 수 있는 굴종적인 위치에 처해 있음을 보여준다.

2. 결혼으로부터의 도피

워튼은 거의 모든 작품에서 "경제적 거래로서의 결혼"(Dimock 783)이라는 주제를 다루고 있다. "결혼을 위해 길러진, 결혼이 직업"인 릴리 바트(Lily Bart)가 자기에게 최고의 값을 매기는 남자와 결혼하기 위해 총력을 기울이다 파멸해가는 『연락의 집』, 경제적으로 더 유능한 남편을 확보하기 위해 결혼과 이혼을 거침없이 반복하는 언딘 스프라그(Undine Spragg)의 『그 지방의 관습』, 자신을 최고의 장식물로만 여기는 남편으로부터 벗어나기 위해 몸부림치는 엘렌 올렌스카(Ellen Olenska)와 가문의 명예를 위해 그녀를 결혼 제도 내에 묶어두기 위해 공모하는 엘렌 가족 간의 갈등을 그린 『순수의 시대』 등 워튼은 하나같이 뒤틀린 결혼관과 결혼 생활을 보여주고 있다.

워튼의 첫 성공작으로 평가되며 그녀의 소설 가운데 비평가들로부터 가장 많이 주목받는 『연락의 집』(The House of Mirth)은 릴리라는 주인공 처녀가 미모를 자산으로 최상의 조건을 갖춘 결혼 상대를 구하려고 힘들게 노력하면서도 동시에 자기가 한 "노력의 수확물을 거둘 수 있는 목전"(196)에서 결혼을 회피함으로써 사회적 몰락을 거듭하다 파멸해가는 과정을 보여준다.

『연락의 집』을 철저하게 여성학적인 입장에서 분석하는 페털리(Judith Fetterly)는 이제까지 이 소설을 평가한 비평가들이 주인공 릴리를 통해 보편적인 인간 상황에 주목하고 있을 뿐, 누가 그리고 무엇이 소모되고 있는지를 간과하고 있음을 꼬집고 있다. 워튼을 "20세기에 본격적으로 등장할 주제, 즉 대지와 숲의 가혹한 개발과 병행해 진행된 인간과 영혼의 소모라는 주제를 다룬 최초의 미국 작가"(xxix)로 평가한 네비우스(Nevius)나 "영혼과 에너지의 소모, 아름다움의 낭비에서 벗어날 수 없는 사실을 삶의 근본적인 조건"(200)으로 본 호우(Irving Howe)에 대해 페털리는 남성 중심적인 시장 사회가 릴리라는 여성을 소모하고 파괴하는 사실을 지적한다. 그러나 페털리 역시 가부장적 금전 사회가 여성만을 소모하는 게 아니라 여성을 소모하고 파멸에 이르게 하는 데 일조하는 남성들 역시 불행하며 그들을 희생시킨다는 사실은 간과하고 있다.

이 글은 돈이 만능의 위력을 발휘하는 시장 사회에서 남성의 시선을 끄는 존재가 되기 위해 금전이 뒷받침되어야 가능한 기호와 취미를 갖추도록 양육된 상류 사회 여성이 경제적, 사회적, 인습적으로 용인된 유일한 생존 수단인 결혼을 위해 온 힘을 기울이면서도 동시에 회피하고 결국 파멸해가는 과정을 추적해보고자 한다. 주인공 릴리는 왜 현실을 직시하지 못하고 자신의 상황에서 끊임없이 도피하는가? 릴리가 자신이 목적하는 바를 이루지 못하고 신분의 몰락을 거듭하며 결국 파멸에 이르는 이유와 원인은 어디에 있는가? 와 같은 문제를 살펴봄으로써 결혼의 의미와 남녀 모두를 행복하게 만드는 인간관계는 과연 어떤 것인가? 하는 보다 근본적인 문제를 모색하고자 한다.

여성과 사회: 이디스 워튼 소설 연구

릴리의 파멸은 상류 사회에서 계층을 서서히 하강하면서 진행된다. 릴리의 부모는 릴리에게 유산을 남기지 못하고 사망한다. 양친이 다 돌아가고 홀로 남은 릴리는 아버지의 누나인 줄리아 고모(Aunt Julia)에게 맡겨진다. 뉴욕의 명문가 태생인 릴리는 젊음과 미모와 매력적인 성품으로 상류 사회에 받아들여진다. 릴리는 부자 친구들과 보조를 맞추며 어울리기 위해 부자들이 하는 노름에 참여하고 그들의 모임에 어울리는 옷을 사는 비용 때문에 항상 금전적으로 쪼들린다. 빚에 쪼들리는 릴리는 거스 트레너(Gus Trenor)로부터 재정적인 도움을 받게 되는데 그녀는 이 돈을 자기가 거스에게 맡긴 작은 액수의 투자금에 대한 배당금으로 생각했으나 거스는 빌려준 돈의 대가로 릴리에게 자기의 여자(Mistress)가 되기를 요구한다.

버사(Bertha Dorset)의 초대에 응해 유럽에 간 릴리는 버사의 농간으로 인해 일행에서 제외당하는 모욕을 겪는다. 릴리의 노름빚과 거스와의 스캔들에 화가 난 데다 유럽에서 들려오는 추문에 줄리아 고모는 릴리에게 돌아갈 것으로 예상된 유산을 남기지 않는다. 상류 사회에서 축출당한 릴리는 신흥 부자들과 어울리나 거기서도 버사의 모함으로 쫓겨나게 된다. 릴리는 평소 자기에게 관심을 보이던 신흥 부자 로스데일(Rosedale)과 결혼하는 것을 고려해보지만 로스데일은 상류 사회에서 퇴장당한 릴리의 평판 때문에 그녀의 제안을 거절한다. 로스데일은 릴리가 자신을 상류 사회로 인도하는 징검다리가 되지 못한다고 판단한 것이다. 모든 것이 불가능하게 된 릴리는 스스로 생계를 꾸려보겠다는 결심을 하고 모자 공장에 취직하나 숙련되지 못한 릴리의 손재주는 생존이 가능한 생활비를 벌어주지 못하고 릴리 또한 그곳의 분위기를 견디지 못한다. 결국 릴리는 빈민가 아파트에서 줄리아 고모가 남긴 만 불의 돈을 거스에게 진 빚을 갚는다는 편지를 남긴 채 수면제 과용으로 숨을 거둔다.

이와 같이 비참한 릴리의 운명을 만드는 데 가장 결정적인 역할을 한 것은 릴리 개인에 있기보다는 성숙한 여자를 찾지 않고 연약하고 주저하며 복종하는 여자, 자신을 장식할 여자를 찾는 가부장적 결혼 시장의 풍토라고 할 수 있다. 그런 결혼 시장에서 릴리의 미모에 대한 가치를 누구보다도 확신했던 릴리의 어머니(Mrs. Bart)는 당시 사회의 가치를 반영하는 거울 역할을 한다.

> 오직 한 가지 생각만이 바트 부인을 위로해주었다. 그것은 릴리의 미모에 대한 것이었다. 바트 부인은 딸의 미모가 자기의 복수를 위해 서서히 벼려낸 무기인 듯 딸의 얼굴을 열심히 찬찬히 뜯어보았다. 그것은 자기가 가진 마지막 자산이었고 그들의 삶이 만들어지는 핵심이었다. 바트 부인은 딸의 예쁜 이목구비가 마치 자기 재산인 듯이, 그리고 정작 릴리 자신은 그 미모의 후견인에 지나지 않는다는 듯이 세심한 주의를 기울이며 릴리의 얼굴을 쳐다보았다. 바트 부인은 딸에게 임무에 관한 책임감을 주입하고자 했다. (37-8)

"너의 예쁜 용모로 모든 재산을 되찾아야 한다. 너의 얼굴로"(32)라고 계속적으로 릴리에게 의무감을 강요했던 어머니는 릴리의 성격과 운명을 만든 기본적인 환경이다. 과도한 지출로 "남편을 파산시켜 소모해버리고 모든 것을 잃은"(32) 릴리 어머니에게 딸의 미모야말로 자기가 재기할 수 있는 무기이며 자산이었다. 바트 부인이 릴리의 미모를 바라보며 딸에게 건네는 언어에서 극명하게 드러나듯 육체적인 아름다움을 거래 가능한 자산으로 대상화하는 경향은 릴리의 인생에 치명적인 결과를 초래한다. 주체가 아니라 대상이 되는 인간은 무엇보다도 자신의 아름다움을 객체화함으로써 진정한 자아와 예쁜 물건으로서의 사회적 정체감 사이의 괴리를 겪게 되는데 이 괴리감이 "한 인간으로서의 핵심을 박탈해버린다"(Howe xix).

미모를 재산으로 여기는 여자를 아름다운 대상물로 간주하는 환경이 지닌 또 하나의 문제는 그 여자가 아름다운 육체를 가진 것은 우연한 행운일 뿐이며 그녀의 의지로 그 미모를 계속 유지하고 지속할 방법이 없다는 점이다. 아름다운 외모를 가진 릴리가 끊임없이 거울을 들여다보면서 눈에 보이기 시작하는 노화의 징후를 걱정하는 행동이 바로 이 점을 입증한다. 릴리를 바라보는 어머니의 태도는 아름다운 물건이 궁극적으로 갖는 의미 즉 가장 비싼 가격을 부르는 이의 재산 목록으로서 존재해야 하는 점을 함축한다. 릴리의 성격, 운명, 그리고 그녀의 인생이 갖는 비극의 핵심이 그녀의 이름 'Lily Bart'라는 이름에 설정되어있다. "교환하기 위해 내놓은 백합"(Fetterly 201)이라는 것이다. 릴리의 삶은 뿌리 없는 백합처럼 그녀를 지탱해줄 단단한 지반이 없다. 사실 릴리에게는 마음을 붙일 수 있는 자기의 집이 없다. 거스 트레너의 우아한 벨로몬트(Bellomont) 저택이나 장중하지만 어둡고 답답한 줄리아 고모의 집에서도 릴리는 잠시 머무는 손님에 불과하다. 릴리가 빈민가 아파트에서 혼자 죽어갈 때까지 그녀가 거쳐 온 과정은 이 집에서 저 집으로 모두 남의 집들을 전전한 것에 지나지 않는다(Schriver 190).

지난날을 돌아보았을 때 릴리는 자신이 삶과 연결이 된 시절이 없었다는 것을 깨달았다. 그녀의 부모 역시 뿌리도 없고 방향을 예측할 수 없을 정도로 이리저리 바람 부는 대로 다닌 관계로 자기들만의 아늑한 안식처를 마련할 수 없었다. 릴리 자신은 다른 이보다 특별히 더 자기에게 따뜻하게 대해주는 집 한 곳 없이 성장했다. 릴리에게는 자기의 마음이 회귀할 수 있고 또 혼자서라도 스스로 힘을 얻을 수 있으며 다른 이들에게 사랑을 줄 수 있는 유년 시절의 경건함을 부여하는 중심축이 되는 장소도 익숙한 전통도 없었다. 어떤 형태로든지 피를 통해 서서히 축적되는 과거의 삶, 그것을 눈으로 보이게 만드는 기억을 지닌 오래된 집과 같은 구체적인 이미지이거나 손으로 지은 것은 아닐지라도, 이어져 내려오는 열정과 충절로 이루어진 개념과 같은 것은 사람의 인생을 확장시키고 심오하게 만드는 힘을 지니고 있었다. (331)

"너희들 여자에게 어울리는 울타리 속에 머물러있으라, 그러면 너희는 숭배를 받을 것이고 집 울타리 밖을 나간다면 존재하지 않게 되리라"(Douglas 44)고 설교하는 사회에서 안주할 집이나 그와 상응하는 기억이 없는 여자는 정체성을 설정할 수 없으며 자긍심을 상실해 결국 삶의 의지를 잃게 된다. 남의 집을 전전하며 모든 곤란한 상황에 적응해 들어가고 모든 사람에게 '완벽하게' 맞추려는 릴리의 노력은 그녀의 뿌리 없음과 찰나성 그리고 마치 "벼랑 끝에 서 있는"(199) 상황을 강조하고 있을 뿐이다.

아름다운 대상으로서 릴리의 정체는 그녀를 압박해오는 금전적인 어려움을 생각해보면 더욱 선명하게 부각된다. 예쁜 장식물은 견고한 경제

여성과 사회: 이디스 워튼 소설 연구

적인 기반 없이는 존재할 수 없다. 릴리는 그런 경제적인 토대를 확보하고자 모든 노력을 기울이지만 그런 노력은 그녀의 존재 가치가 장식성에 있다는 본질 때문에 성공하지 못한다. 마르티노가 지적하듯이 "당시 여성들이 받는 교육이란 여자들에게 결혼을 인생의 유일한 목적으로 만들면서도 여성들로 하여금 겉으로는 그렇게 생각하지 않는 척하게 만드는 것이었다"(Martineau 79). 이처럼 상류층 신분인 릴리는 경제적인 독립이 가능한 훈련이나 교육이 전혀 되어있지 않다. 자신을 꾸미는 데 재능이 있다는 소리를 들었던 릴리의 솜씨는 어렸을 때부터 공장 일을 해온 사람들과는 경쟁이 되지 않으며 생활비를 버는 능력으로 이어지지 않는다. 릴리가 노동 계층 여자들의 육체적인 강인함을 지녔다면 그럭저럭 삶을 꾸려나갈 수 있었을지도 모른다. 그러나 그것은 릴리의 존재 가치를 높여준 예쁜 백합꽃으로서의 연약하고 화려한 모든 특성을 희생시킨 다음에야 가능한 것이다.

사람들을 기분 좋게 만드는 백합꽃과 같은 존재로 릴리가 존재하기를 바라는 사회는 그녀가 그렇게 살아갈 수 있는 모든 제반 조건을 제공하고 있는가? 터틀턴(James Tuttleton)이 "이 소설의 의의는 관습, 예절, 문화와 같은 지지망을 제공하지 못하는 사회에 의해 릴리 같은 섬세한 인물이 파괴당하는 데 있다"(127)에 있다고 했듯이 이 사회는 릴리의 아름다움만을 즐길 뿐이지 릴리가 존재할 수 있는 토대는 전혀 마련해주지 않는다. 릴리의 후견인이자 고모인 줄리아 페니스턴 부인은 예쁘지 않고 매사에 실질적인 그레이스(Grace Stephany)보다 외모가 출중한 릴리를 평소에는 더 좋아하지만 유산은 릴리가 아닌 그레이스에게 남긴다. 페니스턴 부인은 릴리가 계획을 세워서 지출을 할 수 있게 정기적으로 용돈을 주는 게 아니라 자기가 원할 때 가끔씩 옷값을 집어주거나 수표를 건네줄 뿐이다. 릴리에게 후하게 대해주었던 주디(Judy Trenor) 역시 릴리를 집으로 초대하고 때로 옷을 주기도 했으나 릴리가 남편 거스로부터 경제적인 도움을 받은 사실을 알고는 릴리와 관계를 끊는다. 릴리가 아는 다른 부자들 역시 경제적으로 그녀를 도울 생각이 없으며 릴리 주변의 남성들 역시 마찬가지다. 거스와 릴리의 관계는 릴리의 평판에 치명적인 덫이 되었고 경제적인 독립은커녕 그녀를 더욱 모욕적이고 의존적인 상황으로 몰고 간다. 주디가 아니라 거스가 후한 도움을 준다고 했을 때 릴리는 거스가 자기에게 경제적인 원조를 하는 이유를 진지하게 검토하고 그의 행동에 깔려있는 의미를 무책임하게 피하지 않았어야 했다. 그러나 릴리는 그런 것을 검토할 수 있는 교육도 받지 못했고 골치 아픈 문제를 정면으로 대응할 수 있는 강한 정신력도 없다.

이와 같이 자신이 처한 상황을 정확하고 냉정하게 파악하지 못해 일을 그르치는 릴리의 행동은 소설 전편에 나타난다. 퍼시 그라이스(Percy Gryce)의 청혼을 거의 목전에 둔 일요일 그와 함께 교회에 가기로 약속을 해놓고는 늦잠을 자버리고 오후에 셀든(Lawrence Selden)과 산보를 가서 아직까지 셀든에게 미련을 버리지 못하고 있던 버사(Bertha Dorset)를 화나게 만든다. 버사의 귀띔으로 릴리의 노름빚을 알게 된 퍼시 그라이스가 깜작 놀라서 릴리를 떠나게 되는 행동은 계획 없이 감정에 따라 행동하는 릴리를 보여주는 좋은 예이다.

다른 이의 감정으로 들어가 자신을 적응시키는 능력은 때때로 벌어지는 자잘한 우연적인 상황에서는 릴리에게 쓸모 있었지만 결정적인 상황에서는 릴리를 곤란하게 만들었다. 릴리는 마치 조수에 따라 움직이는 수초 같았다. 오늘은 그녀의 기분이 로렌스 셀든에게로 흘렀다. (57)

노름빛과 거스와의 소문에 극도로 불쾌해하는 줄리아 아주머니를 뒤로하고 릴리는 버사의 초대에 응해 유럽으로 떠나버린다. "자신의 생각과 정면으로 부딪치도록 교육을 받지 않은"(187) 릴리는 자기를 조여 오는 경제적인 압박과 거스와의 관계가 만들어낸 곤란한 상황에 대담하게 대응하지 못하고 버사의 초대에 응해버린 것이다. 만류하는 고모를 뿌리치고 간 유럽에서 버사는 다른 남자와의 관계를 남편 조지에게 발각되는 궁지에서 빠져나오기 위해 조지와 릴리의 관계를 수상한 것으로 만들어 릴리를 다시는 사교계로 돌아올 수 없는 지경에 빠뜨려버린다. 미혼인 여성이 스캔들의 주인공이 된다는 것은 그 소문의 진위를 떠나서 마치 "응접실에서 요리 냄새가 나는 것만큼이나 용납할 수 없던" 줄리아 고모에게 유럽에서 들려오는 릴리의 소문은 자기 유산을 릴리에게는 만 달러만을 남기도록 만들어버린다.

릴리와 그녀 주변의 남자들과의 관계를 살펴보면 "여성과 남성 사이에 존재하는 이중의 기준과 속박"(Fetterly 205)이 가하는 역학 관계를 알 수 있다. 릴리가 가장 호의를 느끼고 항상 릴리 주변을 맴도는 셀든은 워튼이 생각하는 이상적인 남자, 이 소설의 중심을 잡아주는 냉정한 구원자라는 평가와 함께 릴리를 비참하고 결정적인 곤경으로 이끄는 무기력하고 이기적인 남자라는 비판을 동시에 받고 있다. 그는 언제나 릴리에게 관심을 보이며 자기네들이 속한 사회를 비난하고 그녀에게 이 사교계를 떠나라고 권장한다. 그런 충고로 릴리를 더욱 혼돈스럽게 만드는 셀든은 궁극적으로 릴리에게 가장 큰 피해를 입힌 인물로 평가되어야 할 것이다. 주변의 삶에 방관자적인 태도를 취하는 셀든은 "당신[릴리]은 굉장히 멋진 미관이며 난 항상 당신이 하는 것을 지켜보는 게 좋아요"(71)라고 하면서 릴리를 지켜보는 것을 즐긴다. 소설 첫머리 맨해튼 그랜드 센트럴 기차역에서 릴리를 만났을 때 셀든은 "구경꾼으로서 사심 없이 즐거운 태도"로 릴리를 바라본다. 벨로몬트에서 릴리와 함께한 산책에서 셀든은 릴리의 태도가 자기에게 구경꾼 역할에서 벗어나기를 요구하고 있음을 눈치 채지만 릴리와 특별한 관계를 맺는 애인보다는 인간의 감정과 욕망을 관찰하는 과학자와 같은 태도를 그대로 고수한다.

> 릴리와 함께하는 이야기에서 셀든은 생각이 깊은 남자가 예쁜 여자와 주고받는 단편적인 대화에서 찾기 쉬운 미학적 즐거움을 발견하였다. 릴리를 대하는 셀든의 태도는 관심이 많은 구경꾼의 태도였고 셀든은 릴리가 목표를 달성하는 데 방해가 될 수도 있는 릴리의 감정적 약점을 바라보는 게 마음이 좀 쓰이는 정도였다. (75)

셀든은 금전으로 모든 것을 이해하는 사회를 비난하며 릴리에게 상스러운 부자 친구들에게서 벗어나 "정신 공화국"(Republic of Spirit)을 찾으라고 권하지만 셀든 역시 상스럽고 부유한 사교계의 일원이며 거기에서 벗어나 있지 않다. 더군다나 그는 재정적으로 빈곤한 릴리에게 그런 충고가 얼마나 공허한 것인가를 전혀 인식하지 못한다. 셀든은 "많은 노력을 기울여 가꾼 릴리의 장식적인 아름다움을 [아무런 대가 없이] 즐기는" 반면에 "그렇게 예쁘게 꾸미는 것을 가능하게 만드는 물질적인 기반을 릴리에게 완전히 거부하라"(74)고 이율배반적인 충고를 하고 있다. "돈, 가난, 편안함과 걱정거리, 모든 물질적 상황으로부터 자유"(72)를 누리며 살라는 "정신 공화국"에 관한 셀든의 충고는 그것이 수용 불가능한 릴리의 상황과 그런 상황에서 비롯되는 릴리의 절망을 가볍게 간과한 것이다. 또한 그런 셀든의 충고는 절망적인 상황에 처해있는 여자에게 가하는 감정적인 희롱이며 그의 미적지근한 성격과 무책임한 주장이 야기할 수 있는 결과를 피할 수 있는 냉소주의의 가장이라고 할 수 있다. 디목이 지적했듯이 "그의 '정신 공화국'이란 셀든 자신이 적극 참여하고 있는 사교계라는 시장을 세련되게 복제한 것"(787)에 지나지 않기 때문이다.

'정신 공화국'을 추구하라는 셀든의 권고는 사회적이고 물질적인 목표를 성취할 수 있는 결정적인 순간에 자신이 감당해야 하는 역할을 포기해버리는 정직함에 대한 충동, 그런 거래의 추한 이면을 들여다보고 주저하는 릴리의 성향을 더욱 강화하는 데 일조한다. 더 나아가 셀든의 권고는 릴리가 사교계에서 축출되어 사회 밑바닥까지 내려온 몇 달을 지탱하는 자존심을 유지하게 하지만 역설적이게도 릴리가 자기에게 익숙한 사교계로 복귀할 수 있는 유일한 무기를 저버리게 만든다. 버사가 셀든에게 보낸 연애편지로 버사를 협박하러 가는 길에 릴리는 셀든의 아파트에 잠시 들른다. 인생에 대한 진지함이 결여되어있다고 릴리를 비난했던 셀든은 릴리의 직설적인 태도에 당황하며 릴리가 토로하는 감정을 받아들이지 못하고 여전히 방관자로 남는다. 셀든은 릴리의 인생에 감상적으로 개입하는 역할과 냉소적이고 냉철한 관찰자의 역할을 오락가락하면서 릴리로 하여금 셀든이 가리키는 텅 빈 도덕이 아닌 그 너머에 존재하는, 지각 있고 윤리적인 도덕의 세계를 깨닫지 못하게 만든다

(Michelson 210).

릴리에게 청혼하는 또 다른 구혼자 로스데일과 릴리의 관계는 사회의 인습과 힘에 대응하는 남녀 차이를 보다 뚜렷하게 제시한다. 로스데일은 "여러 면에서 릴리의 짝"(DeLamotte 228)이라고 할 수 있으나 그가 자신이 처한 상황에 대처하는 방식은 릴리와 본질적으로 다르다. 로스데일과 릴리 이 두 사람은 자기가 목표한 바를 얻기 위해 부단히 노력을 기울인다는 점에서는 공통점이 있다. 그러나 "뉴욕의 5번가만이 지불할 수 있는 거대한 월가의 채권"(249)을 기반으로 하는 로스데일이 목표를 향해 양심의 가책이나 감정의 흔들림 없이 일관성 있게 다가가는 것에 반해, 사교적인 수완에만 의존하는 릴리는 끊임없이 동요하고 결정직인 순간에 도피해버리거나 패배당한다. 페털리는 이 두 사람의 관계야말로 "사회의 도덕에 대한 성의 정치학을 부각하는 관계"(207)라고 말한 바 있다.

로스데일의 신분적 상승은 릴리의 하강과 교차된다. 유태인이며 신흥 부자로서 기존 명문가들로부터 경멸의 대상이던 로스데일은 결국 침투해 들어가기를 원하던 사회의 구성원들에게 받아들여진다. 재산을 꾸준히 늘려가는 능력과 자신이 공략하는 사회의 가치를 냉정하고 일관성 있게 추구하는 자질로 인해 인정받게 된 것이다. 결국 로스데일은 사교계 사람들을 압도하는 거대한 재력을 수중에 쥠으로써 사교계의 일원이 된 것이다. 그러나 여기서 주목해야 하는 점은 로스데일의 경우 그가 재산을 모으는 방법에 대해 누구도 문제 삼지 않는다는 사실이다. 릴리가 돈과 관계를 맺는 문제는 매 단계마다 그녀의 도덕성이 문제시되며, 재정 상황이 아무리 절박하다 하더라도 중서부 출신의 근본도 모르는 이혼녀인 노르마 해치(Norma Hatch)의 비서로 돈을 버는 것은 옳지 못하다는 사회적 압력을 받게 된다. 이와 비슷하게 거스가 로스데일에게 상당한 액수의 팁을 받는 것은 아무런 문제가 되지 않지만 릴리가 거스로부터 돈을 받는다는 것은 릴리에게 치명적인 사건이다.

로스데일이 릴리에게 하는 청혼은 릴리가 숨 쉬고 사는 사회가 표방하는 결혼의 의미를 극명하게 보여준다.

> 나는 내 아내가 다른 여자들을 초라하게 만들기를 원합니다. 난 그런 데 쓰는 돈에 대해서는 절대 인색하지 않지요. . . . 어떤 여자는 보석 속에 파묻혀있는 것처럼 보이죠. 내가 바라는 것은 더 많은 다이아몬드를 올려놓을수록 머리를 더욱 높이 쳐들 수 있는 여자랍니다. 내가 저번 날 밤 브라이스 집에서 당신을 보았을 때, 단순한 스타일의 하얀 드레스를 입은 당신은 머리에 쓴 왕관이 마치 당신의 일부인 듯이 자연스럽게 보이더군요. (187)

로스데일의 청혼에는 소위 결혼의 근간이 된다는 '사랑과 믿음'의 표현이 형식상으로도 나타나지 않는다. 다른 이들에게 자기 위치를 빛내줄 수 있는 아름답고 장식적인 여자, 남의 아내를 초라하게 만들어 자기가 다른 남자들을 압도하는 데 일조할 수 있는 여자를 찾는 것이다. 이 청혼을 모욕적으로 거부했던 릴리가 일 년 뒤 신흥 부자인 브라이스(Welly Bryce)의 그룹에서 거절당한 뒤 그의 청혼을 수락한다고 했을 때 로스데일은 자신에게 디딤돌이 되지 못하는 릴리를 아내로 받아들일 수 없다는 점을 분명히 한다. 로스데일은 "당신을 전보다 더 사랑하지요. 하지만 내가 당신과 지금 결혼한다면 난 영원히 나를, 그리고 내가 평생을 통해 일궈놓은 모든 것을 잃게 될 것"이라고 못을 박는다. 자기 장래에 방해가 되는 릴리는 이제 아내로서 쓸모가 없다는 것이다. 그러면서 로스데일은 릴리가 베네딕(Benedick) 아파트의 청소부를 통해 손에 넣게 된 버사의 연애편지로 버사를 협박하라고 조언해준다. 버사의 남편 조지에게 알리지 않고 버사에게만 편지의 존재를 알림으로써 버사가 비밀스럽게 릴리를 지원할 수밖에 없는 상황으로 전환시키라고 하는 로스데일의 제안은 그가 지금까지 이 사회에서 생존해온 방식을 그대로 보여준다. 그러나 릴리는 자기를 원상 복귀시켜줄 유일한 무기였던 그 편지를 셀든의 아파트 난롯불에 던져버린 것이다. 릴리에게는 로스데일의 재력도, 자기 의지를 끈기 있게 지속시키는 일관성도, 자기가 원하는 것을 손에 넣기 위해 어떤 것이라도 불사하는 로스데일의 철면피한 점이 없다. 릴리의 파멸은 릴리의 흔들리는 태도와 목표를 향해가는 의지의 부족이 밀접하게 연결되어있다(Olin-Ammentorp 240).

릴리가 받는 모든 압력은 결혼만이 릴리가 할 수 있는 유일한 선택으로 만든다. 셀든에게 "난 지독하게 가난하고 아주 비싸지요. 나는 굉장히 많은 돈을 필요로 해요"(12)라는 릴리의 말에서도 알 수 있듯이 재력이 뒷받침되어야 하는 취향을 가졌지만 경제적 능력이 전혀 없이 아름다운 외모만을 가진 여자는 재정적인 지원을 할 수 있는 남편을 선택해야만 살아갈 수 있다. 릴리가 처한 모든 어려움을 해결하는 유일한 방법인 결혼을 릴리에게 끔찍한 일로 만드는 것은 결혼 상대의 혐오스러운 모습 즉 "벌겋게 살이 찐 . . . 머리가 어깨에 박혀있는" 거스나 항상 소화불량을 호소하는 창백한 조지와 같은 유쾌하지 못한 외모와 성격,

그리고 위선적이고 공허한 삶의 비전에만 있는 것은 아니다. 릴리가 사는 세계에서 결혼이란 자기의 경제력을 돋보이게 빛내줄 예쁜 여자, 자신을 상류 사회로 이끌어줄 수 있는 여자를 아내로 맞이하려는 이익에 기반을 둔 거래이기 때문이다. 릴리는 자신의 모든 재능과 에너지를 결혼이라는 목표를 향해 쏟지만 그런 만큼 자기의 운명에 저항한다. 릴리는 자기를 지탱하는 데 재력이 필요하나 동시에 장식으로서 아내를 취하는 남자들의 사고나 결혼 제도에 저항하는 이율배반적인 사고방식 사이에 끼여 있다.

릴리의 결혼관은 소설 첫머리에 셀든이 그녀에게 "왜 뛰어들어 끝내버리지 않느냐?"(11)고 하는 말에 함축되어있다. 셀든이나 릴리에게 결혼이란 "사랑과 온기가 넘치는 천국"(Herman 365)을 만드는 일이 아니라 물에 풍덩 뛰어들거나 절벽에서 뛰어내려 끝장을 내버리는 행동으로 비유된다. 릴리가 거스와 자신의 관계에 함축된 의미를 깨달았을 때 자신을 증오하는 릴리의 격렬한 감정은 거스와의 관계가 결혼이 가지는 의미와 별반 다르지 않다는 점을 깨닫고 올라오는 거부감과 같다. 자신에게 청혼을 하도록 열심히 유도했던 퍼시 그라이스의 집안이 "호텔에 새로운 공기의 유입을 차단하는 기구"를 특허 내어 재산을 모았다는 점은 릴리가 그라이스와 결혼했을 경우 자기 모습을 상상하게 만든다. 그라이스의 부인이 되면 산 채로 매장당하는 존재가 될 거라는 예상을 하기 위해 릴리는 "브라운색의 벽면과 검은 호두나무로 장식된 실내를 지닌 끔찍한" 그라이스 저택으로 직접 걸어 들어갈 필요도 없다. 그라이스의 부인으로서 릴리는 그라이스가 유일하게 관심을 갖고 수집하지만 읽지도 않는 비싼 고서본과 비슷한 존재에 지나지 않을 것이다. 릴리는 결혼식

예복의 베일에 싸인 신부의 모습은 상상할 수 있으나 결혼한 다음의 자기 모습은 생각할 수 없다. 릴리는 자신을 아름다운 대상이나 소유물로 대하는 제도는 인정하면서도 결혼을 받아들인 뒤 자기가 치러야 하는 대가는 받아들이지 못한다.

릴리는 자신이 처해있는 위치나 거래가 남자나 기혼 부인과는 다르다는 점을 인식하고 있다. 이런 인식은 릴리가 처음 셀든의 독신자 아파트를 방문한 뒤 자기에게는 이런 독립적인 삶이 가능하지 않는다는 점을 깨달았을 때 분명하게 드러난다. 셀든은 결혼하지 않는 여자도 자기처럼 살 수 있다고 주장하나 릴리는 남자와 여자의 다른 점을 이렇게 비유적으로 설명한다.

> 당신 외투는 약간 낡았지요. 그러나 누가 그 점에 대해 신경 쓰겠어요? 그 사실이 당신을 저녁식사에 부르는 것을 못하게 하지는 않지요. 그런데 내 옷이 구차하다면 어느 누구도 나를 초대하지 않을 거예요. 여자는 자신만큼이나 옷 때문에도 초대를 받는답니다. 의복은 배경이고 기본적인 틀이지요. . . . 의상은 여자에게 성공을 가져다주지는 않지만 성공의 일부가 되지요. 누가 행색이 초라한 여자를 좋아하겠어요? 우리 여자들은 지쳐 떨어질 때까지 예쁘게 꾸며야 하고 옷을 잘 입어야 한답니다. 우리가 혼자서 그렇게 할 수 없다면 파트너를 구해야 하지요. (14)

릴리의 말은 여성은 인격이 아니라 입고 있는 의상으로 다시 말해 장식으로 평가되고 있다는 사실을 보여준다. 로스데일이 소유하는 셀든의 아파트 이름이 독신남(bachelor)의 옛말인 베네딕(Benedick)이라는 것은 우연이 아니다. 릴리가 셀든의 아파트를 방문했던 사실이 다른 이들에게 알려진다고 한들 셀든에게는 아무런 피해가 가지 않으나 릴리가 셀든의 아파트에서 나오는 모습을 로스데일이 우연히 목격한 사실은 릴리에게 좋지 않은 영향을 미치게 된다. 이는 남자와 여자에게 적용되는 도덕적인 기준이 다르다는 점을 보여주는 좋은 예이다.

미혼인 릴리에 비해 기혼 부인이 누리는 상대적인 자유는 기혼 여성들이 독립된 인격체라기보다는 그 여자를 소유하고 있는 남편의 재력과 지위로 판단되기 때문이다. 릴리에 비해 주디 트레너(Judy Trenor)나 버사 도싯이 상대적으로 자유를 누리는 것은 주디와 버사의 남편이 돈이 많은 명문가 출신이기 때문에 가능한 것이다. 버사의 인물 됨됨이로 보아 릴리를 둘러싼 유럽에서의 소문이 버사에 의해 조작되었을 거라고 모든 사람이 짐작하나 그들은 릴리가 아닌 버사의 편에 선다. 그 소문에 대해 묻는 거티에게 릴리가 하는 말은 사람들이 믿는 여론에 대한 날카로운 지적이다. "진실이란 어떤 거야? 여자와 관련된 부분이면 진실이란 그냥 가장 믿기 쉬운 이야기가 진실이야. 이 경우에 내 이야기보다 버사의 이야기가 훨씬 더 믿기 쉽지. 왜냐면 버사가 큰 저택과 오페라 박스를 가지고 있으니까. 나보다는 버사와 좋은 관계를 맺는 게 편리하니까"(233-4). 그러나 그렇게 오만하고 방종한 버사 역시 자기가 셀든에게 보낸 연애편지가 조지에게 알려지면 꼼짝없이 이혼당할 처지에 있다. 남편 조지가 릴리에게 호감을 품고 있다고 해서 버사는 질투하는 척 가장할 뿐 이혼을 요구할 생각이 전혀 없고 남편 몰래 다른 남자들을 만나고 있다.

버사는 남편의 돈을 소비할 수만 있다면 사랑이 없더라도 결혼이 유지되기를 원한다. 주디 트레너 역시 남편 거스와 캐리 피셔(Carrie

Fisher)와의 관계에 대해 신경 쓰지 않는다. 다만 캐리 피셔가 남편의 돈을 축낸 것에 대해서만 화를 낼 뿐 다른 여자에게 눈길을 주는 남편에게 관심이 없다. 이들 두 기혼 여성은 남편을 사랑하지 않지만 남편이 자기들에게 금전적인 지원을 계속하고 이혼을 요구하지 않으면 상관하지 않는다. 그러나 아내라는 자리를 위협하는 릴리는 그룹에서 도태시켜버린다. 이 여자들이 자기네 생존을 위해 희생시키는 것은 남편이 아닌 힘없고 가난한 처녀이다. 남편의 돈을 소비하되 노예 같은 존재로 전락한 여자들은 문제 해결을 위해 남성이 아닌 다른 여자에게 적대적인 화살을 쏘고 파괴해버린다. 페털리는 버사와 릴리의 관계가 드러내는 여성들 간의 적대적이고 경쟁적인 관계는 이 사회가 귀중하다고 주장하는 명분과 실질적으로 지지하는 것 사이의 커다란 괴리 때문이라고 지적한다(203).

남성과 여성에게 적용되는 도덕의 기준이 다르다는 것은 릴리가 퍼시 그라이스와 결혼하기 위해 혼신의 힘을 기울이고 있을 때 그녀의 사촌 잭 스테프니(Jack Stepheny)가 돈 많은 그웬 밴 오스버러(Gwen van Osburgh)에게 하는 구혼이 아주 쉽게 성사되는 과정에서 다시 한 번 확인된다. 잭과 자기를 비교했을 때 릴리는 잭이 너무나 수월하게 결혼에 골인하는 것을 보고 충격을 받는다. "잭이 자기가 바라는 모든 것을 얻기 위해 하는 일이란 조용히 그 처녀가 자기와 결혼하게 내버려두는 일이었다. 하지만 나는 계산하고 궁리하고 뒤로 물러섰다 앞으로 나아갔다 해야만 한다. 마치 한 발자국만 잘못 움직이면 박자를 놓쳐버리는 까다로운 춤을 추듯이"(102)라고 릴리는 한탄한다. 남녀 간의 게임 법칙에 있는 차이는 드라모트가 지적하듯 "남녀 관계의 거래에서 아무것도 할 수 없는 무력한 여자는 조용히 남들이 알아차리지 못하도록 은밀하게 자신의 힘을 만들어가야 하는 것이다"(218).

잭의 결혼 전략은 자기 발전을 위해서 하는 것으로 사람들의 칭찬을 받지만 돈 많은 남편을 얻기 위한 릴리의 노력은 잭의 노력에 반비례하는 의미와 가치를 지닌다. 잭이 구혼하는 과정에 대해 릴리가 지니는 역겨움은 그녀의 예민한 감수성의 다른 표현이지만 이런 감수성은 남녀에게 다르게 적용되는 이중의 기준을 반사하는 것에 불과하다. 이중적인 기준은 남성에게는 극히 자연스러운 상황이 여자에게는 허용되지 않고 만약 여자가 그 상황에 개입되면 모든 잘못이 여자에게 돌아가도록 만든다. 릴리의 가치를 높여주는 이 덕목은 역설적이게도 릴리가 이 세상에서 살아가는 것을 더욱 어렵게 만들고 릴리에게 허용된 유일한 선택인 결혼을 그만큼 더 불가능하게 만들고 있다.

이와 같은 차별은 신분의 하강을 거듭하면서 릴리가 기생하는 마지막 거처인 노마 해치의 사회에서도 그대로 적용된다. 캐리 피셔의 주선으로 해치의 비서로 그 그룹에 들어간 릴리는 거기에 밴 오스버러로부터 수백만 달러의 유산을 상속받을 프레디 밴 오스버러(Freddy van Osburgh)가 있는 것을 보고 놀란다. 해치 부인 주위에서 동일한 계층 출신으로서 같이 머물렀던 이 두 사람이 겪는 과정과 결과의 차이는 돈도 부모도 없는 처녀가 겪는 압박을 더욱 선명하게 부각시킨다. 부유한 부모가 있고 남자인 프레디는 마음껏 즐긴 뒤 적당한 시기에 가족과 친지들에게 안전하게 돌아가지만 릴리는 해치 그룹에서 축출당한 뒤 빈민가의 아파트 외에는 갈 곳이 없게 될 정도로 사회 경제적 위치는 점점 더 내려간다. 막강한 가문과 돈을 지닌 남성 프레디는 릴리의 농간에 빠진 순진한 희생양으로 사람들에게 받아들여진다. 프레디를 곤경에 빠뜨린 장본인으로 낙인이 찍힌 릴리는 이제 주변 사람들에게 그녀가 어떤 곤경에 처해있든 신경 쓰지 않아도 되고 양심의 가책을 느끼지 않아도 된다는 핑계를 부여할 정도로 타락한 여자로 각인된다.

이 에피소드는 여자가 남자보다 쉽게 오염되며 그런 더러움은 남자보다는 여자에게 훨씬 더 심각한 결과를 초래하게 되는 것을 보여준다. 언젠가는 모자 가게를 차려서 경제적으로 독립하겠다는 릴리의 계획은 릴리가 단지 자본이 없기 때문이 아니라 릴리의 의심스러운 평판 때문에도 실현 가능성이 불투명하다. 릴리가 결혼할 가능성은 모자 가게를 시작해 보겠다는 꿈만큼이나 그녀에 대한 평판에 영향을 받는다. 릴리의 경제적 생존 능력과 평판은 불가분의 관계에 있으나 릴리의 평판은 그녀의 생존 의지나 행동과 평행선을 그리지 않고 위협받는다.

릴리가 보여주는 어리석을 정도의 자기 파괴적인 행동은 그런 자신으로부터 영원한 도피라고 할 수 있다. 처음부터 릴리는 자신이 처한 상황, 끝없는 분열이 일어나는 자아를 있는 그대로 직시하지 못하고 계속해서 누군가의 초대에 응해 그곳으로 도망치고 마지막에 가서는 자아로부터 벗어날 수 있는 하룻밤을 얻기 위해 과도한 양의 수면제 클로랄을 복용한다. 릴리의 성격이 지닌 모순 즉 애매한 상황에서 한없이 맞춰 들어가는 적응력을 지녔으며 상류 사회가 요구하는 기준을 준수하려고 최대한 노력하면서도, 자기가 손에 넣고자 하는 것의 진면목을 파악하고 경멸하게 만드는 지나치게 예민한 감수성이 릴리로 하여금 생존 의지를 꺾어버리게 한다. 릴리의 섬세한 도덕성은 자기 파멸을 인정하며 자신을 구하고자 하는 필사적인 노력을 주저하게 만든다. 자신에 대한 혐오는 자기가 살아온 생존 방식에 대한 혐오감이라고 할 수 있다.

여성과 사회: 이디스 워튼 소설 연구

셀든의 집에서 나온 다음 길거리를 방황하다 공원 벤치에 쓰러져 있는 릴리를 네티 스트러더(Nettie Struther)가 구해준다. 가난한 처녀들을 돕는 자선 활동을 하는 거티를 통해 건네준 릴리의 돈으로 건강을 되찾은 네티는 즉흥적으로 릴리를 자신의 집으로 초대한다. 릴리는 자신이 한 번도 가져보지 못한 네티의 초라하지만 안온한 보금자리를 보고 깊은 충격을 받는다.

> 그것은 가난이라는 우울한 가장자리에 자리한 가냘픈 삶이었다. 그것은 불행할 수도 병에 걸릴 수도 있고 가까스로 테두리를 지니고 있지만 절벽 끝에 지어놓은 새 둥지 같은 연약하고 대담한 영속성을 지니고 있었다. 그 둥지는 한 줌도 되지 않는 낙엽과 지푸라기로 되어있지만 그 속에 있는 생명이 낭떠러지 위에 안전하게 자리 잡을 수 있도록 엮어져 걸려 있었다. (332)

네티가 사는 방식이야말로 릴리가 지니지 못한 생존 능력, 사회에 온전하게 참여하는 방식이라고 작가는 제시하고 있는 듯하다. 이 부분에 대해 베이진(Nancy Topping Bazin)은 워튼이 개인의 행복을 성취할 수 있는 이상적인 가정과 전통적인 가치를 노동 계층에서 찾을 수 있다고 주장할 정도로 감상적이 되었다고 비판한다(105). 디목 역시 네티의 존재에 대해 회의적이다. 디목은 하나의 이상(Ideal)으로서 네티가 기이할 정도로 구체화되거나 검토되지 않았다고 하면서 네티를 개인적 이상형으로 제시하는 것은 워튼이 이 소설에서 허용한 유일한 낭만주의지만 그것을 지속하기는 용이하지 않다고 주장한다(790-1).

하지만 성이 매매되고 남녀가 주종의 관계로 맺어지는 이 사회에 대한 대안으로 워튼이 제시하는 네티의 부엌은 "남자의 믿음과 여성의 용기로 만들어진"(332) 곳이다. 이곳은 이 소설에서 처음으로 발견되는 인간적인 온기를 지니고 있으며 릴리로 하여금 처음으로 "삶의 지속성"을 느끼게 하는 장소이다. 릴리에게는 "이 가냘프고 조그마한 노동 계층의 여자가 삶의 조각들을 모아 안식처를 짓고 존재의 핵심적인 진리에 도달한 듯이" 보인다(332). "같이 있을 때조차 남녀 모두가 둥둥 떠다니는 원자들"(332)처럼 보이는 상류 사회의 '연락의 집'에는 자기를 지탱해주는 게 하나도 없었다는 것을 릴리는 네티의 부엌을 보고나서야 비로소 절실히 깨닫는다. 비록 절벽 위의 새둥지 같은 초라한 것이라 할지라도 네티의 집은 낭떠러지 위에 영원히 안전하게 남을 수 있는 집이다. 이 집은 "지혜자의 마음이 머물 수 있는 초상집"으로 "어리석은 자들이 머무는 연락의 집과 대조를 이루는 곳이다"(전도서: 3-4). "조지(George Struther)가 저를 있는 그대로 받아들일 정도로 좋아한다면 제가 다시 시작하지 말아야 할 이유를 찾을 수 없었어요. 그래서 저는 다시 시작했어요"(327)라고 하는 네티의 말은 남녀관계가 어떤 것이어야 하는가를 제시한다. 네티와 남편 조지의 만남은 릴리를 "거대한 기계에서 떨어져 나온 나사나 못처럼"(320) 내동댕이친 사람들이 서로 맺고 있는 추악한 관계를 노출시킨다.

릴리가 지니는 궁극적인 아름다움이란 어떻게 해서든지 살아남겠다며 노력하기를 주저하고 결국 생을 포기한 데서 나온 것이다. 버사의 편지를 처리하는 릴리의 태도는 이 점을 선명히 부각시킨다. 그 편지는 버사를 자기편으로 끌어들일 수 있는 유일한 수단이며 릴리가 자기에게 익숙한 본래의 사교계로 돌아갈 수 있는 보증수표와 같다. 그러나 릴리가 다른 이들을 감동시키는 점은 이 편지를 이용하지 않고 셀든의 아파트 난롯불에 던져버리는 데 있다. 더 나아가 릴리로서는 마지막으로 손에 쥔 큰돈인 줄리아 고모가 남긴 만 달러를 나름대로 혹독한 대가를 치른 빚을 갚는 데 쓴다. 정작 그 돈은 거스에게는 있으나 마나 한 액수이지만 릴리가 빚을 청산하는 것은 릴리의 진정한 아름다움을 드러나게 하는 마지막 고상한 행동으로 보인다.

이런 릴리의 행동에 대해 맥두웰(Margaret McDowell)은 릴리가 고통 속에서 성장하여 성숙한 의식을 가지게 된 것이라고 평하고 있으나 (46) 이 소설 속의 어느 누구도 릴리의 죽음에 대해, 릴리의 마지막 행동에 의미를 부여하지 않는다. 버사의 편지를 이용하는 데 릴리로 하여금 주저하게 만든 가장 큰 요인이었던 셀든마저 "릴리가 일어서며 옷에서 무엇인가를 꺼내 불속에 던졌다고 상상했다. 그러나 그 당시에는 그 행동을 거의 알아차리지 못했다"(321). 릴리가 죽은 뒤 릴리의 서랍에서 거스에게 보내는 수표와 편지를 보고 거스와의 소문을 새삼 확인하는 셀든의 태도는 릴리가 자기 생명까지 치르고 한 저항의 무위성을 두드러지게 만든다. 릴리의 마지막 행동이 있는 그대로 밝혀진다고 하더라도 그 행위는 릴리가 항상 염두에 두고 신경을 쓰던 사람들에게 어떤 의미도 던지지 못한다. 이는 릴리의 죽음으로 확인하는 셀든의 태도에서 분명하게 나타난다.

셀든은 삶의 모든 조건들이 릴리와 자기를 떼어놓았다고 생각했다. . . . 그러나 셀든은 적어도 릴리를 사랑했었다. . . . 릴리에 대한 믿음에 자기의 미래를 기꺼이 걸었다. 만약 그것이 그 순간을 포착하기 전에 지나가버렸다면 셀든은 그것이 자기네 모두의 삶을 파괴하는 것으로부터 자기들 두 사람을 구원해준 것으로 납득하였다. (342)

이렇게 생각하는 셀든의 차갑고 계산적인 사고는, 릴리가 언제나 의식하고 있었고 쫓겨난 뒤에는 돌아가기를 열망했던 사교계의 사람들이 릴리의 죽음을 대하는 태도를 압축하고 있다. 동시에 "바로 그 점이 셀든을 워튼이 가하는 철저한 사회풍자의 마지막 인물"(Wolff 132)이 되게 했을 것이다.

3. 맺는 말

워튼은 『연락의 집』을 쓰면서 유행의 도시 뉴욕에서 어떻게 소설 주제를 끌어낼 것인가에 대해 고심했다며 이렇게 고백하고 있다.

어떤 의미에서, 무책임하게 쾌락을 추구하는 이들의 사회가 세상의 오래된 고통에 대해서 그런 사회를 구성하는 사람들이 짐작할 수 있는 것보다 더 깊은 의미를 가질 수 있다고 말할 수 있을까? 그에 대한 답은 부질없는 사회는 그 부질없음이 파괴하는 것을 통해서만 극적인 의미를 얻을 수 있다는 것이다. 비극적 의미는 타락한 사람들과 이상의 힘에 있다. 간단히 말해 그 대답은 내 주인공 릴리 바트이다. (*Backward Glance* 207)

부질없는 사회가 의미하는 것은 그 부질없음에 의해 파괴되는 것을 통해서 파악할 수 있다고 한 작가가 릴리의 죽음이 그 소설의 등장인물들에게 어떤 의미를 남기게 한 것 같지는 않다. 그러나 릴리의 죽음을 읽는 우리들에게는 수많은 의미를 던지고 있다. 워튼은 릴리 바트라는 인물이 파멸해가는 과정을 통해 계층 간의 차이와 남녀 사이의 차별에 의해 수수께끼처럼 되어버린 가부장적 자본주의 사회가 지니는 부질없지만 파괴적인 요소들을 적나라하게 들추어내고 있는 것이다.

릴리가 결혼으로부터 도피하는, 다시 말해 자기에게 유일한 생존의 길에서 벗어나려고 하는 이유가 다른 한쪽에 대해 한쪽이 전혀 힘이 없는 균형이 깨진 관계에 대한 그녀만의 거부 방식(Ammons 35)이거나 자기 주변 사람들의 결혼이 보여주는 증오와 위선을 혐오하기 때문(Olin-Ammentorp 240)이기도 하지만 타인이 부여하는 것으로 생존해야만 하는 자신에 대한 혐오 때문이라고 할 수 있다. 돈으로 매매되는 결혼을 증오하면서 릴리는 생존을 위해 그것에 매달릴 수밖에 없는 자신에 대해 역겨워했고 그런 자기혐오가 삶에 대한 의지마저 꺾게 만들어버린 것으로 추측할 수 있다.

그러나 워튼은 왜 여자의 인생을 이렇게밖에 그리지 못했을까? 왜 작가는 상류 사회 밖에 있는 삶의 가능성을 릴리에게 제시하지 않았을까? 주위 인물들에게 아무런 메시지를 던지지 못한 릴리의 비참한 최후에 대해 릴리에게 가해지는 집요한 비난, 즉 자기가 애착을 가지는 만큼 경멸하는 가식적인 사교계 너머에 있는 또 다른 삶의 가능성을 왜 보다 적극적으로 시도해보지 않았을까? 하는 비난은 결코 해소되지 않을 것이다. 또한 워튼이 여성의 질곡을 타개하기 위한 어떤 대안을 제시하지 못했다는 비판 역시 여전히 남아있다. 릴리의 삶에 존재하는 한계성에 대해 지금 우리가 분개하는 것은 워튼에게 그녀가 살던 사회와 시대를 뛰어넘기를 바라는, 너무 많은 것을 요구하는 무리한 것(243)이라는 올린-아멘토프의 지적이 타당할지도 모른다. 시대를 앞서가는 작가라고 할지라도 시대라는 어항을 물고기는 벗어날 수 없을 것이다. 워튼의 소설이 적어도 약자에게만, 여자에게만 끊임없는 대가를 치르게 하는, 여성을 독립된 인격체가 아닌 장식적인 존재로 붙박아놓는 타락한 세계에 목숨을 다해 저항하는 여성을 그리고 있다는 점은 인정해야 할 것이다. 또한 "여자의 모든 선한 행위는 남자와의 결혼에 의해 최대한 보상받는다는 19세기 소설의 통념"(Schaffer 51)을 뒤집어엎고 있다는 것만으로도 우리는 워튼을 높이 평가해야 할 것이다.

워튼은 릴리의 비극적인 생을 통해 모든 여성과 남성이 함께 행복할 수 있는 사회는 자신의 존재 이유를 타인이 아닌 자신이 결정할 수 있는 힘을 가지며 어느 누구에게도 생존을 위해 단 하나의 선택만을 강요하지 않는 "남성과 여성의 힘이 균등하게 균형을 이루는"(*French Ways and Their Meaning* 113) 성숙한 사회여야 함을 에둘러 주장하고 있다. 여성을 대상화하며 성을 매매하는 결혼 제도를 비판하는 이 소설을 여성학적인 관점에서 조망함으로써 풀 수 없이 얼크러진 가부장적 금전 사회의 부조리를 들추어내는 의의는, 비단 이것이 여성들만의 문제가 아니고 모든 인간이 처한 문제이기 때문이다. 그리고 끝없는 물질주의의 팽배 속에 인간을 대상화하며 모든 인간관계를 금전적인 이해관계로 치환하는 사회에서 "삶의 핵심"에 접근하지 못하고 주변에만 맴돌다 좌절당하는 현대인의 상황이라는 보다 보편적인 문제를 노정하고 있기 때문일 것이다. 사회의 모든 구성원들이 "삶의 계속성"을 체감할 수 있는 행복한 사회는 모든 사람에게 동등한 기회가 주어지고 편견 없는 열린 사회를 이룸으로써 한 걸음 더 가깝게 다가서게 되지 않을까 기대한다.

2장

주거 공간과 여성의 독립:『연락의 집』

1. 들어가는 말

『연락의 집』(*The House of Mirth*)은 릴리 바트(Lily Bart)라는 상류 사회 출신이나 가난한 고아 처녀가 결혼을 위해 총력을 기울이지만 성공하지 못하고 결국에는 이른 나이에 죽음으로 생을 마감하는 과정을 다루고 있다. 당시 중상류 사회 여성에게 사회적 경제적 안정과 정체성을 부여하는 유일한 방식이었던 결혼에 매달리는 주인공 릴리의 2년 동안의 행적을 조금 더 깊이 들어가 보면 릴리는 결혼보다는 자기의 집, 자기만의 공간을 찾는 데 더 주력하는 듯이 보인다.[1] 워튼은 여성이 처한 사회적 경제적 상황을 집이라는 물리적 실체를 통해서 짚고 있다. 마운트(Mount)

---

1 Tillman은 릴리가 결혼이나 남자를 원하지 않고 자기만의 방, 자기만의 집을 원했기 때문에 결국 벌을 받은 것이라고 주장한다(143).

라는 저택을 자신의 지휘 아래 지은 경험이 있고 건축가 코드먼(Ogden Codman)과 공저로 『집의 장식』(*Decoration of Houses*)이라는 책을 썼던 워튼은 집이 어떤 의미를 지니는지 누구보다도 절실하게 체감하였을 것으로 짐작된다. 워튼은 이 소설에서 정체성의 문제를 추상적인 아이디어를 통해서가 아니라 그 사람이 거주하는 공간의 문제로 보다 구체적으로 접근하고 있다.

정체성이란 자기가 사는 공간을 자기 능력으로 마련하고 자기의 의사대로 배치하고 꾸밀 수 있는 구체적인 현실에서 출발한다는 점을 보여주는 것이다. 사람들은 "거주를 통해 내면의 자유를 행사하고 의식의 건강함, 삶의 자주성, 관념적 인정 같은 것을 추구한다. 이를 위해 스스로 자기 거주 방식을 결정하고 자기 생을 리드할 뿐 아니라 주변 세계를 통솔한다. 그럼으로써 지배 세력과 시대적 이념으로부터 자기 정서와 행동과 정신을 자유롭게 만든다"(민병호 256)는 건축가의 주장은 릴리를 좀 더 깊이 이해하게 만든다. 끝없이 흔들리고 스스로 서지 못하고 주위 사람들에게 비추어진 모습에서 자기의 정체성을 찾는 뿌리가 잘린 꽃과 같은 릴리의 처지를 집 없이 떠도는 그녀의 상황보다 더 구체적으로 보여주는 예는 없다.

이 소설의 주인공 릴리는 부패한 세계에서 유일하게 도덕적이고 감상적인 주인공(Singley 81)으로 평가되기도 하고 다른 한편으로는 허영심 많고 자기중심적이며 다른 이들의 곤경을 헤아리지 못하는 사람으로 해석되기도 한다(Lidoff 521). 또 다른 비평가는 릴리를 가부장 사회의 한계와 억압에 반기를 드는 '신여성'으로 본다(Dale Bauer 61). 이렇게 다양하게 평가되는 릴리는 자기의 미모를 "선을 행하고, 영향력을 행사하

는 기회를 제공할 수 있는 긍정적인 장점으로 생각하는"(35) 어떤 면에
서는 감상적인 인물이다. 그러나 동시에 자기의 아름다운 외모가 실제로
는 릴리 바트(Lily Bart)라는 이름이 암시하듯 '교환을 위한 상품'으로써
구매자들의 관심을 끌도록 결혼 시장에서 전시되는 상품(Johnson 953)이
라는 것도 자각하고 있다. 자신을 감상적인 인물로 파악하고 있으며 보
수적인 결혼 시장에서 구혼자를 확보해야 한다는 점을 인식하고 있으면
서도 릴리는 때때로 충동적으로 대담하고 현대적인 면을 드러낸다. 릴리
는 노름을 하고 담배를 피우며, 당시 중산층 미혼 여성에게 터부시 되는
행동인 동반자 없이 홀로 (셀든의) 독신자 아파트를 방문하기도 한다. 릴
리는 결혼에 대한 희망과 자기만의 독립을 유지하고자 하는 모순되는 충
동이 유발하는 긴장 속에 갇혀있다.[2]

　이 소설이 워튼의 작품들 가운데 중요한 위치를 점하고 워튼을 아마
추어가 아닌 '전문적인 작가'로 자리매김하게 만든 이유는 이 작품이 발
표 당시 시대의 심리적 문화적인 변화들을 담고 있기 때문일 것이다. 릴

---

[2] 릴리 바트의 모호한 정체성에 대해, 그녀가 감상주의적 인물인가 아니면 자연주의 결정
론의 희생자인가에 관해 많은 비평가가 논한 바 있다. Gerard는 릴리를 사회 환경의 희
생자로 보면서 릴리가 낭만주의와 물질주의 사이의 갈등을 겪는 인물로 본다(412).
Carson은 릴리는 중상류층에 속하지만 그녀가 처해 있는 재정 상태는 하층과 다르지
않다고 하면서 릴리는 유한 계층의 가치관에 궁극적으로 저항하는 인물로 본다(704-6).
Connell은 워튼이 자연주의 소설의 특성을 하층민이 아닌 상류층에, 센티멘털리즘을 유
한 계층에 적용했다고 주장한다(560). Showalter는 『연락의 집』이 동질적인 감상주의적
인 문화에서 이성애적인 모더니즘으로 넘어가는 것을 보여주는 소설로 릴리가 이런 점
을 체현한다고 주장한다(19). Dimock은 릴리를 자본주의 경제의 희생자로 본다. 디목
은 릴리가 교환이라는 사회풍조에 사로잡혀 있으면서도 자기를 사려는 구매자를 의도
적으로 거부하는 것은 그녀가 자신이 자산으로 간주되는 것을 궁극적으로 거부하는 것
이며 이 점이 릴리를 저항아로 만든다고 주장한다(785). Esch는 릴리는 이중적이며 자
기분열적인 인물이라고 주장한다(8).

리는 자기가 몸담고 있는 세계의 구경꾼이면서 동시에 그 사회의 구경거리이며, 빅토리아적인 가치를 고수하면서도 신여성적인 면모를 지니고 있다. 이런 점에서 릴리는 새로운 도시 환경에 진입하게 된 여성들이 처한 불확실하고 모호한 입장을 상징하는 인물이다. 집이 없는 릴리는 자기의 잠재력을 표현하고 규명할 수단이 없는 여성이다.[3] 당시 사회는 유한계급의 여성에게 결혼과 가정 너머 바깥세상의 어떤 공간도 허용하지 않는다.

자립이 불가능하고 따라서 미성숙한 존재로 취급당하는 인간은 누구라도 영혼에 깊은 상처를 입게 된다. 자기만의 집을 확보할 수 있는 사회 여건이 마련되지 않았고 스스로 생존할 수 있는 경제적인 능력이 없어 누군가에게 언제나 의존할 수밖에 없는 존재인 여성은 항상 결핍된 존재이기 때문이다. 부모와 함께 유럽을 방랑하며 살던 유년 시절부터 부모를 다 잃고 난 다음 같이 살고 있는 후견인 고모 줄리아 페니스턴 부인(Mrs. Julia Peniston)의 집이나 초대받아 가는 '친구들'의 수많은 저택, 그리고 홀로 죽음을 맞이하는 초라한 하숙집에 이르기까지 릴리는 어느 집에 대해서도 "애착을 지니지 못한 채 경건함이나 장중하고 애정 어린 전통의 핵심"(331)을 찾아내지 못한다. 릴리는 "자신을 무력한 존재로 만들지 않을 삶과의 진정한 관계를 설정하고자 그것을 가능하게 만들어 줄 자기만의 집"(Moddelmog 337)을 찾아 여러 집들을 전전하다 종국에는 도시 변두리의 싸구려 하숙에서 생을 마감한다.

---

3 Schriver는 당시 여성의 의무와 성취를 이룰 수 있는 유일한 장소인 집이 없이 이 집에서 저 집으로 계속 떠돌며 살아가야 한다는 사실이 릴리에게 우선 자존감을 지닐 수 없게 만들었고 결국에는 살 의지를 잃게 했다고 한다(191).

이 장에서는 릴리 바트가 자신의 정체성 설정과 급변하는 사회에서의 자립이라는 문제와 긴밀한 관계가 있는, 자기만의 공간인 집을 찾아 고군분투하는 모습을 릴리가 기거하는 여러 집의 양상과 함께 찾아보고자 한다. 또한 도시와 경제의 변화가 여성의 삶과 주거 공간인 집의 설계에 어떤 영향을 미치고 그 집은 여성의 삶에 어떻게 연결되고 있는지를 릴리의 행동반경을 따라 추적하고자 한다.

2. 도시 변화와 여성

변화의 물결이 가장 먼저 밀려들었던 대도시는 모든 물건과 서비스와 사람이 통행하는 시장이 되었다. 19세기 후반의 대도시는, 다양한 사람들이 공동의 서비스를 공유하는 계층과 인종이 뒤섞인 장소로 변화하였다. 이 소설의 무대가 되는 19세기 말에서 20세기 초 뉴욕이라는 대도시의 특성 가운데 하나는 신속한 도시화로 공적 공간과 분리된 기존의 가정이라는 사적 영역이 사라진 것이다. 생산의 중심이었던 가정을 소비 주체로 변화시킨 소비문화의 발전은 여성을 점점 공적 영역으로 진출하게 만들었다. 그러나 "사람들은 도시 거리에 등장하는 여성을 수상하게 여겼다. 도시가 지니는 통제하고 감시하는 영역은 특히 여성들을 주시했다"(14)고 한 윌슨(Elizabeth Wilson)의 지적처럼 당시 도시가 갖는 감시의 눈길은 미혼 여성들에게 쏠렸다.

여성들이 도시의 공적 영역으로 진출함에 따라 도시 거주민들이 혼란스러운 도시에 질서를 부과하는 방법 가운데 하나가 "성을 구분하고 성의 영역을 두 개로 분리하는 것이었다"(Ryan 74). 남성과 여성 그리고 다른 계층의 사람들이 물리적으로 근접한 공간에 서로 섞여서 공존해야 하는 사실은 질서와 계층을 만들기 위한 준거가 필요했는데 이 경우 성(sexuality)이 대도시에서 질서를 부과할 수 있는 가장 강력한 기준이 되었다. 공적 영역에서 일어나는 성에 연관된 상황을 설명하기 위해 작가들은 여성을 두 종류로 즉 "중상류층의 위험에 처한 여성(endangered woman)과 하층 계층의 위험한 여성(dangerous woman)"으로 분류했다 (Ryan 86). 라이언이 이렇게 여성을 분류한 시기는 1880년 이전에 해당되나 실제로는 20세기에 들어와서도 상당 기간 지속되었고 워튼의 소설에도 이런 구분을 적용할 수 있다. 여성에 대한 이런 분류는 릴리가 주위 사람들에게 어떻게 인식되는가를 보여주는 좋은 척도가 된다.

19세기 후반에 이르게 되면 가정이라는 울타리를 벗어나 거리에 등장한 여성들뿐 아니라 미국의 공적 영역은 다른 면에서 여성화되었는데 여성의 역할이 다양화되었기 때문이었다. 이 소설에 등장하는 거티(Gerty Farish)와 네티(Nettie Crane Struther)의 삶이 보여주듯이, 여성들은 도시라는 새로운 장소에서 노동자, 도시 개혁가, 소비자라는 역할로 변화하였다. 당시는 여성 참정권 운동이 계속되고 근로 여성의 수가 계속 증가하던 시기였다. 1890년까지 여성 인구의 20% 정도가 산업 현장에 들어가고 있었지만 근로 여성은 여전히 '위험한 여성'으로 생각되었으며 "전통주의자들은 가정의 이데올로기를 이전보다 한층 더 강하게 주장하게 되었다"(Hapke 6). 보수적인 전통주의자들에게 도시 근로 여성의 19%가 임대주택에 거주한다는 사실이나 여성들만의 하부 문화는 도덕적 부패의 징후로 간주되었다(Brooks 105). 근로 여성들에게 동정적인 사람들은 이 여성들을 잔인한 도시 환경의 희생자로 보았으나 그들 역시 가족과 떨어져 혼자 생활하는 여성들이 창녀로 전락하게 될까 봐 두려워했다. 당시 독신 근로 여성과 매춘이 연관되는 일은 흔한 현상이었기 때문이다. 이러한 브룩스의 연구는 릴리 바트라는 인물을 당시 역사적 현상의 한 단면인 정박할 가정이 없이 표류하는 여성의 표본으로 만든다.

19세기 말에 이르면 미국 문화는 더욱 더 시각적인 소비문화로 변모하고 여성의 이미지가 상품 판매에 점점 더 많이 이용되었다. 여성들의 행동반경이 확대되고 여성이 공적 영역에 많이 등장하면 할수록 여성은 점점 더 대상화되거나 상품화되고, 문화적인 이미지를 재현할수록 여성이 담당하는 역할은 추상화되었다. 여성의 새로운 역할에 대한 불안과 혼돈은 미혼 여성의 이미지를 이제 "구원의 천사와 무서운 세력, 순수함과 파괴성을 의미하는 양면의 날을 가진"(Banta 481) 모순적인 존재로 변화시켰다.

어떤 계층보다도 특히 유한계급 여성의 역할이 가장 모순적으로 변화해 갔는데 그들이야말로 대중에게 가장 눈에 띄는 존재로 제일 영향력이 있으면서도 동시에 가장 상품화되는 존재였기 때문이다. 남편의 경제적인 능력을 타인에게 과시하는 데 재능을 발휘해야 했던 유한계급 여성은 항상 사람들의 주목을 끌었다. 캐플런(Amy Kaplan)이 주장하듯 "가정이 여성들이 지휘하는 총괄적인 사교 이벤트가 일어나는 무대가 되어감에 따라 유한계급 여성들은 대중의 눈에 더욱 띄게 되었다. 상류층의 주거 공간은 시장 사회의 경쟁으로부터 벗어나는 사적이고 내밀한 휴식처가 아니라 경쟁을 위한 공개 무대의 기능을 했다"(93). 『연락의 집』에서 보여주듯이 여성들이 활약하는 문화적인 이벤트는 대중에게 공개가 되는 반면, 남자들의 사업상 거래는 더 은밀하게 이루어지고 말로 표현할 수 없으며 표현해서도 안 되는 일인 것처럼 되었다. 새로운 도시 문화에서 유한계급 여성은 더욱 많이 사람들의 눈에 노출되면서 동시에 사람들로부터 소외되고 상품화되며 가십거리가 되어갔다. 유한계급 여성들이 누리는 특권은 그만큼 큰 대가를 치르고 얻은 것이었다.

유한 계층 여성은 또 다른 측면에서 모순적인 존재로 변화하였는데, 궁극적으로 사회의 산물이자 도시의 상징이지만 이들은 도시적 삶의 중심이 아닌 가장자리에 위치하여 도시로부터 고립되고 보호받았다. 가장 도회적이고 사람들의 눈에 띄는 유형인 상류 사회 여성들은 정작 도시를 제대로 보지 못하면서 도시가 만드는 파편적이고 소외되는 불협화음을 체험하는 것이다. 도시 상류층 삶의 가장 큰 특징은 도시 중심에서 멀리 벗어나 개인적인 사생활의 사치를 지키는 것이었다. 워튼이 이 소설에서 생생하게 그려낸 것은 이같이 고립된 상류 사회이다. 뉴욕 상류 계층을 다루는 이 작품에 뉴욕의 거리는 거의 등장하지 않는다. 소설 결말 부분에서 모든 지인들로부터 버림받고 막다른 벽에 부딪친 릴리가 차를 마시는 손님들로 북적대는 식당 한가운데서 한없는 외로움과 거리감을 느꼈던 만큼 워튼의 인물들은 공공장소에서 멀리 떨어져 있다. 화려한 저택과 저택에 딸린 전원 같은 정원에서 지내는 릴리는 소설 결말에 이를 때까지 도시의 거리를 배회하지 않는다.

그러나 아이로니컬한 점은 도심에서 벗어나 있는 유한 계층의 저택에서 발생하는 일들이 도시 공적 영역의 여러 현상들을 그대로 반영한다는 사실이다. 가정집이 극장의 무대같이 되는 현상은 월가에서 활동하는 거스 트레너(Gus Trenor)나 사이먼 로스데일(Simon Rosedale) 같은 남자들이 만들어낸 도시의 신경제 시스템이 만들어낸 일이었다. 이 도시가 여성들에게 개방되고, 상품과 오락거리로 이루어진 신세계가 확대될 때, 워튼이 그리는 상류 사회 인물들은 좀 더 좁은 실내로, 이상화된 가정을 꿈꾸는 상상 속으로 후퇴한다.

이 소설에서 인물들이 주로 활동하는 실내 공간의 강조는 워튼 자신이 실내 디자인에 관심이 있었다는 점을 보여줄 뿐 아니라 19세기 후반 문화의 전반적인 경향이라고 할 수 있다. 점점 더 많은 여성이 공적 영역으로 진출하게 됨에 따라 도시가 다양하게 변화하였던 것처럼, 질서를 유지하기 위해 도시 영역을 분할하는 경향이 건물의 내부 설계에 관해 새로운 관심을 가지게 했다(Agnew 137). 당시의 새로운 트렌드는 걱식을 차리는 빅토리아식 응접실(parlor)에서 좀 더 개방적이고 격식에 매이지 않는 거실(living room)로의 변화였다. 할터넨(Halttunen)은 "빅토리아 문화에서 현대 문화로의 전환은 인격(character)으로서의 자아라는 19세기 개념에서 개성(personality)이라는 20세기 개념으로 변화가 포함된다. 인격의 문화는 도덕적인 문제에 초점을 맞추고 절제의 미덕을 주장하지만 개성의 문화는 감정적인 기질과 자기표현의 기술에 더 관심이 있다"(187)고 해석한다.

이런 변화는 자기 부정의 미덕에 근거한 생산자 중심의 사회에서 자기 성취의 욕구에 부응하는 대중 소비의 사회로 변화하는 것과 맞물린다. 할터넨은 주택 공간의 상징적인 의미를 이렇게 설명한다. "19세기 응접실은 공적 자아와 사적 자아 간에 분명하게 구분 짓는 것을 강조한다. 말총으로 만든 의자 위에 허리를 세우고 반듯하게 앉아있는 사람들은 완벽하고 도덕적인 자기 절제를 요구한다. 그러나 사적인 자아를 모든 방문

객에게 드러내는 거실은 개방적이고 따뜻하며 매력적인 공간을 강조함으로써 공적 자아와 사적 자아 사이의 구분이 허물어진다"(187-8). 거실을 미국 가정의 중심으로 받아들이는 것은, 거주자의 개성을 표현하기 위한 집을 강조하는 실내 장식의 새로운 방식이었다.

　응접실의 개념 변화와 더불어 여성적 아름다움의 이상 역시 내면적 아름다움보다는 '개성'이라는 새로운 문화적 변화에 부응하게 된다. 패션의 역사를 연구하는 스틸(Steele)은 "여성의 미를 그리는 19세기 말 20세기 초 문학에서는 개성의 표현이 도덕과 절제보다 더 중요하게 되었다. 빅토리아 시대의 많은 작가는 사람을 자석같이 끌어당기는 개인적인 매력의 중요성을 부각시킴으로써 여성의 미 가운데서 성적인 요소를 강조했다"(213-4)고 주장한다. 20세기에 들어서면서 개인적인 외모에 대한 집착은 여성들에게는 새로운 종교가 되었다. "행복이란 여성의 복종이나 남성의 도덕적인 향상보다는 성적인 열정을 통해 강력한 남성들과 관계를 맺는 것이었다"(Steele 214). 1840년대 이후의 소설에서는 옷을 잘 입고 화장을 예쁘게 하는 멋쟁이 숙녀들이 주인공이 되었다. 『연락의 집』은 19세기 전반에는 불가능한 소설이었다. 그때는 거티 같은 인물이 주인공이 되었을지도 모른다. 당시에는 릴리를 참을 수 없이 지루하게 만들고 셀든의 관심을 끌지 못하는 거티의 진지함이나 자기희생과 같은 특징이 미덕으로 간주되었기 때문이다. 릴리가 현재의 우리들에게 이렇게 강렬하게 다가오는 것은 그녀가 당시 사회의 심리적이고 문화적인 변화를 구현할 뿐 아니라 릴리의 문제가 현재를 사는 우리의 문제를 여전히 여실히 반영하기 때문이다. 도덕적 인격으로서의 자아가 많은 사람들 앞에서 상대방이 원하는 역할을 연기하는 자아로 변화하던 시대였다.

이런 변화가 진행되고 릴리가 "위험에 처한 여자이면서 또한 위험한 여자"라는 서로 상반되는 입장에 처하면서 그녀는 불확실한 영역으로 움직이게 된다. 릴리가 옮겨가는 다양한 집들 가운데 한쪽 끝에는 공적인 삶과 거리를 둔, 폐쇄적인 여성이 기거하는 전통적인 가정이 거의 희화적으로 과장된 페니스턴 부인의 집이 있고, 다른 반대편에는 이혼녀 노마 해치(Norma Hatch)가 묵고 있는 모든 이에게 공개되고 유행의 첨단을 따르는 호텔이 있다. 극단적인 이 두 주거 공간 사이에 극장 무대와 같은 상류층의 저택과 셀든의 독신자 아파트와 네티의 집이 존재한다. 이 사이 어딘가에 있는 공간에서 여성의 공적 사적 역할이 변화되는 양상을 찾아볼 수 있다. 릴리는 자기 취향에 어울리고 자신을 많은 지인에게 드러낼 수 있는 사교계 친구들의 저택에 편안함을 느끼지만, 이런 저택들은 결코 그녀가 그토록 갈망하는 가정을 제공하지는 않는다.

3. 다양한 집들과 릴리

워튼은 이 소설에서 릴리에게 여러 집을 제시한다. 커넬(Connell)이 지적했듯이 릴리의 집 찾기는 이 소설을 이끌고 가는 추진력을 제공한다 (581). 릴리가 기거하는 집들은 그녀가 처해 있는 시기의 사회적 위치를 반영하며 무대, 창고, 쇼룸, 영안실로 변화하는 그 어떤 집도 그녀에게 도움이 되지 않는다(Benert 31). 부모가 릴리에게 아무런 유산을 남기지 않은 채 세상을 떠나는 바람에 어쩔 수 없이 릴리를 떠맡은 고모 줄리아 페니스턴 부인의 집은 안과 밖, 공적 영역과 사적인 영역 사이의 격식과 서로 간의 엄격한 분리를 나타내는 집이다. 이 집은 바깥 세계로부터 여성이 보호받는 전형적인 빅토리아 스타일의 주택이다. 성채처럼 보이는 집안에 숨어서 창을 통해 바깥을 구경하는 페니스턴 부인은 "화란인 조상들이 위쪽 창문에 달아놓은 작은 유리 창문을 통해, 누구도 침범할 수 없는 집의 깊숙한 곳에서 길에서 일어나는 일을 내어다본다"(41).

이 집 내부는 복잡한 바깥 세계로부터 안전하지만 식구들이 바깥 세계의 비정한 경쟁에서 위안을 구할 수 있는 피난처는 아니다. 그 집은 조각상들과 육중한 가구와 두꺼운 커튼이 드리워져 죽음이 누르는 듯한 어두운 분위기를 지니고 있다. "얼음같이 차가운 벽난로는 금단의 빛으로 반짝거렸다. 손님이 있을 때를 제외하고는 난로가 켜진 적이 없는"(107) 응접실은 누구에게도 따뜻함과 안락함을 주지 못한다. 릴리가 셀든(Lawrence Seldon) 아파트의 낡고 소박한 의자에 비스듬히 편안하게 앉아 흡연을 즐겼던 것과 대조적으로 페니스턴 부인은 항상 의자에 꼿꼿하게 앉았다. 가을이 되어 휴양지에서 뉴욕 집으로 돌아오면 페니스턴 부인은 집안 곳곳을 점검하고 돌아보기 위해 두문불출했다. 하녀들과 함께 "페니스턴 부인은 양심의 내면 구석구석을 탐색하는 참회자의 정신으로 침구와 담요를 뒤졌다. 그 부인은 잠복 중인 질병을 찾는 괴로운 영혼처럼 나방들을 찾았다. . . . 집안 대청소의 마지막 단계는 집안 전체를 회개하는 듯 흰색으로 덮은 후 속죄의 비눗물을 뒤집어씌우는 일이었다"(104).

릴리가 그토록 싫어한 그 집의 대청소는 삶보다는 죽음을 상기시킨다. "부자연스러울 정도로 깔끔하고 정돈된 고모 집이 릴리에게는 무덤만큼이나 우울하다"(106). 릴리는 자신이 이 집에 산 채로 매장되어있다고 생각한다. 페니스턴 부인이 창문 블라인드 아래로 들어오는 한 줄기 빛조차 싫어하는 모습은 집 밖의 모든 무질서로부터 차단되고 과도하게 청결한 사적 공간이란 얼마나 부자연스럽고 인생의 활기를 부정하는지를 보여준다. 페니스턴 부인의 외모 역시 그 집과 같은 이미지이다.

> 페니스턴 부인의 회색 머리칼은 야무지게 빗어 넘겨졌다. 그녀의 옷은 항상 검은색이었고 딱 맞았다. 릴리는 반짝거리는 갑옷 같은 검정 옷과 작고 꼭 맞는 부츠를 신고 짐을 싸서 언제라도 출발할 준비가 된 모습 이외의 고모를 본 적이 없었다. 그러나 고모는 결코 출발하지 않았다. (113)

페니스턴 부인을 움직이게 한다는 것은 "마루에 못을 박아 고정시킨 가구를 잡아당기는 것과 같았다"(41). 이러한 페니스턴 부인의 저택에 있는 릴리의 방은 과거의 무게로 억눌려 있다. 트레너(The Trenors) 부부의 시골 별장 벨로몬트(Bellomont)가 보여주는 "밝은 색조와 화사한 물건들"과는 대조적으로 릴리의 방은 '감옥처럼' 우울하다. 릴리는 솜씨를 부려서 그 방을 변화시켜 보려했으나 소용이 없었다. 그 방은 릴리가 상상하는 "모든 색조와 선이 그녀의 아름다움을 더 돋보이게 하고 여유를 두드러지게 할"(115) 우아한 방과는 정반대이다. 릴리는 자기 방이 우아함이나 세련미 같은 자신의 개성을 반영하기를 원했지만 방에 있는 가구들이 그녀에게는 너무나 남성적이다. "릴리는 페니스턴 부인의 집에 있는 자기 방, 그 방의 추악함, 무개성 그리고 거기 있는 어떤 것도 자기 것이 아니라는 사실을 증오했다"(156). 릴리가 기거하는 방을 취향에 맞게 바꾸려고 하는 것은 자기를 변화하고자 하는 바람을 나타내지만 그녀는 자기를 만들어낸 환경을 바꿀 형편이 되지 못한다(Tillman 142).

릴리는 "자신의 개성을 보여줄 수 있는 공간"(110)을 진실로 원했었다. 릴리는 셀든의 아파트에서 그런 공간을 찾은 듯이 보인다. 당시의 유행을 반영하듯이 격식을 차리지 않는 셀든의 아파트 내부는 "19세기 말에 일어난 도덕적이고 격식을 차리는 응접실에 대한 반동"이라고 할 수 있는 1890년대에 유행하는 '안락한 코너'(Cozy Corner)이다. 할터넨은 "안락한 코너는 응접실의 벽에 붙여 가구를 나란히 진열해야 한다는 엄격한 격식을 공개적으로 무시했다. 안락한 코너가 가지는 효과는 자유롭고 편안하게 쉴 수 있는 장소를 제공함으로써 인습으로부터 해방된 장소를 제공하는 것"(165)이라고 정의한다. 이렇게 격식에 얽매이지 않는 편안함이 릴리가 셀든의 아파트를 방문했을 때 받은 인상이다. 릴리는 셀든의 아파트에서 "기분 좋게 색이 바랜 터키 카펫을 바라보면서 낡은 가죽 의자에 깊숙이 자리 잡고 앉는다." 셀든의 아파트에 감탄하면서 "이런 장소를 혼자서 전부 차지한다면 얼마나 기분 좋을까. . . . 내가 고모네 저택의 응접실을 마음대로 개조할 수 있다면 더 나은 여자가 될 수도 있을 텐데"(9)라고 상상한다. 그러나 마음대로 방의 가구를 배치할 수 있는 자유가 허용되는 셀든의 아파트와 같은 공간을 소유하는 것은 직업도 유산도 없는 릴리에게는 불가능한 일이다. 개성의 표현이 가능한 집안 장식을 할 수 있는 권한이 없는 릴리는 자존감을 가질 수 없으며 박탈감을 느끼지 않을 수 없다.

릴리가 셀든의 집을 매력적이라고 생각하는 데에는 자기를 표현할 수 있기 때문만은 아니다. 그 집은 페니스턴 고모네 집안의 "얼음 같은 깨끗함"과는 다른 따뜻함이 있다. 셀든의 매력 가운데 하나는 그의 아파트가 제공하는 포근함, "인습으로부터 해방과 휴식"을 느끼게 하는 정겨운 실내 공간에서 나온다. 셀든의 아파트에서 릴리는 솔직하게 자기 문제를 드러낼 수 있다. 그녀는 셀든과 담배를 같이 피울 수 있으며 결혼 적령기의 끄트머리에 있는 여성으로서 나이에 대한 초조함과 같은 깊이 감춰둔 근심거리를 꺼낸다. 소설 결말 부분에서 버사 도싯을 찾아가는 길에 릴리는 거리에서 셀든의 아파트 창 불빛을 올려다보며 "그의 조용한 방과 난롯불 그리고 서가"(316)를 생각한다. 셀든의 아파트는, 아주 옛날부터 얼어붙어서 꿈쩍도 하지 않는 페니스턴 저택과 대조적으로 계절에 따라 변화한다. 릴리는 "처음 방문했던 때는 9월의 넉넉한 햇빛이 그 방을 가득 비췄다. 빛이 그 방을 바깥 세계의 일부로 만들어주었다. 지금은 갓이 달린 등과 따뜻한 난로가 거리의 밀려오는 어둠으로부터 그 방을 멀리 격리시키며 친밀하고 달콤한 기운을 주고 있다"(316)고 느낀다. 따뜻하고 안락했던 셀든의 아파트에 대한 기억을 가지고 다시 그의 집을 찾아간 릴리는 이 방에서 진정한 자기 모습, 자신의 문제를 꺼내려 했으나 "셀든의 가장 깊은 내면으로부터 자신이 영원히 차단되어있다는 것"(318)을 깨닫고, 셀든에게 보낸 버사 도싯(Bertha Dorset)의 연애편지만을 그의 아파트 난롯불에 던지고 나온다.

현대적이고 안락한 셀든의 아파트에서 경험하는 자유에도 불구하고, 그런 아파트를 소유할 여건이 안 되는 릴리는 여성에게 가해지는 두 가지 분류에서 벗어나지 못한다. 릴리는 어디에서건 항상 위험에 처한 여성이고 동시에 주위 사람들에게 위험한 존재인 것이다. 맨 처음 뉴욕의 그랜드센트럴 역에서 우연히 만나 자기 집에 가 차 한 잔 하자는 셀든의 청에 릴리는 얼굴을 붉힌다. 그러나 "위험을 감수하겠다"며 셀든을 따라

갔지만 그의 집을 떠나올 때 아파트 계단에서 만난 청소부가 자기를 뚫어지게 쳐다보자 "위험한 짓을 했다"는 생각을 하게 된다. 더군다나 건물 입구에서 건물 주인이며 자기에게 관심을 가지고 있는 신흥 부자 사이먼 로스데일(Simon Rosedale)과 마주쳤을 때 자신이 해서는 안 되는 실수를 했다는 것을 절감한다.

트레너 부부의 저택 벨로몬트에서 릴리는 위험에 처한 여자와 위험한 여자의 역할을 반복한다. 그곳에서 만난 셀든과 독립적인 관계를 추구할 때의 릴리는 대담하고 비 인습적이며 위험스러운 여자이나 퍼시 그라이스(Percy Gryce)의 청혼을 받으려고 노력할 때의 릴리는 위험에 처한 전통적인 여성의 역할을 자청한다. 벨로몬트에 체류하는 것은 릴리에게 유쾌한 일이나 여러 사람들의 시선에 노출되기 때문에 위험하기도 하다. 셀든의 안락하고 작은 아파트가 갖는 친밀성에 반하여 벨로몬트는 광대하고, 지루한 페니스턴 부인 집과도 반대이다. 많은 사람으로 붐비는 이 집은 공과 사의 영역 구분이 없고, 극장 같고, 굉장한 경관을 보여주며, 전통이 무시되는 집이다. 클럽(Clubbe)은 벨로몬트를 진정한 공동체 의식이나 감정적인 연대가 전혀 없는 "가식으로 뒤범벅이 된 집"(549)이라고 하지만 신흥 부자 웰링턴 브라이 부부(The Wellington Brys)의 지나치게 화려한 저택이나 노마 해치가 머무는 엠포리움 호텔(Emporium Hotel)에 비하면 이 집은 적어도 보는 이를 즐겁게 할 정도의 시각적인 매력은 있다.

페니스턴 부인의 집보다는 격식에 덜 얽매이고 생기가 도는 벨로몬트는 즐거운 광경으로 가득 차 있다. 그러나 벨로몬트는 유혹의 장소이기도 하다. 릴리는 이미 노름으로 많은 빚을 지고 있지만 친구들이 하는 노름에 대한 유혹에 저항하지 못한다. 자존감이 낮은 릴리는 주위 환경과 사람들의 아름다움과 화려함에 비추어 자신의 모습을 보기 때문에 그곳의 분위기에 굴복한다. 릴리는 벨로몬트를 자신의 개성을 발휘할 수 있는 완벽한 장소로 생각한다.

> 자기 주변의 모든 것들이 안락하고 쾌적한 느낌을 주었다. . . . 릴리는 이런 계산된 화려함의 표지들이 새롭게 느껴지지 않았다. 그것들은 그녀의 일부가 된 듯 익숙했지만 결코 환경이 주는 매력에 섬세하게 감응하는 느낌만은 잃지 않았다. 그 저택이 부를 단순히 과시하는 사실에 릴리는 자기가 우월하다는 느낌을 받았지만, 그녀는 부유함을 아주 세련되게 드러내는 것을 좋아했다. (43-4)

이 집은 릴리의 취향에 맞는 멋진 건물과 경치를 지니고 있는 점 외에도 릴리가 자기 역할을 이행하고 자신을 전시할 수 있는 기회를 제공한다. 이 집에서 릴리는 처음에는 퍼시 그라이스의 시선을 끌기 위해 보수적이고 조용한 여성의 이미지를 연출한다. 이런 릴리처럼 벨로몬트가 주는 시각적인 아름다움이란 계산된 것이고 적절한 효과를 내기 위해 연구된 것이다. 이곳에서는 전통의 외양을 고수하는 것이 전통을 지키는 것보다 더 중요하다. 벨로몬트 저택이 건축될 당시 모습을 간직한 유일한 장소인 서재 역시 외관만 유지하고 있을 뿐이다. 트레너 가족에게 전통이란 서재가 독서를 하는 공간이 아니라 밀회 장소나 흡연실로 사용되는 것처럼 전시를 위한 것이다. 어떤 사람도 거기에 있는 장서들에는 관심이 없다. 회랑에 걸린 초상화 주인공들에 대해 트레너 가족이나 초대된 손님들 누구도 흥미를 느끼지 않으며 감정적인 연대감이 없다. 다만 그것들은 서가와 서가 사이에 걸려있는 장식품일 뿐이다. 벨로몬트의 서재가 여기 거주하는 사람들에게 혼자 있는 사적인 공간이 아니라 연기를 위한 무대나 밀회를 위한 장소이듯이 이 집에서는 서재와 응접실 간의 경계가 없다.[4]

일요일에 교회에 가는 것 역시 트레너 가족이 연출하는 연기이다. 릴리는 그라이스의 취향에 맞추기 위해 교회에 갈 생각을 한다. 벨로몬트에 모인 사람들의 자유로운 대화에 놀란 그라이스는 바트 양(Miss Lily Bart)이 그런 분위기에 불편해 하는 것을 반가워하고 그녀가 일요일에 교회에 갈 것으로 짐작한다. 그라이스와 함께 교회에 가기 위해 회색 드레스를 준비하고 성경책까지 빌려놓았지만 그와 함께할 미래를 상상하면서 릴리는 이 연기를 더 이상 실행하지 못한다.

> 작은 스파크는 릴리의 상상을 불러일으키기에 충분했다. 자기 앞길에 어른거리는 거대한 권태의 한 조각을 상징하는, 의무에 매달린 삶을 그려보았다. 회색 드레스와 빌려온 성경책이 앞으로의 세월에 멀리 빛을 던져주었다. 겨울에 목사님이 식사를 하러 오면 남편은 그녀에게 초대 손님 리스트에 이혼녀가 포함되지나 않았는지 다시 한 번 훑어보라고 할 것이었다. 다만 아주 부자와 재혼함으로써 회개했다는 표시를 한 이혼녀들은 논외로 하고. (61)

---

4 건축가 Codman과 함께 저술한 『집의 장식』에서 워튼은 "사생활의 보호가 교양 있는 생활의 제일 요건"(*DH* 22)이라고 했던 것처럼 공적 영역과 사적 영역을 뚜렷하게 경계 짓고자 하였다. 전통을 무시하는 당시의 경향에 대한 워튼의 시선은 신축 저택에 대한 비판적인 태도에 반영되어있다.

릴리가 그라이스와 함께 교회에 가기로 한 약속을 저버리게 된 데는 격식을 중시하지 않는 셀든의 태도가 일조한다. 그라이스는 벨로몬트에 모인 이들이 전통을 피상적으로만 지키는 것에 놀라지만, 사실 릴리는 "많은 사람이 북적대는 이 집의 무질서"가 아주 편한 사람이다. 많은 면에서 벨로몬트는 릴리가 자란 집과 유사하다. 릴리가 기억하는 자기 집은 "장중하고 따뜻한 전통"이 없었고 그녀 부모는 "유행의 바람이 부는 대로 뿌리 없이 이리저리 떠돌아다닌"(331) 사람들이었다. "계속해서 울려대는 벨소리와 프랑스인 하녀와 영국인 하녀들이 급하게 꾸린 옷가방들 사이에서 주의를 주곤 하던"(32) 유년 시절 릴리의 집은 공연하기 위해 많은 사람이 모여드는 극장 같은 곳이었다.

벨로몬트와 릴리의 어린 시절 집처럼, 웰링턴 브라이의 저택 역시 "가정생활의 틀이 없는" 곳이다. 브라이 부부의 집은 최소한의 격식이나마 유지되는 벨로몬트보다 훨씬 더 "파티 같은 모임을 전시하기 위해 만들어졌다"(139). 브라이 부부는 활인화(Tableaux Vivant) 같은 거대한 공연을 위해 집에 무대를 설치하고 그 쇼를 보러온 사람들은 활인화라는 드라마와 하나가 되어 움직인다. 베네치아 식 천장이 환히 빛나는 그 저택은 비현실적인 느낌으로 꽉 차 있다.

웰리 브라이스 부부가 최근에 지은 저택은 구조적으로 가정적인 용도에 맞지 않았으나, 군주들의 환대를 돋보이기 위해 이탈리아 건축가들이 즉석에서 지은 널찍한 환락의 방들만큼이나 축제 분위기를 과시하기에는 딱 어울리게 설계되었다고 할 수 있었다. 즉석에서 축조된 것 같은 분위기가 실로 놀랄만하게 구현되어있었다. 극장의 무대 장치 전체가

완전 새 것이어서 즉석에서 지어진 것 같은 착각이 들어 사람들은 대리
석 기둥들이 혹시 판지로 되어있는 게 아닌지 만져볼 정도였다. 다마스
크 천과 황금빛 장식으로 꾸며진 안락의자들은 벽에다 그린 그림인가
하고 확인하기 위해 직접 앉아보아야만 했다. (139)

이 집은 상업 사회의 모든 것이 집안 내부로 침투해 들어와 극장 무대처
럼 변화된 집의 특징을 더욱 분명하게 보여준다. 벨로몬트와 브라이 부
부의 집에서 릴리는 자기 주위와 하나가 되고 이 저택들의 장식에서 자
기만의 표현 방식을 찾은 것처럼 보인다. 명화의 한 장면을 연출하는 활
인화의 주인공이 된 릴리는 잭 스텝니(Jack Stepney)가 내뱉는 냉소적인
평 그대로 "경매 시장에 내놓은 품목"(161) 같다. 셀든은 레이놀즈
(Reynolds)의 그림 '로이드 부인'(Mrs. Lloyd)의 활인화를 완벽하게 재
현하는 릴리가 "자기가 아는 진짜 릴리"(142)라고 생각하지만 이 장면
은 장식품, 구매자를 기다리는 상품으로 존재하는 릴리를 극명하게 보여
준다.

　워튼이 이 활인화 연출 장면에서 강조하고 있는 것은 릴리가 무대와
거울의 세계에 살고 있다는 점이다. 애그뉴(Agnew)는 "릴리는 그녀를
둘러싼 장식적인 세계 안에서 자기 경계가 해체되는 인물이다. 릴리는
뉴욕의 저택 같은 화려한 온실 속 환경에서는 생기가 돌고 그곳에서 쫓
겨났을 때는 시들기 시작한다. 그런 집의 가구들이 릴리의 토양이고 그
집의 거울들은 거기에 비춰진 미모가 릴리에게 안정감을 부여하는 연못
과 같다"(139)고 지적한다. 이 활인화 장면은 거기 모인 구경꾼들에게 가
장 아름다운 릴리를 보여주지만 그녀가 처한 상황을 가장 잘 드러낸다.

이 장면 이후 릴리는 "박물관의 품목으로 변화되어 파멸의 길을 가세 된다"(Gaier 365).

자신을 계속 전시하면서도 적당한 구매자를 찾지 못한 릴리는 결국 버사 도싯(Bertha Dorset)의 계략으로 사교계에서 추방당한다. 사교계의 시선을 끌 아름다운 외모를 유지하는 비용을 충당할 수 없는 릴리는 주변 사람들에게 계속 빚을 진다. 거스가 건네주는 수표를 릴리는 거스에게 맡긴 자신의 적은 돈이 증권 투자로 벌어들인 수익으로 생각하고 받았으나 나중에 그의 돈이라는 것을 알게 된다. 문제를 정면으로 대처하지 못하고 피해버리는 평소 습관대로 릴리는 거스와의 문제를 해결하기보다는 버사의 초대에 응해 유럽으로 간다. 거기에서 버사는 자기가 저지른 부정을 덮기 위해 남편 조지(George Dorset)와 릴리의 관계를 의심쩍은 것으로 만들어 많은 사람들이 보는 가운데 릴리를 요트에서 내리게 한다. 릴리가 상류 사회에서 추방당하는 장소가 요트라는 점은 의미심장하다. 바다 위에 떠 있는 호화로운 요트는 불안정하고 어디에도 속하지 못하는 릴리의 위치를 더욱 부각시킨다.

추한 소문이 있는 처녀라는 낙인이 찍혀 "온실 같은 분위기"의 친구들 집에서 설 자리를 잃은 릴리가 새로 들어간 졸부들의 세계는 페니스턴 부인의 빅토리아식 응접실만큼이나 억압적이다. 출신을 알 수 없는 부유한 이혼녀 노마 해치의 비서로 들어간 릴리는 엠포리엄 호텔에서 기거하게 된다. 그곳은 벨로몬트처럼 편안하고 사치스러우나 차이가 있다. 물질적인 사치스러움이 넘쳐나는 호텔은 이런 안락함이 익숙한 릴리에게도 이상하고 비현실적이다.

릴리는 유행의 첨단을 걷는 뉴욕의 호텔 세계가 익숙하지 않았다. 이곳은 과열되고 장식이 과한, 지나친 요구에 부응하기 위해 기계 설비가 너무 많이 설치된 반면 예의바른 삶에서 나오는 편안함은 사막에서만큼이나 찾을 수 없었다. 그러나 그들은 지옥의 변방에서 단테가 만난 시인의 그림자만큼이나 현실적인 존재감이 없었다. (283)

격식에 얽매이고 과거에 머물러있는 페니스턴 부인의 저택만큼이나, 현대적인 설비들이 과하게 장착되어있는 이 호텔 역시 릴리에게는 숨이 막힌다. 뉴욕이라는 대도시에 오기 전 중서부에 살던 과거의 그들에게는 진정한 무엇인가가 존재했었을 것이다. 그런데 유행과 변덕스러운 시대 풍조에 지배당하는 이곳 호텔의 생활에는 가정의 부재라는 심각한 문제가 있다. 자기만의 가정이 없는 여성뿐 아니라 과거와의 어떤 끈도, 자기들만의 전통도 없는 호텔 거주자들 역시 진정성 있는 존재감이란 없다. 이 사람들은 살아있는 인간이 아니라 "옷을 걸친 마네킹처럼 보인다"(283). 애착을 느낄 수 있는 자기만의 방이 없는 그들 역시 진정한 자아나 실체가 없다. "해치 부인과 부인 친구들은 시간과 공간의 경계 밖에서 둥둥 떠다니는 것같이 보였다. 약속 시간은 정확하게 지켜지지 않았고 일정한 의무도 없이, 밤과 낮은 서로 섞여 흘러갔다"(284). 전통을 무시하고 사적인 즐거움을 강조하는 대중 소비문화를 거르지 않고 그대로 받아들이는 해치 부인은 차를 마신다든가 누군가를 방문하는 사교계의 의식을 행해야 하는 시간에 마사지를 받고 있다.

결국 릴리는 이런 삶의 방식을 '도금이 된 거대한 공허함'이라는 것을 깨닫고 연기를 하는 것 같던 예전 친구들의 삶이 그나마 "질서 있는 활동"임을 알게 된다. "자기가 알던 사람들 가운데 책임감이 가장 없던 예쁜 처녀도 선대로부터 이어받은 의무감과 인습적인 자선, 예의가 어우러진 활동에 자기가 해야 하는 몫은 해냈었다"(285). 그러나 해치 부인의 세계는 현재라는 순간만이 있고 유행과 신도시의 대중문화로 이루어진 것이었다. "해치 부인은 릴리의 친구들과는 거리가 먼 연극 무대와 신문, 패션 잡지, 스포츠 세계에서 얻고 느끼는 열정과 뭐라고 말하기 어려운 욕망이 만든 열기 속을 헤엄치고 다녔다"(285).

릴리의 활동 반경은 이런 실내뿐만이 아니라 실내의 연장이라고 할 수 있는 전원도 포함된다. 릴리가 도시 거리를 걸으면서 바람이나 추위 같은 날씨 변화를 체감하는 것은 소설 말미에서나 일어난다. 이 소설에 나오는 대부분의 자연은 도시화되고 사람 손길이 가미된 드넓은 전원이다. 보호받아야 하는 유한 계층의 릴리는 실외 역시 유원지나 온실 같은 전원 속에서 산다. 전원적인 분위기가 사람들을 자유롭게 만드는 듯한 인상을 주지만 버너트(Benert)는 "릴리를 파멸시키는 요인의 일부는 초월적인 철학과 낭만적인 비유의 세계로 도피하는 것이고 전원적인 신화를 불러일으키는 바다의 요트와 시골 별장"이라 하면서, "잘 손질이 된 전원 풍경과 장식적인 실내는 타락한 문화가 만들어낸 거짓된 이상들"(33)이라고 결론짓는다. 이 전원은 장식적인 실내의 연장으로 그 안에서 움직이는 인물들의 개성을 반영하는 상품으로 변화한다.

셀든과 릴리는 "정신 공화국"(Republic of Spirit)[5]이라는 이상적인

---

5 셀든은 릴리에게 인생에서의 성공을 "모든 것으로부터의 자유, 돈, 가난, 편안함과 걱정, 모든 물질적인 가난으로부터의 자유, 일종의 정신 공화국을 유지하는 것"(72-3)이라고 주장한다. 셀든은 경제적인 수단이 전혀 없는 릴리에게 불가능한 것을 주장하여 그

여성과 사회: 이디스 워튼 소설 연구

세계에 관한 대화를 넓은 정원에서 나누지만 그것은 집의 연장선에 있는 전원이다. 교회에 가는 대신 릴리는 소박한 드레스를 입고 드넓은 정원으로 산책을 나가지만 자연의 근본적인 미덕을 깊이 호흡할 수 있는 초월주의자가 아니다. 셀든을 기다리는 동안 릴리는 자기 존재가 자연의 아름다움을 한층 더 돋보이게 한다고 생각하며 그런 자기를 지켜볼 사람이 아무도 없다는 것에 우울하다. 릴리는 자기처럼 "아름다운 여자와 낭만적인 경치가 결합된 너무나 훌륭한 경관이 구경꾼 없이 허비되어버린다"(65)고 생각한다. 이 소설의 전원처럼 사람 손이 가꾸어놓은 자연은 릴리에게는 또 하나의 무대이고 연기를 하는 극의 배경이다.

릴리와 셀든의 산책을 그리는 장면은 지나치게 낭만적이다. 여기에서 이들은 일상의 세계가 멀리 사라져버린 신비스럽고 빛나는 영역에 머무는 것 같다. "날이 저무는 무렵에 세상으로부터 격리된 아늑한 곳에 자기들만이 있다는 느낌이 두 사람을 휘감자, 그들은 맑은 창공으로 들려올라가는 것 같았다"(78). 셀든과 함께 이 경치를 바라보며, 공중으로 떠오르는 듯한 느낌을 받은 릴리는 "이것이 사랑인가? 아니면 단지 좋은 풍경과 일치를 이룬 것뿐일까?"(69) 하고 스스로 묻는다. 릴리와 셀든은 사회의 구속에서 벗어난 것처럼 전원으로 나서면서 평소 서로에게 마음에 품고 있던 친밀한 감정을 더욱 강하게 느낀다. 여기에서 이들은 인위적인 사교계 너머에 있는 자연을 발견한 것처럼 보인다. 이 순간 서로에게

녀의 비극을 가속화 시킨다. 셀든의 정신 공화국은 그들이 있는 사치스러운 정원이라는 배경만큼이나 현실과 동떨어져 있고 진정성이 없다. 셀든은 물질적인 세계와 무관한 '정신 공화국'을 주장하지만 그 역시 릴리나 다른 인물들만큼 물질적인 상류 사회에 안주하는 사람이다.

품었던 감정이 갑자기 분출된다.[6]

> 그들은 이후 새로운 세계를 발견하기 위해 접근이 금지된 높은 곳으로
> 오르는 모험을 좋아하는 아이들처럼 말없이 서로를 바라보며 미소 짓고
> 서 있었다. 그들 발아래 있는 현실 세계는 어슴푸레한 저녁 빛의 베일
> 속에 가려졌고 티 없이 맑은 달이 계곡 너머 감청색 하늘에 떠올랐다.
> 그때 갑자기 거대한 곤충의 윙윙거리는 소리 같은, 멀리서 나는 소리가
> 들려왔다. 황혼에 둘러싸여 더욱 하얗게 바랜 빛으로 굽이진 큰 길을
> 따라오는 검은 물체가 그들의 시야에 들어왔다. (78)

사람들과 멀리 떨어져 있는 느낌이 드는 이곳에서도 역시 기계 소리가
들려온다. 셀든이 펼친 "정신 공화국"이라는 이상 세계가 현실성이 없는
것처럼 그들이 머무는 그림 같은 드넓은 정원은 현실과 절연된 곳이 아
니라 연장일 뿐이다. 자동차 엔진 소리를 듣고 릴리는 갑자기 웃음기가
사라지고 초조하게 움직인다. 그라이스를 속인 자기가 사람들 눈에 뜨일
까 봐 릴리는 셀든으로부터 물러나 한껏 들떴던 감정을 추스른다.
　브라이 부부의 집에서 활인화 공연을 성공한 다음에 릴리와 셀든은

6　셀든과 릴리의 관계는 많은 비평가가 다양하게 논하고 있는데 Michelson은 그들의 관
　계를 다음과 같이 정리하고 있다. "셀든은 릴리가 가장 뛰어난 배우이며 자기가 릴리의
　연기를 감상하는 사람이라고 생각하는 점과, 자신은 사교계라는 무대 드라마의 구경꾼
　이라는 셀든의 포즈는 그에게 양가적인 비판을 가져왔다. 어떤 이는 그를 워튼이 되고
　자 한 침착한 현인으로 평가하고, 다른 이는 여성을 비참함과 결정적인 행동으로 몰아
　가는 무능한 남자로 평가한다. 최근에는 셀든은 릴리의 곤경에 무관심하고 그녀의 곤경
　을 간과하여 그녀에게 가장 해를 끼치는 악한으로 간주된다"(207).

또 다시 정원에서 만난다. 이들은 여기서 서로에게 다시 한 번 가깝게 다가가는 감정을 확인하며 사람들로부터 멀리 거리를 두고 걷지만 멀리 유리문이 보이는 것처럼 이 장소가 한적하고 외진 곳이라는 느낌은 두 사람의 환상일 뿐이다. 릴리는 여전히 유한계급의 연극적인 세계 내에 존재한다. 셀든의 사랑 고백에 감정이 흔들리는 상태에서도 릴리는 계속 연극적인 포즈를 취한다. 이 정원은 릴리가 연기를 해야 하는 인공적인 세계 너머에 있는 곳이 아니라 활인화 공연을 했던 무대의 연장이다.

릴리의 추락이 급진전되는 2권 서두에서 셀든과 릴리는 몬테카를로 호텔의 정원에서 다시 만난다. 버사의 요트에서 쫓겨난 릴리는 셀든과 함께 아무도 없는 쓸쓸한 정원으로 간다. 이와 비슷한 상황은 뒤에 두 번째 방문했던 셀든의 집에서 나와 춥고 습기 찬 브라이언트 공원(Bryant Park)에 쓰러져 있는 릴리를 네티가 발견하는 장면에서 되풀이된다. 다만 남을 비판하지 않는 네티의 진지한 태도와는 대조적으로 셀든은 릴리에 대한 의심을 거두지 못하고 그녀를 돕지 않는다. 늦은 밤 갈 곳이 없는 릴리는 셀든에게 위험에 처한 여성이면서 동시에 위험한 여성이기도 하다. "자기가 하는 말이 릴리의 상처에 너무 거칠게 닿을까 두려워하나 셀든은 여전히 자기 마음속에서 새록새록 올라오는 몹쓸 의심 때문에 솔직하게 말할 수 없었다"(227). 셀든은 그렇게 절박한 상황에 있는 릴리에 대해서 그녀가 구원을 받을 만한 사람인지 아니면 도덕적 타락의 온상인지를 계속 저울질한다. "셀든은 릴리를 거기에서 들어 올려 멀리 데리고 갔어야 했다. 그러나 주위 사람들을 피해 릴리를 안전한 곳으로 데리고 가야 하는 셀든의 날개와 마음에 릴리는 치명적일 정도로 너무나 무겁게 느껴졌다"(67).

4. 네티의 집

결국 사회의 바닥까지 추락한 릴리는 전에 가보지 않던 장소들 즉 모자 공장, 가난한 동네의 거리, 사람 없는 비가 내린 공원과 이웃의 음식 냄새가 방으로 스며드는 싸구려 하숙 같은 곳으로 가게 된다. 이 상황의 릴리는 분명히 '위험에 처한' 여성이지만 동시에 추락한 평판은 그녀를 '위험한 여자'로 만든다. "재판도 없이 릴리에게 유죄 판결을 내린"(311) 상류 사회로부터 추방당한 뒤 도심 거리를 방황하는 릴리의 모습은 정체성이 해체되어버린 여성을 나타낸다(Connell 584). 추한 소문이 떠도는 돈 없는 고아 처녀는 상류 사회에 발붙일 곳이 없다. 거티를 제외한 릴리의 "옛 친구"들 누구도 릴리를 집으로 초대하지 않는다. 릴리는 자기만의 정체성, 개성을 주장하려 했으나 성공하지 못하고 감상적인 주인공으로 회귀한다. 도시가 여성에게 부과한 두 개의 정체성 사이에 끼어있는 릴리는 자기만의 새로운 정체성을 만들어낼 능력이 없는 관계로 예전의 낡은 세계로 돌아갈 수밖에 없다.

자신의 바람기로 남편 조지에게 이혼당하는 위기를 모면하기 위해 릴리를 남편과 의심스러운 관계를 맺은 처녀로 만들어버린 버사를 제압하여 사교계로 복귀할 수단이 되는 편지를 수중에 지녔으면서도 릴리는 그 편지를 셀든의 아파트 난롯불에 던져버린다. 릴리는 그 편지를 이용하는 데 주저하게 만든 주인공 셀든마저도 그녀의 행동을 알아차리지 못하는 '의미 없는' 희생을 감수하는 감상적인 인물로 돌아간 것이다. 릴리에게 변화하는 도시는 해방 공간이 아니고, 도덕성이 시험당하는 장소이다. 대도시는 "차가운 아스팔트에서 올라오는 옷을 뚫고 들어오는 습한 냉기와 상류 사회로 높이 올라간 사람들의 비명소리"(323)가 들려오는 곳이고 용서나 동정이라는 것이 망각된 잔인한 공간이다. 릴리가 적대적인 도시 거리를 헤맬 때 죽음의 공기가 그녀 주위를 감싸고돈다. 릴리는 "차가운 회색 하늘이 비가 내릴 듯하고 높은 바람은 소용돌이를 일으키며 먼지를 날리는"(315) 거리를 걷는다. 아늑하고 따스한 셸든의 아파트에서 나온 릴리가 인적 없는 쓸쓸한 공원에 홀로 앉아 있는 모습은 그녀에게 예전의 삶은 사라졌지만, 새로운 삶을 꾸려갈 용기도 능력도 없는 것을 보여준다.

이 위기의 시점에 워튼은 릴리를 구원하기 위해 셸든이 아니라 네티를 등장시킨다.[7] 네티의 집에서 비로소 릴리는 위험에 처한 여자, 위험한 여자라는 표지가 지워진다. 네티의 집은 이 도시의 현실과 뚝 떨어진 이 상화된 곳에 존재한다. 소박하고 아무 장식이 없는 네티의 부엌은 이 소설에 지금까지 등장한 저택의 거실이나 침실, 무도회장 그리고 아주 잘 꾸며진 정원 같은 공간들과는 대조적이다. 그곳은 "반짝거리는 측면에서 빛이 나는 쇠로 된 난로에 난롯불이 타고 있는 너무나 작고 기적처럼 깨

---

7 많은 비평가가 이 작품의 결말 부분에 관해 언급하는데 Boydston은 이 결말이 설득력이 없다고 하며 "우리는 공적 영역의 힘이 사적인 영역에서 너무도 생생하게 나타나는 것을 보아왔다. 이 결말은 우리가 엄마와 아이의 관계에서 구원과 진실이 있다는 믿음에서만, 또 그것이 소설 세계 너머에 그것이 존재한다는 것을 받아들이는 조건에서만 믿을 수 있다"(35)고 주장한다. Wolff는 결말을 풍자적으로 해석한다. "이 장면에서도 릴리는 자신을 사랑과 기쁨이 어린 네티의 눈으로 자기를 보기 때문에 자신을 미적 시선의 대상 이외에 다른 어떤 존재로 보지 못한다"(133). Showalter는 "진정한 변화는 지배 계층 밖에서 와야 한다. 가장 급진적인 주제는 릴리가 노동하는 여성에 대해 점점 의식해가는 것이며 근로 여성 집단과 합일이 되는 것"이라고 한다(16-7). Connel은 이런 결말을 "사회 비평에서 후퇴하는 것이 아니라 사회 비평의 일부"로 읽는다(588).

끗한 부엌이다"(326). 네티는 릴리를 집으로 데려와 부엌 난로 곁의 의자에 앉힌다. 응접실이 있으나 사용하지 않는다고 하면서 부엌이 따뜻하다고 릴리를 그곳으로 데리고 오는 네티에게는 어떠한 연극적 태도도 가식도 없다. 네티는 릴리의 곤경을 잘 알지 못하지만 릴리는 네티의 관심이 고맙다. 릴리가 난생 처음으로 가정의 의미와 "삶의 진정한 비전"을 보게 된 것은 이 소박하고 따뜻한 부엌에서 네티와 아기를 만났을 때이다.

> 누군가와 더불어 삶을 연대하여 책임지고 꾸려가는 그러한 일체감의 모습은 이전에는 릴리의 마음에 떠오르지 않던 것이었다. 릴리는 짝짓기 본능이라는 맹목적인 움직임 속에서 막연히 그런 것을 예상은 하고 있었지만 그런 것을 해체해버리는 주위의 영향력 때문에 그것들은 가로막혔다. 릴리가 알고 있던 남녀 모두는 중심에서 밖으로 향하는 어떤 거친 춤에서 소용돌이치면서 서로에게서 떨어져나가는 원자들 같았다. 릴리가 스치듯이나마 삶의 연속성을 처음으로 본 것은 그날 저녁 네티 스트러서의 부엌에서였다. (331-2)

결말 부분에 등장한 네티는 지금까지 살아온 여정이 릴리와 어느 면에서 비슷하면서도 릴리가 이루지 못한 모든 것을 얻는다. 자기보다 신분이 높은 남자에게 버림받은 뒤 심신이 아팠던 네티는 릴리가 선심으로 베푼 돈으로 휴양을 가 건강을 되찾은 타이피스트이다. 네티는 릴리가 하지 못한 결혼을 하고 아이를 낳으며 "삶의 조각들을 모아 보금자리를 만들었다"(332). 전형적으로 감상적인 소설의 주인공처럼 네티는 변화를 위해 끊임없이 노력한 보상을 얻는다.

여성과 사회: 이디스 워튼 소설 연구

릴리는 네티의 초라한 아파트가 그녀가 지금껏 찾아 헤매던 이상을 나타낸다고 상상한다. 워튼은 네티의 집이 "릴리가 싫어하는 하숙집의 다른 가족들의 내밀한 소음이 들리지 않고 한 장면에서 다른 장면으로 넘어가는 것이 눈에 뜨이지 않도록 세심하게 모든 것이 가리어진"(312) 공간에 대한 릴리의 환상을 현실화한다. 네티의 가정은 그것을 꾸리는 사람들이 서로 힘을 합해 만든 노력의 산물이다. 네티가 하는 노동은 "아주 작고 기적처럼 깔끔한" 아파트를 만들고 릴리의 상상은 그녀가 꿈꾸어 왔던 집의 메타포를 만든다. 그 집은 "절벽 가장자리에 지어진 새들의 보금자리처럼 . . . 한 줌 낙엽과 지푸라기로 만들어졌지만 거기에 자리 잡은 어린 생명들이 심연 위에 안전하게 매달려 있을 정도로 어우러진" 것 같은 네티의 집은 "모든 것을 분해하고 조각내는 영향 아래 휩쓸리면서"(332) 릴리가 결코 가져보지 못한 '삶의 핵심적인 진실'을 상징한다.

워튼은 고전적이고 감상적인 가정의 이미지를 만들어내서, 네티 역시 배우라는 것을 강조한다. 이 소설에서 네티가 하는 역할은 삶의 조각들을 모아 안식처를 만드는 사람으로 남편의 경제적인 위력을 드러내는 기표와 같은 여성이 아니다. 네티는 남성의 보호 아래 장식적인 존재로 사는 것이 아니라 남편과 모든 어려움을 함께 나누는 동지이다. 네티가 남편 조지(George Struther)와 맺은 관계, 즉 존경과 용서 그리고 서로에 대한 이해로 이루어진 관계는 릴리와 예전 친구들에게는 찾아볼 수 없는 것이다. 하지만 처음으로 자신이 "거대한 톱니바퀴에서 떨어져 나온 나사나 톱니"(319)가 아니라 인간으로 대접을 받았다고 생각한 네티의 부엌에서도 릴리는 자기가 처한 심각한 상황과 진짜 모습을 털어놓지 못한다. 릴리는 지금까지 거쳤던 수많은 집 가운데 어떤 곳에서도 자기만의 집을 발견하지 못하고 다만 네티의 부엌에서 자신이 혼자 상상하던 "진정한" 가정을 잠시 들여다보았다고 생각한다. 네티의 집에서 하숙으로 돌아온 릴리는 잠 못 이루는 밤에 대한 두려움에 수면제 클로랄을 과용하고 네티의 아이를 품에 안는 꿈을 꾸며 잠이 든 다음 깨어나지 못한다.

5. 맺는 말

워튼은 이 소설의 주인공 릴리에게 애정을 느끼고 안주할 수 있는 '연락(宴樂)의 집'이나 기쁨의 집을 마련해주지 못한다. 셸든의 푸근한 서재도 네티의 따뜻한 부엌도 릴리에게 안식처가 되지 못한다. 네티의 부엌에서 생전 처음 삶의 진정한 핵심을 언뜻 보게 하지만 그 비전은 릴리에게 꿈결에 품에 안은 네티의 아기만큼이나 비현실적이다. 워튼은 사회가 유한 계층의 여성에게 가하는 억압을 강조하기 위해 새로운 가정의 공간은 어떤 모습이어야 하는가를 노동 계층인 네티의 집과 가정을 통해 낭만적으로 제시한다. 릴리가 원하는 집을 마련해줄 수 없었던 작가는 네티의 가정으로 따뜻한 부엌으로 보여준다. 네티의 집은 예의보다 사랑이 더 중요하고 인습을 벗어난 여자가 벌을 받지 않는다. 네티의 가정을 통해 작가는 여성을 남편의 부를 과시하는 장식품이나 결혼의 울타리 안이나 밖에서 아무런 권리를 지니지 못하는 존재가 아니며 집안과 집밖에서 남성과 평등하고 경제적으로 동등한 동지 같은 관계를 맺는 존재로 상상한다.

이러한 집과 가정은 "전시용 꽃으로 키워진" 릴리가 성취하기에는 너무나 현실성이 희박하다는 것을 작가는 알고 있다. 지금은 지방문화재로 지정된 저택 <마운트>를 직접 지은 워튼은 자기 개성을 반영하고 애착이 가는 집을 소유하는 것이 어떤 의미인지 누구보다도 더 절실하게 알고 있었을 것이다. 작가는 결혼 외에 어떤 기회도 주어지지 않는 처녀가 비즈니스처럼 되어버린 유한계급의 타락한 결혼 제도를 수용하지 못하면서도 자신이 살아남기 위해 버사처럼 아무렇지도 않게 타인을 희생시키는 잔인한 생존 방식을 실행하기에는 너무나도 도덕적인 감수성을 지녔을 때 일어나는 과정을 정직하게 제시한다.

이 소설의 초점은 "릴리가 다른 어떤 존재가 결코 될 수 없다는 불가능함에 맞추고 있다"(126)고 한 로이벨(Loebel)의 말처럼, 워튼은 이 소설 내에서 릴리가 끝내 이루지 못한 "삶과의 진정한 관계"를 맺을 수 있는 집과 공간을 독자들은 구축해가기를 바랐는지 모른다. 릴리의 비극적인 죽음이 이 소설의 인물들에게는 어떤 의미도 만들지 못하고 헛되게 보일 수 있으나 릴리의 비극을 읽는 우리들에게는 여전히 강렬한 울림을 던지고 있다.『연락의 집』이 우리 마음과 정신에 가하는 이런 세찬 진동이 워튼을 아마추어가 아닌 전문적인 작가로 확실하게 자리매김하게 했으며 작가로서의 정체성을 확립하게 만들었을 것이다.

비즈니스로서의 결혼: 『그 지방의 관습』

1. 들어가는 말

이디스 워튼은 거의 모든 작품에서 결혼이라는 주제를 다루고 있다. 새로이 형성되는 자본가의 세력이 강력한 영향력을 행사하기 시작하는 19세기 말 20세기 초의 뉴욕 상류 사회를 주로 그린 워튼은 세련되고 전통적인 보수 세력과 거칠고 공격적인 신흥 세력 간의 갈등과 더불어 결혼 제도를 통해 가부장적 금전 사회가 인간관계를 타락시키는 양상을 담아낸다. 헨리 제임스의 아류로서 상류 사회의 풍습을 그리는 작가로 폄하되어오던 워튼은 1960년대 이후 자연주의적 사회 비평가, 여권주의자 등으로 다양하게 재평가되었다. 1970년대에 이르면 워튼은 점차 자본주의 체제에 기반을 둔 가부장적 사회에서 부침하는 여성의 운명을 부각하며 나아가 인간 사회의 삶의 핵심에 내재하는 문제를 제기하는 작가로 자리매김했다.

워튼이 살던 19세기 말 미국 사회는 결혼 제도 내에서의 여성의 입지가 변화를 겪던 시기였다. 남북전쟁 이후 산업 사회로 변화하기 시작하던 19세기 중반의 중산층 여성들에게 결혼 이외의 선택은 없었다. 결혼 이외에는 빈곤하고 불쾌하며 도덕적으로 치명적인 대안만이 남게 되었다. 생산은 담당하지 못하고 소비만 하는 소비자, 더 나아가 남성의 능력과 지위를 돋보이게 하는 장식적인 존재로 전락한 여자에게는 결혼이 자신의 물리적 사회적 존립에 절대성을 갖게 되었다. 결혼이 "자기의 에너지를 분출시킬 수 있고 정체성을 부여하는 유일하게 인정받는 창구"(Schriver 190)일 때 여성은 생존을 위해, 또한 자신의 욕망을 성취해줄 능력 있는 남편을 확보하기 위해 사력을 다하는 노력을 기울일 수밖에 없었다. 이와 같이 변화된 결혼관은 "비즈니스 세계의 비정함이 가정 자체에 침투하고 있어서, 가정은 더 이상 차가운 현실 세계로부터의 피난처가 아니고 그 연장"(Herman 361)이라는 것을 드러낸다.

워튼의 소설들은 여성의 활동 반경을 결혼이라는 하나의 한정된 영역에만 한정시켜버린 사회의 여러 양상을 적나라하게 제시한다. 사회 문화가 여자에게 결혼이라는 유일하게 허용된 정체성만을 부여하고 결혼을 여성의 에너지를 분출할 수 있는 유일무이한 출구로 만들어버리는 분위기가 초래하는 심각한 영향을 기록하면서 워튼은 결혼과 여성의 정체성을 연결하고 있다(Schriver 190).

평탄하지 않았던 28년간의 결혼 생활을 "그녀 인생에서 가장 고통스러운 결정"(Lewis 333)이라는 이혼으로 종지부를 찍고 미국을 떠나 유럽에서 생을 마친 워튼은 가부장적 금전 사회가 결혼의 의미를 어떻게 변질시키고, 그 변질된 결혼이 사회 변화에 기민하게 대처하지 못하는 사람들을 얼마나 무력하게 만들며 끔찍한 불행에 빠뜨리게 되는지를 섬세하고 냉정한 필치로 제시한다. 워튼이 "자기의 걸작 가운데 하나이며 가장 위대한 성취라고 생각한"(McDowell 73) 『그 지방의 관습』의 주인공 언딘 스프라그(Undine Spragg)의 거듭되는 결혼과 이혼을 통해, 결혼 이외에는 자기의 욕망을 구현할 모든 기회가 차단되어버린 야심 찬 처녀들이 구혼 시장에서 자기를 상품으로 제시하는 방식을 보여준다. 더 나아가 이미 한 결혼이 예상과 달리 자기의 욕망을 채워주지 못할 경우 아무런 미련 없이 그 결혼을 깨고 더 나은 조건을 지닌 다른 배우자를 구하는 양상을 보여줌으로써 "엉망이 되어버린 비즈니스"(213)처럼 극단적으로 타락한 결혼의 모습을 제시한다.

이 소설과 여러 면에서 비교되는 『환락의 집』(The House of Mirth)의 릴리 바트(Lily Bart)는 미모를 밑천 삼아 최상의 조건을 갖춘 결혼 상대를 구하려는 힘든 경주에서 결혼을 회피함으로써 결국 파멸에 이르는 과정을 보여준다. 이에 반해 『그 지방의 관습』의 언딘 스프라그는 신분 상승과 물질적 욕망을 충족하기 위해 결혼과 이혼의 반복을 거리낌 없이 감행한다. 결혼으로만 자기 욕망을 구현하게 만드는 문화적 기대치에 대해 워튼은 릴리 바트처럼 사회의 압도적 흐름을 거부함으로써 죽음에 이르게 되거나 언딘 스프라그같이 사회적 인습을 이용해 자기 욕망을 채워줄 배우자의 확보를 위해 결혼과 이혼을 반복하는 인물을 만들었다. 천박한 사회가 만들어낸 인물이면서도 그 사회의 흐름에 끝내 편승하지 못함으로써 파괴되는 릴리에 반해 언딘은 그 사회의 한계를 도리어 역이용하여 대담하게 욕망을 추구해나간다.

여성에게 사실상 결혼 이외의 모든 기회를 봉쇄한 사회 구조는 여성이 남편을 자신의 욕망을 쟁취하게 해주는 수단으로 간주하게 해 여성 자신뿐 아니라 남성 역시 소모하게 된다. 이 글은 가부장적 상업 사회가 갖는 물질 만능의 사고가 삶의 태도와 결혼관을 변질시키는 모습과 자본주의적 상업 사회로 빠르게 전환되며 발생하는 변화에 기민하게 대처하지 못하는 인간들을 파멸시키는 과정을 추적함으로써 워튼의 가부장적 자본주의 사회의 결혼 풍속에 대한 비판을 읽어보고자 한다.

2. 비즈니스로서의 결혼

캔자스주의 에이펙스(Apex)라는 소읍 출신인 스프라그 가족은 사업으로 한몫을 잡은 뒤 뉴욕으로 진출해 호텔에 장기 투숙하고 있다. 결혼 적령기인 외동딸 언딘 스프라그는 뉴욕 사교계에 입성해 결혼으로 신분 상승을 하고자 기회를 노리고 있다. 뉴욕 상류 사회의 최정상까지 올라가겠다는 결연한 의지를 가지고 부모를 설득해 뉴욕에 온 언딘은 경제적 능력은 탁월하지 않으나 전통적인 명문 집안인 랠프 마블(Ralph Marvell)의 마음을 사로잡는 데 성공한다. 언딘은 외가가 뉴욕의 명문 다고넷 집안(The Dagonets)인 랠프에게 사랑을 느껴서라기보다는 그가 "다른 이들보다 멋있게 보인다는 이유로" 결혼한다. 그러나 언딘은 보수적인 명문 가문이 요구하는 '진부하고' 자기 행동에 제약을 가하는 도덕적인 가치는 피터 갠 더갠(Peter van Degen)과 같은 신흥 부호들이 지닌 막대한 돈의 위력과 비교했을 때 너무나 초라하게 느껴진다. 남편이 자신이 원하는 것을 제공할 금전적인 능력이 없다는 것을 깨달은 언딘은 '마치 오렌지를 쥐어짜듯' 남편을 소모해버리고 떠난다.

전통 명문가보다 신흥 부자들이 훨씬 더 막강한 재정 능력을 가진 것을 알았을 때 언딘은 그 신흥 부자를 남편으로 확보하고자 치밀하게 계획한다. 그러나 계획대로 되지 않고 언딘이 결혼하고자 한 밴 더갠은 그녀의 잔인한 면을 목격하고 그녀를 떠난다. 궁지에 처하게 된 언딘은 사회적 입지를 위해 프랑스 귀족 레이몽(Raymond de Chelles) 남작과 결혼하는 데 성공한다. 그러나 유럽이라는 구세계의 귀족 가문은 신세계 뉴욕의 명문가보다 더욱 견고한 구속과 제약을 그녀에게 가하고 레이몽 역시 물질에 대한 자신의 욕구를 채워주지 못한다는 것을 깨달은 언딘은 아무 주저함이 없이 그를 떠난다. 언딘은 에이펙스에서 어린 시절 비밀 결혼을 한 적이 있었고 이제는 백만장자가 된 철도 왕 엘머 모팻(Elmer Mofatt)과 다시 결혼한다. 워튼은 언딘에게 네 번의 결혼을 허용함으로써 마치 타락한 비즈니스처럼 변질된 결혼을 들추어내는 동시에 대서양 양 편의 상류 사회의 풍습과 그들을 제압하며 부상하는 새로운 자산가들이 형성해가는 사회 관습을 조망한다.

이 소설은 부와 그 부가 지니는 힘, 즉 인간을 수단이나 사물로 축소시키고 모든 것을 물질적인 척도로만 평가하는 사회 전체적인 경향을 결혼 제도를 통해 제시하고 있다. 미국의 관습은 남성들이 여성을 소유물로 간주하고 여성들의 순응과 동반 의식 그리고 성적인 친밀성에 대한 보상으로 사회적 물질적인 특권과 쾌락을 누리는 재원을 제공한다. 『연락의 집』의 릴리 바트는 여성이 자신을 교환 가치가 있는 상품으로 제시할 수 있을 때에만 생존이 가능한 사회의 추악한 진실과 정면으로 대면한 후 자살로 생을 마감한다. 이와 대조적으로 그런 사회 "관습의 완벽한 결정체"인 언딘은 아버지, 애인, 그리고 세 명의 남편을 자기 욕구를 충족시켜주는 수단으로 냉혹하게 이용한다. 여성에 대한 착취 없이는 존속이 불가능한 가부장적 사회 질서가 만들어낸 여성 가운데 언딘과 같은 여자는 역으로 자신의 욕망을 추구하기 위해 남성들을 착취한다. 언딘은 배려나 도덕적 정당성과 같은 미덕은 영향력이 거의 없으나 아름다운 외모와 기민함에는 응답하는 이 사회에서 철저하게 자기중심적인 계획을 진척하는 데 성공한다. 점차 복합적인 인간으로 성장하면서 한계가 있지만 도덕적인 성찰력을 지니게 되는 릴리와 대조적으로 언딘은 전혀 성장하지 않는 만화 같은 캐릭터로 남는다.

뉴욕 웨스트사이드의 스탠토리언(Stantorian) 호텔에서 중심가인 5번 가로 진출을 꿈꾸는 언딘에게 사교계 사람들에게 출장 마사지를 하고 다니는 히니 부인(Mrs. Heeny)은 "흔들리지 말고 가라, 그러면 언딘 너는 성공할 것이다"(16)라고 언딘의 미래를 예고한다. 히니 부인은 랠프로부터 언딘이 받은 초대의 의미를 자세하게 설명해주며 언딘의 '결혼 사업'에 대해 조언과 응원을 해준다. 언딘은 다정하고 세련되었으나 재정적으로 취약한 명문가 자제 랠프와 결혼하지만 그가 자신이 원하는 남편감이 아니라는 것을 결혼 후 곧 깨닫는다. 언딘은 랠프의 집안이 뉴욕 사교계의 모든 사람이 초대받기를 원하는 가문이고, 은행가 피터 밴 더갠의 아내 클래어(Clare van Degen)가 "결혼 전에 랠프를 좋아했다"는 사실에 으쓱해 하며 결혼한다. 언딘의 결혼관은 랠프와의 결혼을 앞두고 에이펙스에서 결혼한 적 있는 엘머를 길에서 우연히 마주쳤을 때 자기를 놓아달라고 하면서 "이건 내게 온 첫 기회예요. 난 이것을 놓칠 수 없어요"(72)

라고 하는 애원에 이미 나타나 있다. 야망의 성취에 아주 좋은 기회라고 생각하며 감행한 결혼이 언딘의 예상과는 전혀 달랐던 것이다. 남편은 자기의 소비 욕망을 채워주지 못할 뿐 아니라 끊임없는 충고로 자기를 피곤하게 했을 뿐이다. 언딘은 실수를 한 것이다. "미래의 세계가 허세를 부리고 비도덕적인 사람들 편일 때 세상 변화에 초연하고 번쩍거리지 않는 조용한 사람들에게 자신을 허락한 . . . 말하자면 그녀 식대로 말하자면 엉뚱한 날에 오페라 박스를 예약한 셈이었다"(122). 그러나 "이 소설을 움직이는 동력은 랠프 마블이 아니라 결혼으로 상류 사회를 점령하고자 한 언딘 스프라그"(62)라고 한 깁슨(Gibson)의 지적대로 언딘은 자신의 실수에 주저앉거나 포기하지 않으며 월가에서 새로운 세력으로 부상하는 남성 기업가들처럼 또 다른 기회를 잡기 위해 다시 시도한다.

언딘은 "미국 사회 시스템이 만들어낸 기괴할 정도로 완벽한 결과물이며, 그 시스템이 승리한 증거이다"(132). 언딘은 자금력이 아니라 뛰어난 미모와 목표를 향한 무자비한 추진력을 무기 삼아 상대방의 마음을 사로잡는 사업에 성공한다. 사회의 공적 영역으로 진출이 차단된 언딘은 월가(Wall Street)의 남성들이 주식 시장의 틈새를 노려 자본을 축적하듯이 사교계의 틈새를 공략해 자기의 욕망을 성취해간다.

언딘은 대단한 일을 해냈다. 언딘은 판단을 왜곡시키는 안개와 같은 감상성으로부터 자유롭고 분명하며 논리적인 듯이 보이는 동기에서 그 일을 해치운 것이다. 마치 자기 아버지가 재정적인 사업을 한 것처럼. 그것은 대담한 행동이었지만 월가에서 가장 돈을 많이 번 투자처럼 세심하게 계산된 것이었다. (230)

여성과 사회: 이디스 워튼 소설 연구

자기 계획을 실행하는 데 어떤 장애물이나 금기를 인정하지 않으며 자신이 원하는 모든 것을 수중에 넣고자 하는 언딘은 상류 사회를 모방하고 동경하나 그 사회가 지니는 절제와 금기를 인정하지도 참아내지도 못한다. 언딘에게는 "성에 대한 에이펙스의 청교주의"를 제외하고는 어떤 금기도 없다. 그러나 언딘이 고수하는 청교주의는 도덕적인 것이 아니다. 잘 관리된 언딘의 육체는 남자를 사로잡는 힘의 원천이다. "워튼의 소설에는 아이를 기르는 것이 여성의 중요한 일이 아니다. 대신 여자는 결혼과 연애를 자신의 직업으로 삼는다"(275)는 슐만(Schulman)의 지적처럼 언딘에게 섹스와 임신으로 몸매를 망가뜨린다는 것은 자기를 위험에 빠뜨리는 일이다. 랠프가 언딘을 파리에 혼자 보낼 수 있었던 것은 적어도 언딘이 타인과 사적으로 얽히는 것을 혐오한다는 점이었다.

> 언딘은 즐기고 싶었다. 언딘이 생각하는 즐거움이란 많은 사람의 관심을 받으며 그들과 떠들썩하게 섞여 노는 것이었다. 깃발을 세우고 악단이 지나가고 사람들이 와글대며 자기를 질투하는 사람들이 가까이 있고 그 사람들 사이에서 초연하게 편안함을 느끼면서 걷는 느낌 같은 것을 좋아했다. 개인적으로 누구와 얽히는 것은 언딘이 가장 싫어하는 귀찮은 일이었다. 언딘 성격의 특성이 특이하게 조합되어 있었지만 그래서 랠프의 '명예'가 다치지 않을지도 몰랐다. 랠프는 언딘의 정숙함에 대한 편지를 믿을 수 있었다. (141-2)

언딘은 어느 누구에게도 깊은 관심이나 애정을 쏟지 않는다. 아들 폴에게도 별 관심이 없다. 레이몽과 결혼해 레이몽 집안의 시골 영지 쌩 데제르(Saint Desert)에 '갇혀있을 때'에도 언딘은 오직 자기 몸을 관리하는 데만 모든 정성을 쏟는다. 성에 대한 청교도적인 언딘의 태도는 결혼을 비즈니스와 같은 거래로 생각하는 여자가 아름다운 육체가 자기가 가진 유일한 자산일 때 지니는 사업적인 본능과 같은 것이다. 여성이 활동할 수 있는 영역을 한정해버리면 영리하고 잔인한 여자는 역으로 바로 그런 감금 상태를 자신의 위력을 사용할 기회로 만들어버린다.

계획을 실행에 옮기는 데 용의주도하고 자신만만한 언딘이지만 아이로니컬하게도 자기가 원하는 것을 결정할 때는 자신을 반사해 비춰주는 누군가가 필요하다. 언딘은 자기가 들어가고 싶은 집단의 가치에 동화하려고 노력한다.

> 언딘은 냉혹할 정도로 독립적이면서 열정적으로 모방적이었다. 언딘은 저돌성과 독창성으로 모든 사람을 놀라게 하고 싶었지만 자기가 맨 나중에 만난 사람을 모델로 삼지 않을 수 없었다. (13)

언딘은 그 집단을 압도하고자 하는 충동적인 욕구에서 "침입해 들어가기를 원하는" 집단의 가치와 동화하고 만나는 사람들의 태도를 흡수한다. 그리고 자기 행동에 대한 다른 이들의 반응을 꼼꼼히 챙기고 그들의 말과 얼굴 표정의 변화를 기다린다. 이런 점에서 언딘 주변의 사람들은 그녀에게 거울 역할을 한다. "이 작품의 중심 이미지는 거울"(McDowell 9)이라는 말처럼 "언딘은 자기가 속하는 집단의 사람들에게 맞춰 그들의 언어와 몸짓 그리고 옷차림까지 모방하는 본능"(100)을 지녔다. 결혼 후 사람들이 북적대는 관광지를 피해 한적한 곳으로 간 신혼여행에서 랠프

여성과 사회: 이디스 워튼 소설 연구

는 언딘이 자기와 둘만 있는 것을 즐거워하지 않는 것에 실망한다. 언딘에게는 자기의 매력을 "반사해주고 미모를 경탄해줄 사람들"이 필요하다. 언딘은 자기를 바라보고 일어나는 타인의 표정 변화에서 가장 큰 행복을 느낀다. 새로이 어울리는 사람들과 새 남편에 따라 라이프 스타일을 바꾸는 것은 자기를 비추는 거울을 찾는 중요한 일이며 지금까지 해보지 못한 새로운 행동 양상을 따라잡기 위해서이다. 파리 귀족들이 예술에 대해 논하는 것을 듣고 화랑을 찾아가 예술품들을 검토하고 노트에 필기하듯 모피 입은 여자들을 모방하며 얼굴 표정과 제스처를 따라한다. "자기가 중요하다고 생각했던 것에 다른 이들의 관심이 없다는 사실은 언딘에게 그것에 대한 모든 즐거움의 값어치를 떨어뜨리고 욕망을 다른 방향으로 돌리게 하였다"(191). 결혼하자마자 랠프를 돈 걱정에서 헤어나지 못하게 한 장신구와 옷에 대한 언딘의 과도한 집착과 무모한 낭비벽은 당시 유한계급을 비판적으로 분석한 베블런(Thorstein Veblen)이 진단한 불안정한 시대의 특성과 매우 유사하다.

> 일상의 생활에서 부딪치는 공감력이 없는 관찰자들에게 자기네가 버는 돈의 위력을 곧바로 보여줄 수 있는 실질적인 유일한 수단은 그 능력을 끊임없이 드러내는 것이었다. 스쳐 지나가는 이런 목격자들에게 인상을 남기고 그들의 시선에서 자기만족에 빠져있기 위해 자신의 재정적인 위력을 드러내는 표지를 사람들이 즉각적으로 읽을 수 있도록 표시해야 했다. (86-7)

행복의 의미를 자기 미모에 대한 타인의 반응에서 찾는 언딘의 모습은 타인이 자신의 경제 능력을 한눈에 알아볼 수 있도록 치장하는 사회적 특성이 한층 강화된 현상이라고 할 수 있다.

이러한 언딘과 결혼함으로써 모든 것을 희생당하는 랠프 마블에 관해 작가는 랠프가 자살에 이르게 되는 과정을 세세하고 동정어린 필치로 그린다. 워튼은 네 번에 이르는 언딘의 결혼을 그리고 있지만 5부로 된 이 소설의 4부까지를 랠프와의 결혼과 이혼, 그리고 이후의 파장을 다루고 있어 사실은 언딘과 랠프 두 사람의 결혼과 파경이 소설의 중심을 이룬다고 할 수 있다. 언딘과 랠프의 결혼은 가부장 사회에서 여성에게 결혼이라는 하나의 선택만을 강요할 때 희생되는 것은 여성만이 아니라 남성도 해당된다는 사실을 결혼 이후 랠프의 고통스러운 삶과 막다른 지경에서 그가 내린 극단적인 선택을 통해 강렬하게 전달한다. 세속적인 야심 없이 좋은 시인이 되겠다는 포부, 언딘에 대한 실망과 아내를 만족시키지 못하는 자신의 경제적 능력에 대한 좌절, 아들 폴에 대한 사랑과 애착을 설득력 있게 기록함으로써 작가는 랠프가 느끼는 깊은 절망과 좌절감을 절절하게 드러낸다. 랠프의 눈을 통해 변화가 멈춰버린 스테레오 타입 같은 언딘의 인물됨이 차츰차츰 부각된다.

"어떤 면에서 워튼과 가장 유사한 인물"(Waid 139)이라고 평가되는 랠프는 전통적인 상류 계층의 고집스러움과 수줍음을 즐기고 보수적인 사람들을 사랑하며, 본인 스스로 의식하는 것보다 훨씬 더 상스러운 졸부들을 혐오한다. 그가 언딘과 결혼을 결심한 결정적인 계기는 언딘의 어머니 "스프라그 부인(Mrs Spragg)이 때 묻지 않고 가식이 없다는 점 . . . 아직 그들이 자기들의 과거를 부끄러워하지 않는 소박한 사람들"(51)이라는 점이었다. 랠프는 언딘 역시 그녀 부모들처럼 순박할 거라고 잘못

　　　　　　　　　　여성과 사회: 이디스 워튼 소설 연구

판단한 것이다. 그는 관대함, 단정함과 섬세함을 가지고 있지만 자기 성찰이 부족하다. 랠프는 자기가 언딘의 시야를 넓혀주고 거친 신흥 세력의 "침략자"들로부터 언딘을 "구해주겠다"는 중세 기사도 같은 마음으로 그녀에게 청혼했던 것이다.

> 그에게 언딘은 마치 바위에 묶여있는 안드로메다처럼 보였다. 랠프는 언딘을 한 입에 집어삼키려고 전속력으로 달려오는 괴물 같은 사교계 사람들로 둘러싸여 있다고 보았다. 랠프는 자신을 날개 달린 말을 타고 내려가 언딘을 묶어놓은 사슬을 끊어서 그녀를 한 손으로 안아 올려 푸른 하늘로 안고 올라가는 사람으로 생각했다. (53)

그러나 결혼 후 바위에 묶여있게 된 사람은 언딘이 아니라 바닥이 보이지 않는 아내의 물욕을 채우기 위해 적성에 맞지도 않는 일자리에 매인 신세가 된 랠프 자신이다. 랠프는 "상류 계층의 딸들은 상류층으로 치고 올라오는 침입자들에게 자신을 팔아넘기고, 침입자의 딸들은 마치 오페라 박스를 구입하듯 남편을 구입하는, 이 모든 것이 주식 거래처럼 이루어지는"(49) 당시의 결혼을 혐오한다. '시대착오적인' 생각에 사로잡혀 결혼을 한 뒤 랠프가 발견하게 된 언딘의 참모습은 "그녀의 이성에 닿을 수 있는 유일한 길은 허영심을 통해서일 뿐"(113)이고 "천박한 것에만 반응하는 쾌락을 좇는 나방"(142) 같은 존재라는 점이다. 그러나 랠프 역시 "언딘의 겉모습에 혹해 결혼함으로써 인생을 망친 점"(Waid 140)에서는 겉모습을 중시 여기는 언딘과 별반 다르지 않다. 랠프가 약혼반지를 새로 구입하지 않고 선대로부터 내려오는 유물 반지를 보낸 것을 "마블 집안이 반지에 대해 인색하다"(53)고 언짢아하는 언딘 어머니나 결혼한 뒤에 남편의 반대를 무릅쓰고 기어코 최신 스타일로 반지를 새롭게 세팅하는 언딘은 랠프 집안이 지켜온 전통에 대해 전혀 개념이 없다.

랠프 가족을 정식으로 처음 만나는 식사 자리에서 언딘은 고향 친구 마블 립스콤(Marbel Lipscomb)이 남편 해리(Harry)와 이혼할지도 모른다는 이야기를 한다. 언딘은 "그들이 서로 좋아는 하지만 해리는 마블에게 실망스러운 존재였어요. 적당한 사람이 아니에요. 난 마블이 그를 제거할 때까지는 자기가 성공하지 못한다는 점을 깨달을 거라고 생각해요"(59)라고 한다. 이때 이미 언딘은 실망을 안기는 남편은 '제거할 수밖에 없다'는 점을 분명히 한 것이다. 랠프는 언딘이 자기에게 실망한 뒤 새로운 남편감을 찾아 파리로 떠난 뒤에야 이 말을 떠올리며 씁쓸한 냉소를 금치 못한다. 언딘은 이혼녀와의 결혼이 금지된 가톨릭교도인 레이몽과 결혼하고자 랠프와의 결혼을 무효화하는 데 필요한 자금 마련을 위해 아들 폴의 유산을 염두에 두고 아들의 양육권을 뒤늦게 주장한다. 랠프는 언딘이 정말 원하는 것은 아들이 아닌 돈이라는 걸 알고 그 돈을 마련하기 위해 동부서주하다 알게 된 엘머 모팻에게서 예전에 에이펙스에서 언딘과 자기가 결혼했었다는 이야기를 듣게 된다. 이 말에 랠프는 "중세 갑옷을 입고 있는 현대인처럼 한편으로 기울어진 생각에 휘청거렸고 자기가 지켜온 관습과 인격이라는 낡은 틀이 무너져 내리는 것을 느낀다"(297-8).

언딘의 사람됨을 알아가는 과정에서 랠프는 언딘에 대해 사랑에서 실망으로, 용서에서 분노로, 결국에는 깊은 절망으로 빠져 들어간다. 랠프는 언딘의 방식으로 언딘을 상대하는 방식을 습득하지 못했다. 랠프는

여성과 사회: 이디스 워튼 소설 연구

언딘과 대등하게 냉혹한 방식으로 치열하게 대적해야 하는 싸움을 회피한 것 때문에 결국 자신의 목숨이라는 호된 대가를 치른다.

> 랠프에게 단 하나 필수 사항은 신사로 살아야 한다는 것이었다. 단순히 돈을 버는 것을 조용히 경멸하면서 좀 더 훌륭한 감성에 소극적으로 마음을 열고서 포도주의 질에 대한 한두 가지 변치 않는 원칙, 그리고 사적인 명예와 비즈니스상의 명예를 구분하는 법을 아직 배우지 않는 구식의 고결함을 지키며 사는 것이었다. (47)

랠프가 받은 교육과 그가 고수해온 상류 사회의 보수적인 전통은 가톨릭이 요구하는 혼인 무효를 위한 돈을 마련코자 아들에게 애정도 없으면서 자식을 마치 흥정 대상인 양 뒤늦게 빼앗아가려는 언딘을 대처하지 못하게 만든다. "누구도 직업에서 돈을 버는 것을 기대하지 않는다"(76)는 랠프의 할아버지처럼 뉴욕의 상류 사회 토박이들은 엘머 모팻처럼 수단 방법을 가리지 않고 돈을 벌겠다는 공격적인 사업가들(business invaders)에게 경쟁 상대가 되지 못한다. 목적을 이루기 위해서라면 어떠한 행동도 불사하는 언딘과의 "관계를 돈으로 해결 지어야 한다는 사실이 랠프를 비참할 정도로 왜소하게 만들었다"(285). 작가는 이 소설에서 사회 구조의 불안정이야말로 시대의 가장 중요한 특징이며 사회의 위계질서가 돈으로만 재배치된다는 것을, 그리고 이 사회의 주인공은 돈 이외의 어떤 것도 전혀 개의치 않는 자들이라는 점을 보여준다.

랠프의 고통이 이 소설에 깊이와 복합성을 부여하며 그의 비참한 최후는 언딘의 무자비함과 완강함을 더욱 두드러지게 한다. 언딘은 자신이 초래한 랠프의 죽음에 마음의 동요를 느끼지 않는 듯하다. 그녀는 랠프의 죽음이 자기 때문이 아니며 자기 역시 희생자라고 여긴다.

> 언딘은 점차적으로 자신과 랠프를 음침한 책략의 희생자들로 보기 시작했다. 언딘이 랠프를 입에 올릴 때면 그녀는 그를 용서한다는 듯이 말했다. 사람들이 랠프와 자기 사이에 끼어들지만 않았다면 모든 것이 달라졌을지도 모른다는 의미의 말을 내비쳤다. (234)

랠프의 자살은 언딘을 가톨릭교도인 레이몽과의 결혼에 장애 요인이었던 이혼녀가 아닌 미망인으로 만들어주며 결혼을 가능하게 해준다. 거기에다 폴이 받게 될 유산은 언딘을 부자로 만들어주는 호기로 작용한다. 언딘은 문제가 이렇게 해결된 것에 대해 막연한 유감 정도만을 지니고 있을 뿐이다. "언제나 자신이 바랐던 것에 특별한 대가를 치르지 않고 손에 넣기를 원했다"(311)는 언딘은 랠프의 가슴 아픈 죽음으로도 전혀 변화되지 않는다.

이 죽음에서 아무것도 배우지 못한 언딘은 더욱 충동적으로 자기중심적 행동을 하게 된다. 이 작품을 '풍습 희극'(Comedy of Manners)으로 보는 맥두웰(Margaret McDowell)은 언딘이 자기 행동을 비춰볼 거울 역할을 하는 사람들이 필요했던 만큼 언딘 역시 그녀가 만나는 사람들을 비추고 있다고 한다(79). 워튼은 '뉴욕의 원주민'(aborigines) 즉 전통적인 명문가들이 신흥 세력에 밀리는 양상을 동정적으로 그리고 있으나 동시에 그들이 사회 변화에 기민하게 대처하지 못하는 점 역시 냉정하게 그린다. 이들에 대한 워튼의 비판적인 비전은 언딘이 무모하게 자기중심적으로 행동해가면서 더욱 확대되는데 뉴욕의 보수적인 명문가, 프랑스의 귀족, 그리고 신흥 부자들의 모든 면을 밝혀준다.

이혼을 대하는 태도는 전통적인 가문과 신흥 세력 간의 사고방식 차이를 가장 잘 드러낸다. 언딘이 친구 미블이 이혼할 수도 있다는 말에 랠프의 어머니는 "뉴욕에서는 이혼한 여자는 다행히도 굉장히 불리하다"(60)고 당황스러워 한다. 또한 "사랑하는 이가 생겨서가 아니라 동업자와 결별하듯" 이혼하는 것은 마치 "레모네이드에 취하는 것만큼이나 이상한 일"(213)이라고 생각하는 랠프의 할아버지에게는 이해 불가한 일이다. 남편의 부정을 알면서도 "이혼이란 대중에게 사적인 비밀을 털어놓는 거"(219)라며 결혼 생활을 지속하는 클래어 밴 더갠의 태도는 "자기 차례를 기다리게 될 정도로 쉽고 빠르게 부부들이 헤어지고 만나고 했다"(181)는 중서부의 에이펙스 사람들과는 대조적이다.

언딘이 랠프 가족에게 처음 소개되는 날부터 이들 두 사람의 결혼 과정을 죽 지켜본 "워튼의 대변인"(Balter 27)이라 할 수 있는 찰스 보웬(Charles Bowen)은 인류학자답게 일정한 거리를 두고 관찰 대상을 지켜보며 자신의 반응을 보편화하고 있다. 랠프 집안의 오랜 친구 찰스 보웬은 주변 사람들에 관해 자기 나름의 의견을 제시한다. 지금의 시장 사회에서는 모든 남자들이 부인에게 돈과 힘을 가져다주기 위해 노예가 되지만, 남자들이 자기 일을 부인에게 설명하기에는 여자에게 너무나 강한 우월감을 느낀다는 것이다. 그러나 돈을 벌기보다 한가롭고 신사적인 삶을 즐기려는 "랠프는 이 경우에서 예외"(132)라고 그는 생각한다. 보웬이 보기에 랠프는 점점 더 역동적이고 거칠게 변화하는 사회에서 살아남을 것 같지 않다.

보웬은 언딘을 남자들이 여자에게 "애정 대신 돈과 자동차, 그리고 옷을 뇌물로 주는"(132) '사회의 완벽한 결과물'이라고 정의한다. 물질주의를 숭배하는 언딘의 시스템에서는 랠프가 상징하는 타인에 대한 배려나 소박하고 한가로운 삶은 무의미하다. 보웬은 남편과 자식을 두고 파리에 혼자 와있는 언딘을 계속 지켜보지만 일정한 거리를 유지할 뿐 그녀에 대한 어떤 판단도 하지 않는다. 언딘의 미모에 관심 있는 레이몽을 그녀에게 소개해줌으로써 보웬은 신구 두 세계를 연결해주는 역할을 한다. 그러고는 양립할 수 없이 다른 종류의 두 동물이 한 우리에 갇혀 서로에게 적응하는 모습을 과학자 같은 태도로 지켜본다. 주변에서 일어나는 전통 계층과 신흥 세력 간의 갈등을 담담하게 지켜보는 보웬은 랠프에게 실망한 언딘이 피터를 다음 남편으로 '확보하기 위해' 묵고 있는 파리의 누보 럭스(Nouveau Lux) 호텔에서 신흥 세력들이 만들어내는 특징을 읽어낸다.

그런 봄날 저녁의 누보 럭스 식당은 풍요로운 물질적 위력이 자신이 한가롭다는 착각을 일으키기 위해 궁리해낸 유령 같은 '사교계'의 전형을 보여주었다. 이 유령 같은 사교계는 그 원형인 유럽의 귀족 사교계가 고수하는 규칙과 점잔 빼는 웃음과 몸짓은 갖추고 있지만, 그런 규칙과 점잖은 매너의 원형은 연속성과 선택이 오랜 시간 빚어낸 산물이었던 반면에, 이 유령 같은 사교계는 난잡함과 모순이 만들어낸 것이었다. 새롭게 세계를 제패한 미국의 신흥 부자들은 자기들이 밀어내버린 귀족들을 마치 노예처럼 모방하고 자신들이 만든 가짜를 진짜라며 신속하고 경건하게 믿도록 만드는 본능이 보웬에게는 인간의 영속성을 보여주는

가장 만족스러운 증거처럼 보였다. (173)

이 호텔의 가식적인 분위기는 신흥 세력들의 모든 특징을 종합하고 있다. 보웬은 혼란스러운 세계를 이야기하면서 동시에 옛것과 새것이 교차하며 인간의 삶이 이어져간다고 본다. 워튼은 보웬의 시선을 통해 새로운 세력이 부상하면서 전통적인 세력이 침몰하는 불안정한 상업 사회와 그러한 사회의 산물인 언딘 스프라그에 대해 객관적이고 균형 잡힌 시각을 견지한다.

계획과는 달리 피터와 결혼하는 데 실패한 언딘은 이혼 후 남편 성이 아닌 결혼 전 성이 인쇄된 명함을 사용하게 되자 자기를 마치 "교환 가치가 떨어진 동전"(288)처럼 느낀다. 이런 모습은 당시 "결혼이 여성에게 사회적 정체성에 부여하는 위력"(Ammons 115)을 가늠하게 해준다. 언딘은 잠시 자신감을 잃지만 "피터의 질투를 유발하는 데 주로 쓰였던" 레이몽과 결혼함으로써 "인기를 다시 회복하고 그녀가 자신을 바라보는 유일한 방식인 다른 이들의 마음에 투사된 자기 이미지를 새롭게 한다"(253).

새 남편 레이몽은 랠프와는 다르게 언딘의 요구에 단호하게 대처한다. "사랑에 빠진 남자가 어떤 점에서는 그렇게 요지부동인지 언딘으로서는 도무지 알 수 없을 정도로"(316) 레이몽은 분명하게 선을 긋는다. 여러 면에서 레이몽은 랠프를 연상케 하지만 아내의 무모한 소비와 무책임한 행동에 괴로워하면서도 자신의 꿈과 소신을 저버리면서까지 언딘의 요구를 수용하려 했던 랠프와는 대조적이다. 레이몽은 언딘이 자신의 사랑을 받아들이지 않을 때 언딘을 무시해버린다. 이는 신세계의 귀족인 랠프가 신흥 세력에 대해 단호하게 대처하지 못했다면 구세계 귀족의 보다 견고한 관습은 신세계의 것보다 확고해 레이몽은 언딘의 행동에 과단성 있게 대처하게 한다.

> 힘을 쟁취하는 모든 투쟁에서 자기가 옳다고 인식하는 것을 언딘은 자기가 원하는 대로 사람들을 움직이게 만드는 능력으로 측정해왔다. 레이몽의 확고한 태도에 언딘은 자기주장에 대한 믿음이 흔들렸다. (336)

냉담해질 대로 냉담해진 부부사이지만 언딘과 레이몽은 결혼을 깰 의사는 없다. 레이몽은 그 나름대로 사회적 위치에서 결혼의 유지가 필요했고 언딘은 "자기를 거의 파멸로 몰고 갔던 [이혼이라는] 사회적 곤경과 다시 부딪치고 싶지 않았다"(359). 그러나 여전히 계속되는 낭비벽은 언딘을 궁지로 몰아넣는다. "레이몽과의 다툼은 자신의 빚은 그의 도움 없이 해결해야 한다는 점을 분명하게 만들어줬기"(345) 때문이다. 재정적으로 곤경에 빠진 언딘이 레이몽의 쌩 데제르(Saint Desert) 영지에 대대로 내려오는 가문의 유물 '부셔(Boucher) 태피스트리'를 팔려고 했을 때 레이몽의 분노가 폭발한다. 자기에게 한마디 상의 없이 가문이 자랑스럽게 여기는 유물을 팔려고 했다는 사실에 레이몽은 폭발한다.

> 당신네들은 우리들 사이에 들어와 우리 언어로 말을 하지만 우리가 의미하는 바를 모르지. 우리가 왜 그것들을 원하는지 이유도 모르면서 우리가 원하는 것을 원하고, 우리 약점을 흉내 내고, 우리 어리석음을 과장하고 우리가 사랑하는 것을 모두 무시하거나 조롱하지. . . . 우리가

유산으로 지키는 것을 자랑스러워하는 만큼이나 당신 쪽 사람들은 뭐든지 바꾸는 것을 자랑스러워하더군. 그런데도 당신네들이 우리 방식을 모방하고 우리들만이 쓰는 속어를 습득했기 때문에 우리 인생을 품위 있고 고귀하게 해주는 것들에 대해 당신네들이 조금이라도 이해한다고 짐작했으니 우리가 정말 바보였군. (347)

레이몽이 분노하는 모습은 랠프가 언딘을 제대로 판단하지 못했던 만큼 레이몽 역시 언딘의 겉모습과 모방 능력으로 그녀를 잘못 파악했다는 것을 보여준다. 언딘에 대해 느끼는 레이몽의 불쾌감은 "유럽을 배회하는 뿌리 없는 미국인들에 대한 워튼의 불쾌한 감정"(Lewis 350)을 우회적으로 토로한 것이기도 하지만 좀 더 본질적인 면에서 타인이 소중하게 여기는 것에 대한 진정한 의미도 모른 채 다만 다른 사람들이 의미를 부여하기 때문에 구입해 수집하는 벼락부자들, 더 넓게는 상업 사회 속 인간들의 맹목적인 물욕을 꼬집는 것이다.

자기의 물욕과 낭비벽에서 비롯된 재정적인 압박을 더 이상 견딜 수 없고 "끊어낼 수 없는 그물로 자기를 옭아매는 전통과 인습, 그리고 금지의 망을 뚫을 수 없다는 것을 느낀"(329) 언딘은 누보 럭스 호텔에서 미국인 친구들을 다시 만나며 엘머 모팻과도 재회한다. 태피스트리 사건으로 남편 레이몽과의 사이가 더욱 악화된 언딘은 이제 철도 왕으로 거부가 된 엘머와 미국으로 돌아가 네바다주 리노(Reno)에서 번개 같은 속도로 이혼 서류에 서명하고 이혼을 주재한 판사를 들러리로 세워 15분 만에 결혼식을 해치운다. "사람들에 대한 평가를 항상 원하는 것을, 그것이 자기가 원하는 것이면 쟁취하는 능력으로 판단하는"(352) 언딘과 "내가 무엇인가를 원하면 누구도 그것을 막을 수 없다'(340)고 생각하는 엘머는 '천생배필'(soul mate)이다.

엘머는 언딘과 레이몽의 결혼이 돈 문제로 궁지에 빠져있을 때 언딘에게 아들 폴을 데려옴으로써 난국을 타결하라는 제안을 해준 장본인으로 이 두 사람의 문제 해결 방식은 너무도 흡사하다. 두 사람의 결혼은 바로 비즈니스로서의 거래이다. 언딘은 엘머가 집 밖의 사업에서 사무를 처리하듯 집안일을 꾸려나간다. 그들은 오직 돈과 무엇인가를 자기들 손아귀에 넣는 것에만 관심이 있기 때문에 약혼식이나 결혼 피로연, 애정 표현 같은 것에는 관심이 없다. 언딘과 엘머의 결합은 사업가들의 합병과 같은 것으로 이들은 자기네 둘의 결합이 이익을 내고 더 나은 파트너를 찾을 때까지만 지속할 것으로 보인다.

언딘은 엘머와 결혼한 후 아들 폴을 기숙학교에 보내버린다. 엄마가 보내오는 엽서가 어디에서 오는지를 폴이 짐작할 수 없을 정도로 언딘과 엘머 부부는 세계를 돌며 귀중품을 사들인다. 엘머 모팻은 그림과 책, 귀중품들을 수집하지만 수집하는 이유는 단지 "다른 사람이 그것을 사기 전에 먼저 사려는 것"(342)이지 안목이나 취향이 반영된 것은 아니다. 이제 아홉 살이 된 폴은 엘머가 사들인 문제의 '부셔 태피스트리'가 지금 아버지 엘머의 저택보다는 예전 프랑스 아버지 레이몽의 시골 영지에 더 어울린다고 생각한다. "어떤 누구보다도 친숙했던 프랑스 아버지 레이몽이 갑자기 사라진 다음부터는 어느 누구도 친밀하게 느끼지 않게 된"(369) 폴은 이제 어떤 사람에게도 어느 장소에서도 소속감을 느낄 수 없다. 너무도 많은 이가 들락거리고 오랜만에 재회한 아들보다 새로 산 태피스트리에 신경을 쓰는 엄마 집에서 폴은 주변의 풍요로움과 격리되어있다. 많은 물건의 포장이 풀리지도 않은 채 쌓여있는 집을 돌아다니다 서재에 진열된 아름답게 장정이 된 책을 꺼내보려 하지만 그 책들은 너무나 비싸 책장에 자물쇠가 채워져 있는 것을 발견한다.

언딘은 엘머와 결혼한 뒤 돈으로 구입할 수 있는 것은 모두 손에 넣었지만 "항상 행복한 것은 아니다. . . . 언딘은 엘머가 자기가 들어있는 풍경에 어울리지 않는다"(376)고 생각할 때가 종종 있다. 언딘은 짐 드리스크럴(Jim Driscroll)이 영국 대사로 임명되었다는 소식을 듣고 평범한 외모의 그의 부인을 떠올린다. 그러나 이혼한 여자는 대사 부인이 될 수 없다는 관행을 알고는 "자신의 미모나 영향력, 수백만 달러의 돈으로도 살 수 없는 것이 있음"(378)을 깨닫고 쓸쓸해한다. 언딘의 욕망은 끝없는 갈증만을 일으킬 뿐 채워지지 않는다.

3. 맺는 말

아름다운 외모와 매력을 무기로 거침없이 결혼과 이혼을 반복하는 언딘 스프라그의 모습은 여성이 가부장적 금전 사회의 시스템에 희생되는 것이 아니라 그 시스템을 자신의 야망을 성취하는 데 이용하는 것을 보여준다. 언딘은 네 번에 걸친 결혼을 마치 더 많은 이익을 얻기 위해 능력 없는 파트너를 버리고 보다 나은 이와 손을 잡는 사업가처럼 해나간다. 언딘과의 결혼과 이혼으로 랠프 마블이 겪는 고통스러운 파멸 과정은 개인에게 하나의 선택만을 강요하는 사회는 여성만이 아닌 남녀 모두를 희생시킨다는 것을 보여주며, 동시에 격동하는 시장 사회에 민첩하게 변화하지 못하는 사람이 침몰당하는 모습을 담아낸다.

피터 밴 더갠과의 결혼 계획이 예상을 빗나갔을 때 또 다른 기회로 생각한 프랑스의 귀족 레이몽 남작과의 결혼은 언딘에게 상류 사회는 물질적 만족을 주기보다는 자신이 수용 불가능한 금기와 절제를 요구한다는 것을 새삼 깨닫는다. 결국 언딘은 철도 왕으로 거부가 된 엘머와 다시 결혼함으로써 드디어 끝없는 물욕을 채울 수는 있었으나 엘머에게 만족하지는 못한다. 이런 언딘의 모습에서 우리는 가부장적 시장 사회의 시스템에 길들여진 여자가 그 사회에서 희생되지 않고 살아남기 위해 그 사회의 책략을 내재화해 야망을 성취하는 데 능란하게 구사하는 것을 보게 된다.

애정 대신 물질로 보상하는 사회 관습에 익숙해진 여자는 정신적 교류를 원하는 남자를 필요로 하지 않는다. 또한 자신의 존엄성과 심리적 안정을 타인에게 투영된 모습에서 찾는 여자는 다른 이들의 관심과 감탄을 얻기 위해 더 좋은 옷과 보석, 오페라 좌석이 필요하고 자신이 사랑하는 사람이 아니라 남이 탐내는 남자를 선호한다. 언딘은 랠프, 피터, 레이몽, 엘머 그 어떤 남자도 진심으로 사랑한 것 같지 않다. 그리스 신화에서는 언딘이라는 물의 요정이 인간과 결혼하여 아이를 낳으면 영혼을 얻는다고 하지만 네 번에 걸친 결혼 체험이나 아들 폴을 얻은 후에도, 언딘은 영혼에 견줄 수 있는 어떤 것도 얻은 것 같지 않다.

언딘을 "황무지 같은 정신 상태"(150)를 지닌 여자라고 한 블레이크(Blake)의 주장처럼 그녀는 현대인의 상징이기도 하다. 다른 이의 반응에서 자기 정체성을 찾으며 원하는 것이 무엇인지 확신도 없으면서 남이 원하는 것을 자기 소유로 만듦으로써 행복을 갈구하는, 그러나 끝없는 갈증만을 느끼는 언딘 스프라그는 어떤 면에서 현대 가부장 사회의 희생자라고도 할 수 있다.

지금까지 이 글은 주로 결혼과 이혼을 사업상의 거래처럼 해치우는 언딘에 초점을 맞춰 왔으나 이 소설에서 가장 선한 인물인 랠프 마블조차도 결혼을 신흥 부자와 전통적인 상류 사회 간의 '계약'으로 보고 있을 정도로 비즈니스 계약같이 되어버린 결혼은 사실 사회에 만연해 있다고 볼 수 있다. "여성들의 사교계는 남성들의 돈의 세계를 반영한다"(275)는 슐만의 말처럼 언딘은 그녀가 존재하는 사회를 그대로 비추는 존재이다. 작가는 결혼이라는 제도에 서로 다른 기대를 지닌 인물들을 결합하여 야기되는 갈등과 충돌의 양상, 그리고 그 결과를 제시함으로써 풀지 못하게 된 실타래처럼 되어버린 가부장적 자본주의 사회가 인간을 소모하고 인간관계를 타락시키는 문제들을 살펴보고 있다.

우리가 비즈니스처럼 변질된 결혼의 양상을 더듬어보는 의의는 가부장적 시장 사회의 풀 수 없는 부조리를 들추고 파헤침으로써 끝없는 물질주의 팽배 속에서 인간을 대상화하며 모든 관계를 금전으로 환원하는 사회에서 삶의 핵심에 다가가지 못하고 좌절당하는 우리 자신을 보여주기 때문이다. 또한 자기 행동에 대한 성찰 없이 끝없는 욕망의 추구를 위해 삶의 목표가 어딘지도 모른 채 돌진하는 현대인의 상황이라는 보다 근본적인 문제를 노정해 우리로 하여금 삶의 본질에 대해 숙고하기를 바라는 기대 때문일 것이다.

2부

제도와의
타협과
출구 모색

워튼은 여성에게 억압적인 결혼 제도를 비롯해 사회 제도에 대해 비판적이었던 만큼 그 사회 내에서 새로운 길을 나름대로 모색하고자 노력했다. 『이썬 프롬』은 억압적인 청교주의 교리를 벗어나지 못하는 인물들과 자신을 분리하여 작가로서 독립을 선포하면서 그 제도를 벗어나고자 한다는 것을 논의한다. 『여름』에서 작가는 겨울과 추위가 압도하는 『이썬 프롬』과는 대척점이 되는 사랑이 무르익는 따뜻한 계절을 그림으로써 답답한 사회 제도 내에서 주인공이 숨을 쉴 수 있는 틈새를 마련하고 있다. 즉 『여름』의 주인공 채러티에게 사랑의 결실인 자기 아이를 제도권 내에서 안락하게 키울 수 있는 방도를 제시한다.

『암초』에서는 좀 더 나아가 결혼 제도 밖에서 이루어진 사랑을 상대방 남성의 반응에 상관하지 않고 당당하게 인정하는 여성 소피가 등장한다. 『순수의 시대』에서는 엘렌 올렌스카라는 주인공이 원했던 이혼을 가족의 반대로 이행하지 못하지만 이모와 할머니의 감정적 금전적 지원으로 아내를 수집품목의 하나로 간주하는 남편에게서 벗어나 독립된 삶을 마련한다. 이들 작품에서 워튼은 자신이 살았던 시대의 관습과 제도를 완전히 초월하는 대안은 제시하지 않았으나 여성이 인습에 의해 완전히 희생당하지 않고 그들 나름의 행복을 제공하는 방안과 방향을 모색한다.

4장

작가의 독립 선언: 『이썬 프롬』

1. 들어가는 말

이디스 워튼이 뉴욕의 상류 사회 출신이라는 점이나 그녀가 주로 자기 주위의 상류 계층의 삶을 그린 것은 잘 알려진 사실이다. 워튼은 "사라져가는 귀족 계급에 대한 향수에 젖어있는 귀족 작가"(Spiller et al 1211)이며 헨리 제임스(Henry James)의 아류로서 당시 복잡한 미국 사회의 변화를 담아내지 못한 작가로 폄하되어 왔다(Blake 8-10). 물론 워튼이 당시 미국 사회가 당면한 노동 운동이나 이주민 문제, 정부의 부패와 무분별한 개척으로 인한 자연 파괴나 자원의 훼손 등 심각한 사회 문제를 정면으로 다루지 않은 것은 사실이다(Bendixen vii). 하지만 1960년대 이후 재평가되기 시작한 워튼은 자신에게 익숙한 소재의 재창조 작업을 통해 사회의 전통과 관습 그리고 도덕률이라는 그물망에 사로잡혀 있는 인간의 모습을 치밀하게 그려내어 삶의 심층에 내재하는 핵심 문제를 형상화해낸 작가로 자리매김하게 되었다.

이런 비평이 간과하는 워튼의 또 하나의 모습은 그녀가 뉴욕이나 유럽에 거주하는 부유한 계층뿐 아니라 뉴잉글랜드 지방의 가난한 이들의 비참한 삶에 대해서도 아주 탁월하게 그려냈다는 사실이다. 뉴욕 상류 사회 토박이로 부유하게 살았던 워튼의 일생은 일견 뉴잉글랜드 오지에 사는 농부들의 삶과 아무 관련이 없는 듯이 보인다. 그러나 워튼은 척박한 대지 위에 "화강암처럼" 묵묵히 살아가는 이들의 외롭고 힘든 인생을 빼어나게 담아낸다. 상류 사회를 배경으로 하는 워튼의 소설에는 지나친 풍요로움을 아무런 지각없이 누리는 수혜자들이 풍요로 인해 육체적으로나 도덕적으로 타락하는 양상을 다루고 있다면, 가난한 사람들의 세계를 그린 작품은 물질적인 빈곤으로 고통 받는 이들이 그 가난으로 인해 도덕적 감수성이 침해당할 수도 있다는 사실을 드러낸다.

워튼의 작품 가운데 걸작으로 평가받는 『이썬 프롬』(*Ethan Frome*)은 뉴잉글랜드 황량한 시골의 척박한 농지를 일구는 가난한 농부들의 인생을 그린다. "6년 동안 여름휴가 동안에만 뉴잉글랜드를 방문한 뉴욕 상류 사회의 화려한 이방인이 뉴잉글랜드의 후미진 산골을 알 수 없었을 것"(Sergent 73)이라는 사람들의 생각을 의식한 듯 워튼은 1922년 『이썬 프롬』의 「서문」에서 이렇게 반박하고 있다.

나는 상상 속의 스타크필드와 같은 시골에 집을 마련하기 훨씬 전부터 뉴잉글랜드 시골 마을에 대해 알고 있었다. 하지만 실제로 거기에 머무르는 동안 어떤 점들은 내게 좀 더 익숙해졌다. 주인공들은 사실 땅에서 솟아나온 것처럼 말수도 거의 없이 화강암처럼 살아가는 사람들이었다. 그것은 적어도 본 것을 그려내는 나의 능력에 관한 상대적인 믿음과 나 자신의 목적으로 그 가치에 대해 완전한 믿음을 지니고 다가간 최초의 소재였다. (1125)

이처럼 워튼은 이 소설의 소재에 대해 자신 있게 쓴 첫 작품이었다는 점을 강조했다. 그뿐 아니라 소설이 발표된 지 14년 뒤 연극으로 공연되던 당시 그리고 서거 1년 전 워튼은 이 연극의 「서문」에서 등장인물들에 대해 깊은 동정과 공감을 표하고 있다.

허기지고 외로운 뉴잉글랜드 사람들은 돌투성이 언덕에서 살아갈 것이다. 마을 묘지석 아래 잠들어있는 조상들과 결국에 합류할 때까지는 . . . 나는 이런 행운이 그들 것이라고 생각하고 싶다. 왜냐하면 나 역시 실제로 그리고 상상 속에서 그들 가운데서 살았고 레녹스에 살았던 10년이라는 세월과 뉴잉글랜드 주민들의 피곤하고 굶주린 얼굴들이 여전히 나에게 가깝게 남아있기 때문에. (Wolff에서 재인용 65)

이처럼 워튼은 이 작품에 강한 애착을 가지고 있었다. "땅에서 솟은 화강암처럼 말없이 살아가는" 뉴잉글랜드 농부들의 외롭고 암담한 생활을 그린 이 중편 소설은 미국 고교생의 필독서로 선정된 유명한 작품답게 다양하게 평가되고 있다.[1]

---

1 이 소설은 주인공들이 삶의 의지가 결여된 사람들이라고 평가한 Lionel Trilling에서부터 『이쎈 프롬』을 작가와 동일한 화자의 비전으로 해석한 Cynthia Griffin Wolff, 동화

워튼이 1907년 파리에서 프랑스어 강습을 위해 지은 이야기가 초고가 된 이 작품은 화자에 관한 이야기와 화자가 들려주는 이야기로 이루어진 두 개의 이야기, 그리고 화자가 만들어내는 이야기와 그 이야기를 듣고 독자가 만들어가는 이야기로 되어있다. 화자가 우리 독자에게 들려주는 이야기는 다음과 같다. 이썬 프롬은 불평만 늘어놓는 병든 아내 지나(Zeena Pierce Frome)와 하반신이 마비된 지나의 사촌 매티(Mattie Silver)를 부양하기 위해 소득도 거의 없는 제재소와 농장 일에 매달린다. 젊었을 때 그와 매티는 서로 애정을 느꼈고 이 두 사람의 관계를 알아차린 지나는 매티를 집에서 내보내기로 한다. 이썬은 아내를 떠나 매티와 함께 도망가는 것을 꿈꾸지만 실행에 옮기지 못한다. 매티를 기차역에 데려다주는 길에 작별의 의미로 비탈길을 썰매로 한 바퀴 돌고 가자는 매티의 제안에 응한다. 그런 다음 이썬과 매티는 함께 살 수 없다면 같이 죽자고 하면서 가파르게 비탈진 길 아래에 있는 거대한 느릅나무를 향해 돌진한다. 그러나 두 사람은 살아남는다. 이썬은 얼굴에 커다란 흉터가 남고 오른쪽이 절름발이로, 매티는 혼자서는 움직이지도 못할 정도로 불구가 되고, 지나는 자신도 건강이 좋지 않지만 매티를 돌보면서 셋은 한 집에서 지내게 된다.

"뉴잉글랜드의 삶을 그린 뉴잉글랜드의 초상화"(Blake 117)라는 평을 받는 이 소설은 미국 건국의 척추를 이루는 뉴잉글랜드 지방에 사는

『백설 공주』와 비교하면서 뉴잉글랜드 문화가 여성을 '마녀'로 몰아간다고 주장하는 Elizabeth Ammons, 뉴잉글랜드 집의 공간 배치와 연결하여 이 작품을 뉴잉글랜드 문학의 소산으로 보는 Judith Fryer, 그리고 뉴잉글랜드의 불모성과 이 인물들의 황폐한 삶을 연결하는 Candace Waid까지 다양하게 받아들여진다.

여성과 사회: 이디스 워튼 소설 연구

사람들에게 미국인의 정신적 문화적 근간을 제공한 캘빈주의적인 청교주의가 어떻게 얼마만큼의 영향을 행사하고 있는지를 보여준다. 워튼은 뉴잉글랜드의 청교주의를 논할 때에 간과할 수 없는 뉴잉글랜드 출신 대선배 작가 호손(Nathaniel Hawthorne)의 영향을 결코 인정하지 않았고 호손에 대해서도 높이 평가하지 않았다. 워튼은 "『주홍 글자』(*The Scarlet Letter*)를 미국 문학의 유일한 걸작"이라고 한 브라넬(William Brownell)의 글에 대해 "나는 미국 문학의 걸작이 그 작품 하나보다는 많다고 생각한다"(Lewis 재인용 237)며 호손을 위대한 작가로 간주하지 않았다. 그러나 많은 비평가가 이미 지적하고 있듯이 이 편지를 쓴 지 몇 년 뒤에 발간된 『이썬 프롬』은 호손의 영향을 확실하게 보여준다(Lewis 237).

이 글은 뉴잉글랜드인의 삶을 지배하는 운명과 같은 캘비니즘적 청교주의가 미국인에게 끼친 영향을 뛰어난 솜씨로 그려낸 뉴잉글랜드의 대작가 호손의 영향이 『이썬 프롬』에서 어떻게 굴절되어 나타나며 워튼이 청교주의의 영향과 선배 작가 호손을 벗어나는 양상을 짚어 보고자 한다.

2. 뉴잉글랜드, 청교주의, 워튼

『이썬 프롬』이 유년 시절 이래 워튼이 벗어날 수 없던 청교주의의 영향을 짚어볼 수 있는 기회를 주었다면 동시에 그것은 고통을 극복할 수 있는 힘도 제공한 것으로 보인다. 마비, 박탈, 기아, 소외와 같은 문제를 다루고 있는 이 소설은 수년 뒤 워튼이 "창작하는 데 가장 큰 기쁨을 준 소설이고 창조적인 기쁨의 정점에 이르게 한 책"(*Backward* 1002)이라고백했듯이 워튼에게 나름의 체험을 구현하고 경험에 질서를 부여하는 등 자신감을 준 것으로 보인다. 변화가 빠르게 진행되는 극도로 혼란스러운 시기에 워튼은 이 소설을 씀으로써 자기의 능력을 새삼 확인하는 듯하다. 혹독한 추위와 질병 그리고 침묵의 상황에서 의미 없는 고통과 파멸로부터 따스함과 열정을, 앙상한 윤곽에서 사람과 사람 사이의 상호 작용을 가능하게 만드는 수단이 되는 이야기를 만들어냄으로써 이 작품은 워튼에게 "상당한 만족감을 가져다주었다"(Lewis 297).

이 중편 소설은 반세기 전에 호손이 『주홍 글자』에서 그랬던 것처럼 청교주의를 다시 한 번 짚어보는 소설이다. 뉴잉글랜드 사회의 정신적, 문화적인 면을 포함해 모든 면에서 근간이 된 청교주의는 당시 워튼에게도 여전히 영향을 행사했다. 20세기에 들어서면서 근본주의적인 엄격한 교리는 많이 완화된 듯하지만 청교적인 감수성은 현대인의 불확실성과 고립의 개념에 상응하는 것을 알 수 있다. 청교주의의 바탕이 되는 '예정설'(Predestination)과 '섭리'(Providence)에 의해 인간은 신의 '무조건적인 선택'(Unconditional Election)을 받을 수밖에 없는 예속된 존재라는 인간관을 지니는 청교주의 교리에 대한 워튼의 개념 설정은 자연 상태에서는 적자만이 살아남는다는, 인간의 자유 의지와 거리가 먼 다윈적인 생존 경쟁의 이론에 용이하게 적용된다. 서로 다른 맥락에서 생성되었으나 다윈주의와 청교주의는 둘 다 압도적이고 알 수 없는 힘 앞에서 인간의 무력함을 강조한다.

『이썬 프롬』이 지니는 우울한 분위기는 청교주의와 다윈주의의 결정론과 연결된다. 워튼은 이 중편 작품에서 인간 의지의 무력함, 아무런 정신적 도덕적 각성이 수반되지 않는 고통, 그리고 구원을 가지고 오지 않는 고통과 같은 현대의 정신적 위기의 우울함을 논하고 있다.

청교주의의 엄격함은 작가에게 이 소설의 생경한(stark) 아름다움과 압축적인 표현과 같은 미학을 제공하였다. 이는 20세기 초의 새로운 문학 운동이 싹트는 시기에 이루어진 대담한 문학적 혁신이라고 할 수 있다. 모더니스트 작가들처럼 워튼은 고통을 사회적인 차원이 아니라 심리적인 차원에서 다룬다. 워튼은 하고자 하는 이야기를 당대의 기계 시대에 어울리게 압축된 언어로 전달한다. 전체적인 플롯이 화자가 동네 사람들로부터 주워들은 이야기 조각 몇 개와 화자 나름의 관찰로 이루어져 퍼즐 조각을 맞추듯 시작되는 이 소설은 뉴잉글랜드인들이 결코 정신적 심리적으로 자유롭지 못하는 청교주의를 재해석하며 스타일과 형식의 실험을 하였다.

청교주의의 영향은 워튼이 그려내는 뉴잉글랜드 지방의 자연과 지역의 묘사에도 찾아볼 수 있다. 이 소설은 뉴잉글랜드의 자연과 함께 시작한다. 스타크필드(Starkfield)라는 지명은 말 그대로 황량한 들(stark field), "언덕에 말라비틀어진 사과나무들이 서 있는"(11) 타락한 에덴동산과 같은 곳이다. 스타크필드에 거주하는 것은 그곳에 사는 모든 이들에게 쉽지 않은 일이지만 특히 주인공 이썬에게는 더욱 고통스럽다. 마을과 뚝 떨어져 있는 이썬의 집과 농장은 보는 사람마저도 외로움을 느끼도록 만든다. '뉴 가나안'(New Canaan)을 생각하고 신천지를 찾아 미국에 온 이주민들이 기대했던 풍요나 하느님의 선택을 받은 자라는 표지는 이썬에게는 해당되는 것 같지 않다. 부지런히 일을 하지만 초기 청교도 조상들이 소중히 여기던 소명 의식을 지니기에는 이썬이 농사를 짓는 땅은 근근이 연명할 정도의 수확만을 안겨줄 뿐이다.

그뿐 아니라 소설을 지배하는 우울한 분위기는 눈이 많이 와 모든 것을 얼어붙게 만든 겨울이라는 계절에 압도된다. 소설의 화자는 "2피트 깊이의 눈에 묻혀버린" 겨울에 도착한다. 스타크필드에 겨울 내내 내리는 눈은 대지의 경계선뿐 아니라 인간의 삶 자체도 지워버릴 정도로 위협적이다. 겨울이라는 계절의 메타포는 이썬의 소외와 상황을 상징하고 있다. 이썬은 눈으로 덮인 마을의 일부인 듯이 보이며 이곳은 봄이 오기를 희망하기에는 너무나도 겨울이 압도하고 있다.

> 이썬은 말없고 슬픈 자연의 일부처럼, 얼어붙어버린 슬픔의 화신처럼 보였다. 따뜻하고 감정이 있는 모든 것은 표면 아래서 얼어버린 듯했다. 화자는 이썬이 단순히 가까이 다가가기에는 너무나 멀리 깊은 정신적인 고립 속에 살고 있는 사람처럼 느껴졌다. 그래서 나는 이썬의 외로움이 단순히 그의 개인적인 곤경의 결과가 아니라 하먼 거우가 슬쩍 내비쳤듯이 수많은 스타크필드의 겨울이 첩첩이 쌓아놓은 추위가 내재된 비극적인 것이라고 짐작했다. (8)

"변화가 많은 날씨와 죽은 듯이 보이는 마을, 2월의 폭설과 3월의 바람으로 인한 수난"(5)은 인간의 노력을 헛되이 만들고 봄의 도래와 부활의 약속을 기대할 수 없게 만든다. 겨울이 갖는 "추위의 의미는 부재, 축소, 쇠약함, 중국에는 죽음"(Wolff 76)을 의미한다. 이썬, 지나(제노비아), 매티는 눈이 많이 와 꼼짝도 못하는 마을의 외진 집에 꽁꽁 묶여있다. 외롭고 말 수 없는 사람들이 눈에 파묻힌 이 고장에 산 채로 매장된 듯 살아가고 있다. "대부분 영리한 젊은이들이 그곳을 떴는데 너무 많은 겨울을 스타크필드에서 보낸" 이썬의 영혼은 겨울에 완전히 굴복당해 "얼어붙은 고뇌의 화신이 침묵하는 슬픈 자연의 일부"로 된 것 같다.

이 작품에 등장하는 다른 인물들은 나름의 행복을 찾지만 이썬과 매티 그리고 지나는 잔인한 운명의 선택을 받은 듯하다. 이 소설의 메시지는 잃어버린 낙원은 이생에서도 내세에서도 다시 찾을 수 없다는 것을 말하는 것 같다. 이상적인 청교도는 내세에 얻을 영원한 행복에 대한 기대로 세속적인 기쁨을 포기하지만 현대적인 회의론자인 워튼은 더 이상 신이나 내세를 믿지 않는다. 성적인 일탈의 죄를 지은 매티와 이썬은 용서받지 못한다. 인간의 의지는 선이 아니고 악에만 영향을 미칠 수 있다는 엄격한 청교주의를 결론으로 채택한다. 이썬은 "남을 이용하거나 도망갈 수 있는 용기가 없어서"(Edmund Wilson 26-7)라기보다는 인간의 노력은 그 결과가 이미 예정되어있기 때문이라는 교리에 매여 있는 것처럼 보인다. 인간의 의지는 그런 세계에서는 날개를 펼 수 없으며 이썬은 의지대로 행동할 수 없는 점 때문에 마을 사람들과 독자들의 동정을 자아낸다. 이썬의 의지는 그가 살고 있는 곳의 모든 것만큼이나 얼어붙어 있다.

20세기 초의 진보적인 신학과 낙관론적인 과학은 청교주의의 엄격한 교리를 이완시켰다. 개종의 경험을 기다리는 고통은 "위안과 도움을 주는 신앙"과 같은 부드러운 개념으로 변화하고, 지옥은 청교도들의 마음 깊은 곳으로 숨는다. 워튼이 이 소설에서 청교주의의 엄격한 신을 부활시켰을 때 작가는 세속화된 부르주아 문화에서 결여된 한 가지 요소 즉 죄에 대한 징벌과 지옥의 리얼리티를 강조한다. 워튼은 청교주의 교리가 20세기에 사라진 것이 아니고 잠들어있을 뿐임을 강조한다.

『이썬 프롬』이 보여주는 패배의 드라마는 워튼 자신이 청교주의 원리와 이길 수 없는 싸움을 하고 있다는 믿음을 드러낸다. 애정 없는 오랜 결혼 생활에서 1년 동안 자기를 행복하게 해준 매티를 집에서 떠나보내야 하는 전날 밤 이썬은 고통스럽게 지나와 같이 살면서 놓쳐버린 여러 번의 기회를 반추해본다. 구약성서의 욥(Job)처럼 "이것이 무슨 소용이 있겠는가? 지나는 자기와 결혼할 때보다 수백 배나 우울하고 불만스러운데, 지나에게 남은 유일한 낙이란 나를 괴롭히는 일뿐인데?"(64-5)라며 한탄한다. 그러나 이썬은 자기 인생을 구원하기 위해 운명에 저항하지 못한다.

이썬과 매티가 자살 시도에서 실패하는 것은 두 사람이 자기 운명에 대해 통제력이 없다는 점을 새삼 강조한다. 이썬이 매티와 함께 느릅나무를 향해 돌진할 때 이썬은 갑자기 지나의 얼굴을 떠올린다. "일그러진 괴물 같은 모습으로 자신과 목표물 사이로 끼어 들어온"(83) 아내의 얼굴은 노한 신의 얼굴처럼 그들이 탄 썰매를 목표물에서 벗어나게 만들어 어긋한 운명을 지닌 연인들의 소망을 좌절시킨다. 동시에 이 같은 매티와 이썬의 곤경은 우리는 인생을 이해할 수 없고 통제도 할 수 없다는 기계론적인 운명의 의미를 만들어낸다.

3. 호손과 워튼

"호손 이래 『이썬 프롬』만큼 굉장한 위력과 가치가 있는 비극을 창출해낸 작품은 없다"(67)고 한 밴 도런(Van Doren)의 지적은 이 작품과 호손과의 관계를 잘 보여준다. 소설의 주인공 이썬 프롬(Ethan Frome)이라는 이름과 지나(Zeena) 즉 제노비아(Zenobia)라는 이름은 호손이 창조한 인물들을 연상하게 한다.[2] 워튼이 뉴잉글랜드에 관한 작품을 구상할 때 『블라이스데일 로맨스』(*The Blithedale Romance*)의 비극적인 주인공 제노비아를 염두에 두었던 것은 틀림없어 보인다.[3] 호손의 「이썬 브랜드」("Ethan Brand")의 주인공 이썬 브랜드나 제노비아는 둘 다 작품 결말에 자살로 생을 마감한다. 이썬 프롬은 자살 시도에서 실패하고 살아남으나 마을 사람 하나가 화자에게 "나는 농장에 사는 프롬 가족이나 저 아래 묘지에 누워있는 프롬 조상들과 큰 차이를 잘 모르겠어요. 저 아래 무덤에 있는 프롬 조상들은 모두 조용한데 매티와 지나는 입을 다물어야 하는 점을 제외하고는"(89)이라고 말하듯이 이썬은 죽은 것이나 마찬가지인 삶을 이어가고 있다. 물론 이썬의 부인 지나는 『블라이스데일 로맨스』의 주인공 제노비아와 달리 삶에 대한 낭만적인 절망으로 자살하지 않으며 이썬 프롬 역시 호손의 이썬 브랜드와는 다르게 지적인 오만함 때문에 스스로 사람들로부터 고립되어 스스로 죽음을 택하지 않는다.

지적인 오만으로 스스로 사람들로부터 격리되지는 않았으나 이썬 프

---

2 Lewis(237), Wolff(74), Fryer(180), Singley(108) 등 많은 비평가가 이 작품과 호손과의 상관관계를 논한 바 있다.

3 이썬 프롬과 이썬 브랜드의 소외의 원인은 반대이다. 이썬 브랜드가 지니는 "상실감, 불안, 뿌리가 뽑힌 느낌"은 다가오는 기계 시대에 대한 호손의 두려움에서 비롯되었다면(Marx 120), 이썬 프롬이 받는 고통은 문화와 진보의 지나침이 아니라 결여 때문에 고통받고 있다. 실제로 워튼은 현대의 테크놀로지를 아주 좋아했다고 한다. 워튼이 말년에 자동차를 구입해 지인들과 여행을 즐겼다는 것은 잘 알려진 사실이다. 워튼은 당시로서는 극히 드문 유압 승강기를 집에 설치한 사람이었으며 주변 사람들이 기술 발전에 맹목적인 두려움을 가지는 것에 대해 불평했다(*BG* 795).

롬 역시 썰매 사고 이후 사람들과 거의 교류하지 않는다. "이썬의 얼굴에는 어떤 황량하고 다가갈 수 없는 무언가가 있고 . . . 그의 과묵함은 마을 사람들로부터 존중받았다. 아주 어쩌다 그곳에 사는 나이 많은 사람 하나가 이썬으로부터 한두 마디 들을 수 있는 정도였다"(3-4)는 말은 워튼이 이썬 프롬이라는 인물을 만들 때 호손의 인물 가운데서 스스로 자신을 소외시켜 자살한 이썬 브랜드를 염두에 두었을 것으로 짐작된다. 워튼이 『이썬 프롬』의 인물들을 설정하는 데에 호손의 『블라이스데일 로맨스』나 「이썬 브랜드」를 염두에 두었다면 플롯과 주제 면에서는 『주홍 글자』(The Scarlet Letter)와 더 깊은 연관성을 찾을 수 있다.

워튼은 매티와 이썬의 썰매 사고를 그곳 목사에게서 들은 레녹스(Lenox) 근처에서 일어난 사고에서 사건의 실마리를 얻었다. 썰매를 타다 한 소녀는 죽고 다른 두 소녀는 몸 한쪽이 마비되고 일그러진 사고를 작가는 이야기 모티브로 사용한다. 워튼은 독자들이 목사가 목격하고 느꼈던 공포를 보고 느끼도록 만든다. 이는 워튼이 상황소설로써 영어로 쓰인 유일하고 위대한 소설이라고 한 『주홍 글자』와 비슷하다(The Writing of Fiction 136). 『주홍 글자』의 서문인 「세관」("The Custom House")의 화자는 세관 다락방에서 헤스터 프린(Hester Prynn)의 사연이 적혀있던 양피지 꾸러미에서 A자가 수놓아진 붉은 천 조각을 발견한다. 「세관」의 화자는 그 천을 가슴에 대었을 때 심장이 뛰는 듯한 느낌을 받으며 헤스터라는 여인의 이야기를 자기 것으로 만들었는데 워튼이 바로 그 기법을 자기 작품에 적용한다.

『이썬 프롬』과 『주홍 글자』는 삼각관계인 세 남녀의 애증 관계와 열정 때문에 도덕과 사회적 법을 어긴 다음의 결과를 탐색한다. 호손에게

여성과 사회: 이디스 워튼 소설 연구

식민지 주변의 황야는 야성과 무법성, 그리고 열정과 공포를 나타낸다면 워튼에게 폭설로 교통마저 두절된 오지 마을은 "도덕적으로나 물리적으로 우울한 장소이며 칠도 안 한 낡은 목조 주택은 광기와 정신적인 허기가 감추어진 곳이다"(22). 워튼이 소설에서 차용한 가장 호손적인 요소는 뉴잉글랜드를 어두운 운명의 장소(dooming place)로 설정한 것이라고 카진(Kazine)은 갈파한다(149). 워튼의 소설은 호손의 작품처럼 '미국의 꿈'에 정면으로 부딪치나 낭만적이지도 자유롭지도 못하며 권위적이고 보수적이다(Baym 214). 이 두 작품은 주제와 테크닉에서 비슷하고 과거에 저지른 행동으로 인해 현재의 삶이 고통스럽다는 점에서도 비슷하다. 불행한 결혼으로 배우자 아닌 다른 사람을 사랑한 당사자와 그와 얽힌 다른 두 사람의 이야기를 재구성하는 화자가 이들의 성적 일탈이 어떻게 사회적인 억압을 만들어내고 이 억압을 심리적으로 내재화함으로써 이 인물들이 그 억압 속에 감금당하는 양상을 보여준다.

어떤 면에서 『이썬 프롬』과 『주홍 글자』의 인물들은 평행을 이루고 있다. 프랑스어로 쓴 초고에서 이썬의 이름이 프롬이 아니고 하트(Hart)라고 한 점에서 짐작할 수 있듯이 이썬은 헤스터처럼 "Heart"를 암시한다. "이썬은 항상 누군가를 돌봐왔다"고 하먼 거우(Harmon Gow)가 화자에게 귀띔해준 것처럼 이썬에게는 계속 간호를 하거나 돌봐야 하는 사람들이 있었다. "처음에는 아버지와 어머니, 아내"(4) 그리고 매티가 있다. 애정을 느낄 수 없던 배우자 대신 다른 사람을 사랑한 헤스터와 이썬은 그 대가로 고통을 당해야만 하는 운명이다. 긴 세월에 걸친 이썬과 헤스터의 말없는 인내는 결국 이웃들의 동정을 얻게 된다. 이썬보다 일곱 살 연상인 아내 지나는 헤스터의 나이 많은 남편 칠링워쓰(Roger

Chillingworth)처럼 잘못 맺어진 배우자이며 이들 두 사람은 건강보다는 질병에 더 신경을 쓰는 치료사이다. 두 사람 모두 상대방이 저지른 잘못에 복수를 하면서 남녀 간의 조화로운 결합이라는 청교적인 결혼관을 전복하고 자신들은 껍데기만 남은 공허한 사람으로 축소된다. 어리고 연약하며 다감한 매티는 딤스데일이 헤스터를 사랑하듯 이썬을 사랑한다. 딤스데일처럼 연인과 함께 도주할 용기도 수단도 없던 매티는 이썬에게 함께 죽음의 길을 가자고 제안한다.

『주홍 글자』가 여성의 섹슈얼리티를 도덕적 타락과 연결시키는 청교주의를 비판한다면 『이썬 프롬』은 호손이 청교주의에 가한 비판을 한층 더 강화시킨다. 워튼은 청교적인 뉴잉글랜드 전통의 유산이 여성의 욕망에 억압적인 점에 비판적이었다. 청교주의 교리는 남성이 여성 위에 존재한다는 사회적 위계질서를 고수하며 여성의 성을 인간의 타락 가능성과 유혹에 연결시켰다. 워튼은 이와 같은 성 도덕에 대한 미국 특유의 관점에 대해 자유롭지 못한 만큼이나 강하게 비판적이었다.[4]

호손은 헤스터의 성적인 활력이 점차 금욕적이고 이타적인 수녀처럼 변화되면서 사회에 받아들여지고 딤스데일과 칠링워쓰는 죽음으로써 지상의 고통에서 풀려나는 것으로 결론짓고 있다. 그러나 워튼은 『이썬 프롬』의 세 인물로 하여금 "소설이 기록한 것 가운데 가장 긴 삼각관계"(Ransom 273)를 지속하게 해 『주홍 글자』보다 한층 더 우울하고 모더니즘적인 결말을 내린다. 매티와 이썬은 이별보다는 동반 자살을 시도하지만 실패로 끝나고 육체적으로나 정신적으로 불구가 된다. 이썬의 아

---

4 여성의 섹슈얼리티에 대한 미국의 청교적인 억압에 대해서는 워튼의 *French Ways and Their Meanings*에 피력되어있다.

여성과 사회: 이디스 워튼 소설 연구

내 지나는 두 사람의 실패를 살아가는 동안 내내 잔인하게 상기시킨다. 헤스터가 가슴에 달았던 주홍 글자 A는 "able"이나 "angel"의 의미로 변화하지만 이썬과 매티의 몸에 남은 흉터와 장애는 그들의 일탈과 그 일탈에 대한 징벌의 표지 그대로 남아있다.

이에 한발 더 나아가 호손의 인물들 즉 헤스터와 딤스데일 사이에는 아이가 탄생한다. 그들의 관계가 불륜이라고 할지라도 사랑하는 두 사람이 치른 대가에 상응할 수 있는, 어떤 의미에서는 상응하고도 남는 딸이 태어난다. 헤스터와 딤스데일은 사회의 금기를 어긴 대가를 혹독하게 치르나 이 두 사람은 7년이 지난 다음에도 여전히 둘 사이의 사랑을 확인할 수 있다. 헤스터와 딤스데일의 주위를 맴돌며 철저하게 복수를 가하는 칠링워쓰조차도 자기가 그곳에 머무는 이유를 "헤스터가 바로 그 이유"라며, 헤스터에게 절절한 애정 표현이라고 볼 수 있는 고백을 한다.

그러나 워튼이 『이썬 프롬』에서 보여주는 세 인물의 삶은 『주홍 글자』의 주인공들 사이에 존재하는 *끈끈한* 애증의 연대가 존재하지 않는다. "냉혹한 현실이 범인을 수갑에 채워 감옥에 가두어두듯이 이썬을 가두어버렸다"(66)고 한 것처럼 이썬과 매티, 지나 세 사람 모두 출구가 없는 듯이 보인다. 이 소설의 인물들은 『주홍 글자』의 인물들과는 다르게 '탈출구가 없는' 감옥 같은 집에서 죽음보다 못한 삶을 영위하고 있을 뿐이다. 화자가 콜버리 정션(Colbury Junction)으로 가던 중 폭설이 쏟아져 이썬의 집에 묵던 하룻밤 잠깐 보고 우리에게 전달해준 이썬의 가족은 서로 간에 애정이나 증오로 연결되는 고리가 존재하지 않는 듯하다. 이와 같은 어둠에 대해 많은 비평가가 비판을 가했었다.[5] 소설은 비극적인 영웅주의를 거부하고 꿈이 사라져버린 세계를 보여줌으로써 『주홍 글자』의 낭만적인 세계를 재해석한다.

4. 작가로서의 독립

『이썬 프롬』은 워튼 개인의 체험과 청교주의 간의 갈등, 그리고 그 갈등에서 워튼이 느낀 패배감을 전달한다. 그러나 워튼은 화자가 들려주는 액자 이야기라는 틀을 이용하여 그런 패배를 극복하고 있음을 보여준다. 『이썬 프롬』은 워튼의 모든 작품 가운데서 유일하게 이야기 틀을 사용한 액자 소설이다. 울프는 『블라이스데일 로맨스』(*The Blithedale Romance*)에서 호손이 커버데일(Coverdale)이라는 화자를 사용한 것처럼 익명의 화자를 사용한 것은 워튼이 『이썬 프롬』에서 호손에게서 받은 가장 중요한 영향이라고 주장한다(69). 자신이 듣고 목격한 것을 해석하고 상상하는 데 자유롭고 세련된 도시인이 도시와는 전혀 다른 시골에서 보고 듣고 느낀 것을 이야기로 만드는 능력은 워튼이 이 소설을 쓰면서 느꼈던 기쁨과 힘을 말해준다.

훗날 워튼이 『이썬 프롬』에 대해 "이 중편 작품을 자신의 걸작으로

---

5 이 작품이 발표된 당시의 리뷰는 이 작품의 비극적인 어둠에 대해 비난했다. "워튼이 최신작 『이썬 프롬』에서 보여준 완전한 무자비함을 용서하기 어렵다. 왜냐하면 다른 어떤 작품에서도 이렇게 가망 없이 텅 빈 절망으로 끝없이 우울한 글을 쓰지 않았기 때문이다"(Frederic Taro, *The Bookman* 34.3 (1912), p. 312). 작자 미상의 다른 리뷰 역시 같은 기조이다. "워튼 여사에게는 분명 냉혹함이 있다, 마치 체질적으로 행복에 반대하는 것처럼, 인생을 고통스럽게 해석할 수밖에 없는 것처럼"(*North American Review* 195 (1912), p. 140). Jennifer Travis, 38에서 재인용.

평가하는 것은 과장되었다고 생각했으나 여전히 이 작품의 구조에 대해서는 확신을 가지고 있다"("Preface" 1125)고 한 것처럼 워튼은 이 작품 구조에 자신감을 가지고 있었다. 워튼이 소설「서문」에서 말했듯이 화자는 "원형적인 인물들과 좀 더 복잡한 정신을 가진 독자들 사이에서 원형적인 인물들에 관한 이야기를 전달하려는 동정적인 중재자"(1125) 역할을 한다. 화자는 이썬과 주변 사람들에 관한 이야기와 그 이야기를 하는 행위 사이에 있는 거리감을 제공한다. 화자는 제한된 시야 밖에 있는 사람이고 그가 우리에게 하는 이야기는 선택적이고 깊이가 있다. 이러한 화자를 통해 워튼은 이썬의 이야기에 대해 독자 나름대로 주관적인 해석의 가능성을 열어놓는다.

화자가 이야기를 시작하면서 "나는 여러 사람들로부터 조금씩 조금씩 이야기를 들었는데 그런 경우가 대체로 그러듯 매번 이야기가 달랐다"(3)고 밝히듯이 모든 것을 한꺼번에 털어놓지 않는 이야기는 화자와 독자의 참여를 유도한다.

> 하면 거우가 자기의 정신과 도덕적인 능력이 허용하는 한에서 이야기를 발전시켰지만 그가 말한 사실들에는 틈이 감지되었다. 그래서 나는 그가 하는 이야기의 더 깊은 의미는 그 틈새에 있다고 생각했다. (5)

화자는 자신이 관찰한 것과 주위 사람들의 설명으로 이야기를 구상한다. 세마차꾼 하면 거우, 하숙집 주인 헤일 부인(Mrs. Hale)을 통해서, 그리고 하면의 개인 사정으로 그의 마차를 이용할 수 없게 되자 이썬을 마차꾼으로 고용한 다음 정기적으로 만나면서 이썬에 대해 조금씩 알아간다.

화자는 자기가 파악한 것의 의미를 해석하면서 독자에게 얘기를 들려주고 독자가 자기와 함께 의미를 만드는 행위에 참여하도록 만든다.[6] 이썬과 매티가 썰매로 비탈길 끝에 있는 느릅나무를 향해 질주할 때, 나무에 부딪친 다음 혼수상태에서 깨어났을 때, 폭설로 콜버리 정션으로 가지 못하고 이썬이 자기 집으로 화자를 데리고 가 그에게 지나와 매티를 소개할 때, 독자는 화자가 들려주는 이야기 사이사이의 빈틈을 자신의 상상으로 채워가야만 한다.

화자의 의식에 초점을 맞추면서 워튼은 이 소설을 쓰는 동안 자기 마음에서 소용돌이치는 갈등의 양면을 제시한다. 워튼은 그것을 이썬과 두 여인의 운명으로 보여주는 청교도적인 패배와, 어두운 운명에 대해 거부하는 도시 출신 엔지니어이자 현대적인 회의론자인 화자로 보여준다. 도시에서 온 기술자인 화자는 "콜버리 정션에 있는 큰 발전소와 관련한 일로 파견되었는데 그곳에서 가장 가까운 스타크필드에 겨울 내내 묵어야 할 정도로 목수들의 파업이 지연되었다"(5). 스타크필드라는 외진 산골 마을에서 그는 자기의 어두운 분신이라 할 수 있는 이썬과 마주친다. 이썬은 "비록 망가진 육체를 가진 사람이었으나 스타크필드에서는 가장 눈에 띄는 사람이었다"(3). 대도시에 가서 기술자가 되겠다는 꿈이 좌절되고 연인과의 자살 시도가 실패로 끝나버린 이썬에게 유일한 미래는 농장 곁의 가족 묘지에 묻힌 조상의 대열에 합류하는 것밖에 없다. 도시의 엔

---

6 많은 비평가가 워튼이 사용하는 생략이 많은 서술 방식이 독자의 참여를 유도한다는 것을 지적한 바 있다. Blackall은 워튼의 생략이 독자들에게 상상으로 공동 작업에 참여하도록 유도한다고 한다("Edith" 145). Ammons는 화자의 이야기가 이썬의 이야기를 시작하기 전 길게 생략된 것이 그 이야기가 마을 사람의 것이라는 점을 확립시키기 위해서라고 주장한다"(62).

지니어가 기술과 세속적인 성취 그리고 이러한 것을 가능하게 하는 교육과 연결된다면 이쎈은 인간에게 통제당하지 않는 자연, 이루지 못한 꿈, 한계와 고통을 상징한다. 워튼 자신은 이 두 인물이 상징하는 세계를 긴장 속에 지탱한다. 작가는 어떤 결정적인 힘이 작가로서의 발전을 방해하는 걸 두려워하면서도 이런 장애물을 떨치고 자기 운명을 개척하고자한다.

이쎈 프롬이라는 엔지니어의 꿈을 포기한 "선뜻 다가갈 수 없는 황폐한 표정"의 농부는 발전 가능성의 잠재력보다는 인간의 한계에 초점을 맞추는 듯한 미국의 도덕적 역사를 상기시킨다. 노인처럼 보이는 이쎈이 이제 쉰두 살밖에 되지 않았다는 사실을 알고 놀라는 순간 화자는 청교주의가 그곳 사람들에게 끼친 영향을 깨닫는다. 화자는 이쎈이 불행한 원인을 알아내려고 하지만 단지 그것은 "과거에 일어난 어떤 일이거나 지금 현재 살아가는 방식"(10)이라고 생각할 뿐 명확하게 파악한 것은 없다. 화자는 이쎈에게서 "스스럼없이 다가가기에는 너무나 아득한 정신적인 깊은 고립"(8)을 느낀다. 워튼은 이쎈을 통해 이성, 과학, 기술의 발전에도 불구하고 이 세계는 여전히 파악하기 어렵고 인간의 통제 너머에 있다는 것을 암시한다. 결국 화자는 이쎈이 과학과 책에 대한 관심으로는 그가 처한 운명에서 벗어나지 못하는 패배당한 사람이라고 생각할 뿐이다. 우리는 화자가 하는 이야기를 통해서 이쎈과 그와 함께 사는 두 여자의 운명에 대한 이성적인 설명이나 그들의 우울한 운명을 바꿀 방법에 대한 어떤 실마리도 찾을 수 없다.

이쎈과 그의 가족 이야기가 전하는 의미가 화자와 독자에게 확실하지 않다 하더라도 워튼에게는 그렇다고 볼 수 없다. 소설을 씀으로써 청교적인 도덕과 빚은 갈등의 고통에서 헤어나게 된 워튼은 자신과 이썬 그리고 화자 사이에 연대성을 설정한다. 이썬처럼 어떤 점에서 워튼은 너무 오랫동안 운명에서 벗어나지 못한 예민하고 용기를 잃은 사람이라고 할 수 있다. 그러나 동시에 작품의 화자처럼 워튼은 주어진 상황에 대해 거리를 유지하면서 관찰하고 나름대로 의미를 찾으려 하는, 괴로운 상황에서 벗어날 수 있는 창조적 능력을 가진 예술가이다. 결국에 가서 창조자인 워튼은 말이 없고 운명에 대해 저항할 수단이 없는 무력한 이썬보다는 화자와 자신을 동일시하게 된다.[7] 이썬은 "아, 좋은 글이 무슨 소용이 있을까?"(78)라고 탄식하지만 워튼은 펜을 들어 자기가 만들어낸 이야기를 다른 사람들에게 들려준다.

화자는 다른 식으로 이썬에게 힘을 행사한다. 이썬의 불행에 대해 처음에는 관심과 동정을 표하나 결말 무렵에는 거리를 둔다. 화자가 하는 이야기는 눈보라가 치던 밤 이썬을 따라 그의 집 문턱을 넘어선 뒤 지나와 매티를 만났을 때 시작한다. 고통에 짓눌린 그들을 직접 만난 다음 화자가 그들에게 어떻게 반응했는지 우리는 알 수 없다. 그러나 화자는 이썬의 집안으로 들어가 그의 가족들을 직접 눈으로 본 다음 상상의 나래를 펴 이썬, 매티 그리고 지나의 젊은 시절로 돌아가 24년 전 일어난 썰

---

7 『이썬 프롬』의 「서문」에서 워튼은 "이 이야기의 화자만이 그 이야기 전체를 볼 수 있고, 그 이야기를 단순하게 해결할 수 있으며, 좀 더 큰 범주 가운데 올바른 자리에 넣을 수 있는 시야를 가지고 있다"(1125)고 하여 화자와 자신을 동일시하고 있음을 말한다. 이 소설의 화자나 작가 둘 다 자기들이 보고 체험한 것을 형상화할 능력이 있는 지적인 관찰자이다. Wolff 역시 화자와 작가의 동일함에 대해 논하면서 이 소설을 워튼의 더블(double)인 화자가 자기 마음속 억압된 부분으로 들어가 목격한 꿈으로 본다. 이 화자는 "자신의 악몽을 직접 대면한 다음 강하고 건강하게 되었다"(87)고 하는 울프의 주장대로 작가와 화자의 동일화 체험은 젊은 작가 워튼에게 자신감을 실어주었다.

매 충돌 사고 전후의 이야기를 우리에게 들려준다. 이 불행한 연인들의 자살 시도가 실패로 돌아간 다음 우리는 화자의 액자 이야기 밖으로, 현실로 돌아오게 된다.

5. 맺는 말

워튼은 뉴잉글랜드인에게 끼친 청교주의의 왜곡된 영향을 검토하면서 그것으로부터 극복해나간다. 청교주의는 워튼에게 '유용한 과거'를 제공했다. 워튼은 가부장적 청교도의 신이 억압적이라고 생각했으나 이 작품에서는 가혹한 신학을 가혹한 미학으로 변화시켰다. 이 중편을 쓰면서 작가는 자기가 저지른 죄와 운명을 견디어낼 수 있는 희생양을 만들어내고 "자기 안의 악마"를 제거한다. 남편과의 불화, 풀러턴과의 연애는 워튼의 마음에 청교주의의 엄격한 도덕을 불러일으켰지만 이 작품으로 도덕과 자신의 삶이 빚어낸 마찰을 치료한다. 앞서 말했던 것처럼 워튼은 이 소설을 자기의 걸작으로 평가하지는 않았으나 "예술가가 자기의 곤경을 완전히 통제하게 된 체험"을 하게 만든 기술상의 걸작이라고 평가했다. 1922년 판 「서문」에서 "나는 그 작품의 가치에 대해 완벽한 자신감을 지니고 접근했다. 그 소설의 가치가 나에게 개인적인 것이라 할지라도 그것은 여전히 힘의 근원이었다"(1124-5)고 토로했다.

뉴잉글랜드인의 삶에 끼친 청교주의의 영향을 검토하는 데 있어서 워튼은 호손보다 한층 더 어두운 삶의 비전을 제시하고 있다. 호손은『주홍글자』에서 보여주듯 17세기 사회의 청교주의를 19세기의 낭만주의적인 시각에서 비판하고 있으나 다윈의 기계론적인 인간관의 영향을 받은 20세기 초의 워튼은 청교주의가 뉴잉글랜드인에게 행사한 영향력을 한층 더 어둡게 그리고 있다. 그런 다음 작가는 『이썬 프롬』에서 화자를 이용한 액자 소설 형식을 통해 현실과 예술의 균형 감각을 얻음으로써 어두운 영향력에서 빠져나오고 있다. 워튼은 이 작품 이후 자신의 생애를 사로잡아온 청교주의와의 갈등에서 벗어나면서도 동시에 뉴잉글랜드 출신의 대선배 작가인 호손의 영향을 뛰어넘어 "습작기"를 마무리 짓고 자신만의 목소리를 내는 걸작들을 쓰는 성숙기로 들어서게 된다.

5장

워튼의 출구 모색: 『여름』

1. 들어가는 말

워튼이 뉴욕의 풍요로운 사회만을 그린 현실과 유리된 작가가 아니라는 것을 주장하는 데 가장 먼저 제시되는 『이썬 프롬』(*Ithan Frome* 1908)과 『여름』(*Summer* 1914)은 뉴잉글랜드 시골 마을의 척박한 대지에서 삶을 일구는 가난한 사람들을 그리고 있다. 워튼의 걸작으로 평가받는 『이썬 프롬』과 어느 면에서 하나의 쌍을 이루는 『여름』은 뉴잉글랜드의 버크셔(Berkshire) 지방에 사는 비슷한 계층의 사람들에 관한 작품이고 삼각관계를 이루는 사랑을 하는 사람들의 이야기이다. 한편으로는 『이썬 프롬』이 눈에 파묻힌 겨울의 메마른 감정을 그리고 있다면 『여름』은 여름이라는 계절이 갖는 감각적인 세계를 그리고, 『이썬 프롬』이 인물들의 성(sexuality)에 대한 억압과 체념을 그린 작품이라면 『여름』은 어린 처녀의 성적 체험의 시작을 그린 것이라고 할 수 있다. 또한 『이썬 프롬』이 극단에 이르는 절망적인 결심과 그 결과를 그리고 있는 데 반해 『여름』은 최상의 선택은 아니라 할지라도 사회 내에서 존재 가능한 행복을 제시한다. 이러한 공통점과 상반된 점에도 불구하고 두 소설이 뉴잉글랜드를 배경으로 한다는 점은 이 작품들의 세계가 도덕적이고 성적인 죄의식의 짐을 지고 있다는 암시를 던지며 청교주의의 영향을 받은 세계라는 것을 함축하고 있다.[1]

뉴잉글랜드인들의 정신세계를 지배하고 멀리는 미국 사회의 정신적이며 문화적인 기틀을 마련한 청교주의는 워튼에게 많은 영향을 행사하였다. 19세기 말에서 20세기로 전환되는 사회를 생생하게 포착해내는 워튼의 솜씨로 인해 많은 비평가가 그녀를 주로 사회적 풍습을 그리는 작가로 간주하고 있으나 이는 그녀의 작품에 나타나는 인간성에 관한 깊은 통찰력과 그녀가 일생동안 견지했던 종교와 철학에 관한 관심을 간과한 것이라 할 수 있다. "이디스 워튼의 내부에는 청교도가 존재하는데 이 청교도는 항상 우리가 불쾌하고 추한 것을 피하지 말고 정면으로 대면해야 한다고 주장하고 있다"(23)고 한 윌슨(Edmund Wilson)의 말처럼 워튼은 집안의 종교였던 미국 성공회(Episcopalian)보다는 기질적으로 초기 청교도들의 종교관에 경도되어 쾌락에 대한 대가를 요구하고 인간이 느끼는 괴로움에 용서나 위로보다는 고통으로 답하는 청교도적인 신에 압도되었다.

---

1 이 글에서 "청교주의"(Puritanism)는 엄격한 의미의 신학으로서가 아니라 미국 건국 당시 미국 사회의 규범과 조직 원리를 제공하였으며 이후 미국인의 정신세계에 막대한 영향력을 행사한 종교와 하나의 이데올로기로서 구별하지 않고 사용된다.

19세기 중엽 이후의 미국은 인간은 신의 의지에 복종할 수밖에 없다는 인간의 수동성을 근간으로 하는 청교주의가 쇠퇴하고 "자유 의지, 자유 기도, 모든 사람의 개종에 대한 무한한 기대라는 제교의"를 기본으로 모든 이는 구원받을 수 있다는 아르미니아니즘(Arminianism)이 널리 받아들여지게 되었다(Smith 88-9). 이렇듯 워튼이 살던 당시 사회는 엄격한 근본주의적 종교는 사라진 듯했지만 당시 사회의 불확실성과 고립, 기계론적인 인간관의 개념은 인간의 수동성을 배태한 청교주의적인 감수성과 일면 상응하고 있음을 알 수 있다. 청교주의의 핵심 교리인 "신의 예정설"과 "신의 섭리"는 인간이 신에게 조건 없는 선택(Unconditional Election)을 받을 수밖에 없는, 어떤 의지도 발휘할 수 없는 무력한 존재라는 점을 암시한다. 『연락의 집』이후 워튼의 작품에 거의 일관되게 나타나는 주인공들의 '의미 없는 희생'과 같은 암담한 결말은 워튼이 당시 사회에서 널리 받아들여지던 고통과 속죄의 손쉬운 화해를 받아들이지 못하고 분노와 심판의 신이 압도하는 구약성서의 세계에 기울어져 있음을 보여준다. 이러한 워튼의 종교관이 그녀를 "가장 엄격한 도덕주의자"(Kazine 147)라는 평가를 받게 했을 것이다.

"뉴잉글랜드의 삶을 그린 뉴잉글랜드인의 초상화"(Nevius 117)라는 평을 받는 『이썬 프롬』을 지배하는 우울한 분위기는 청교주의의 엄격하고 비관적인 인간관과 연결된다. 워튼은 이 중편에서 인간 의지의 무력함, 아무런 정신적 도덕적 각성이 수반되지 않는 고통, 그리고 구원이 따르지 않는 괴로움과 같은 현대의 우울한 정신적 위기를 논하고 있다. 워튼이 특별히 애착을 가졌던 이 작품은 그녀의 개인적인 삶의 측면에서뿐 아니라 작가로서의 삶의 여정에서 가장 큰 전환점을 이루는 시기에 집필

되었다고 볼 수 있다.

"몇 년에 걸쳐 힘들었던 개인적 경험에서 나온 산물"(Lewis 308)이라고 했던 『이썬 프롬』을 쓸 무렵 워튼의 결혼은 거의 파경에 이르렀고 심혈을 기울여 직접 지은 뉴잉글랜드의 저택 마운트(The Mount)를 경제적인 이유로 처분할 생각을 하고 있었다. 이뿐 아니라 워튼이 태어나 처음으로 이성에 대해 충만한 사랑을 느낀 모튼 풀러턴(Morton Fullerton)과의 사랑도 종말을 향하고 있었다. 풀러턴은 워튼과 만나는 사이에도 다른 여성들에게 눈길을 던지고 있었다. 이 시기에 워튼은 명목만의 결혼 생활이라 할지라도 그 결혼에 대한 의무감과 풀러턴에 대한 열정적인 사랑 사이에서 격렬한 갈등을 겪었는데 이러한 혼돈이 청교주의에 깊은 영향을 받은 그녀의 정신세계를 지배했다. 이 소설에는 결혼에 대한 의무감과 연인에 대한 사랑으로 깊은 갈등과 혼돈에 빠진 작가의 모습이 고스란히 반영되어있다. 워튼이 "뉴잉글랜드의 고집스러운 시골 농부의 어긋난 사랑과 불행한 결혼에 자신의 어두운 결혼관을 투사하고 있는 것"(Kazine 144)을 볼 수 있다. 이 소설이 그리는 이썬과 부인 지나 그리고 이썬이 사랑했던 지나의 사촌 매티라는 세 인물의 끝이 보이지 않는 듯한 고통스러운 삶에는 워튼 자신의 미래에 대한 비관적인 예견이 투영되어있다.

『이썬 프롬』을 발표한 지 6년 뒤 워튼은 자신이 '뜨거운 이썬'(Hot Ethan)이라고 한(Lewis 396) 『여름』을 출판하였다. 이혼을 결심하고 프랑스에서 이방인으로 살기로 한 결정은 워튼에게 '옛 뉴욕'(Old New York)의 관습을 깨뜨렸다는 죄의식을 안겨주었지만 다른 한편으로는 독립을 쟁취하고 난관을 이겨냈다는 자신감을 가지게 된 시기였다고도 할 수 있다. 워튼은 프랑스에 거주하기로 결정하고 미국과 물리적인 거리를 유지하며 작가로서 확실히 자리매김함으로써 미국의 관습에 좀 더 솔직히 비판하게 되었다고 할 수 있다. 워튼은 『프랑스 방식과 그 의미』(*French Ways and Their Meanings*)에서 "남녀 간의 솔직하고 자유로운 사회관계를 위험스럽게 생각하는 미국의 위선적인 청교도 유산이야말로 진정한 문명의 성취를 가로막는 가장 중요한 요인"(112-3)이라고 갈파한 바 있다.

이처럼 압박감을 느꼈던 청교주의적 문화를 대신할 가치들을 찾는 데 일생동안 주력했던 워튼이 파리에서 겪은 "제1차 세계대전은 워튼으로 하여금 삶을 바라보는 시각을 새롭게 만들어주었으며 암울한 상황에도 불구하고 역설적으로 생에 대한 열정을 더욱 더 갖게 되었다"(Waid 79). 워튼에게 제1차 세계대전은 용기 있고 창조적인 성취를 이루도록 하는 자극이 되었다.[2] 워튼이 훗날 "『여름』은 수많은 방해물 가운데서도 창조의 기쁨이 절정에 이루는 순간에 집필되었다. 외적으로는 전쟁이라는 비극적인 현실 한가운데 있었으나, 뉴잉글랜드에 사는 사람들과 그들 내면의 광경을 다른 무엇보다도 강렬하게 그려낸 것을 기억한다"고 회상한 바 있다(*BG* 1046). 이렇듯 『여름』은 제1차 세계대전이라는 거대한 전쟁이 가져온 암울한 영향에서 벗어나고자 하는 열망에서 집필한 작품이다. 1916년 전쟁의 와중에서 죽음과 질병, 기아에 둘러싸여 있던 워튼은 "주위 광경으로부터 되도록 멀리 떨어진 지역과 주제를 그리고 싶었다"(*BG* 1046)고 토로했듯이 "전쟁이 그녀에게 행사한 맨 처음 영향은 자기 고향

---

2 제1차 세계대전 동안 워튼은 피난민과 부상자, 고아 등을 돌본 적극적인 구호활동으로 1916년 프랑스 정부로부터 훈장(Chevalier of the Legion of Honor)을 받았다.

에 대해 좀 더 많이, 깊게 생각하면서도, 인류학자가 머나먼 이방의 문화를 생각하듯이 만드는 것이었다"(Ammons 127). 전쟁 중의 파리에서 워튼은 『이쎈 프롬』에서 그렸던, 멀리 떨어진 뉴잉글랜드 시골 사람들의 삶을 다시 한 번 이야기한 것이다.

『이쎈 프롬』과는 달리『여름』에서 워튼이 일생동안 끝내 완전히 극복하지 못한 청교주의의 영향에서 일정 부분이나마 벗어나게 된 것은 제1차 세계대전의 영향뿐 아니라 청교주의가 배태하고 있는 성에 대한 억압으로부터 해방을 노래한 휘트먼(Walt Whitman)의 영향이라고 할 수 있다(Singley 151). 1908년 풀러턴과 나눴던 사랑에서 비롯된 감정의 소용돌이가 내밀한 감정을 솔직하게 노래한 휘트먼의 시에 워튼이 매료되게 만들었다고 할 수 있다(Lewis 237). 워튼의 자서전 『뒤돌아보기』(*Backward Glance*)라는 제목을 휘트먼의 자서전『지나온 길을 뒤돌아보기』(*Backward Glance O'er Travel'd Road*)에서 따온 것에서도 휘트먼의 영향을 찾아볼 수 있다. 휘트먼의 시가 보여주는 성과 육체적 사랑에 대한 찬양은 워튼에게 성적이며 도덕적인 해방감을 제공한 것으로 보인다. 워튼이 비망록에 적어놓았던 휘트먼의 「나의 노래」("Song of Myself")의 구절이나 블리스 페리(Bliss Perry)가 휘트먼에 관해 쓴 에세이에 대해 워튼이 했던 평은, 미국 작가들에게 인색한 평을 서슴지 않던 그녀가 휘트먼에게 지닌 호감을 짐작하게 한다.[3]

풀러턴과의 사랑은 워튼에게 『이쎈 프롬』에서 보여주는 청교주의와

---

3 휘트먼에 관한 블리스 페리의 에세이에 관해서 "내 생각에 시의 기교면에서 휘트먼은 위대하고 의식적인 예술가이자 독창적인 시인이며 그래서 결실이 풍요로운 삶을 살게 할 것으로 보인다"(Lewis 237)라고 평하였다.

심각한 갈등을 일으키기도 했지만 한편으로는 그런 만큼 갈등으로부터 벗어나고자 하는 대안을 모색하게 만든 하나의 동기가 되었던 것이다. 워튼에게 격렬한 기쁨과 그만큼의 갈등을 안겨준 풀러턴과의 관계는 이후 그녀의 작품에 성적인 사랑의 기쁨을 알고 난 뒤 삶이 풍요로워지는 주인공들을 등장하게 만들었는데, 그런 열정의 산물 가운데 하나가 바로 『여름』이라고 할 수 있다. 『여름』이 인간의 쾌락에 대한 신의 엄정한 심판으로부터 완전히 자유롭고 낭만적인 애정을 보여주지 않는다 하더라도 워튼의 어떤 작품보다도 하니(Lucias Harney)를 향한 채러티(Charity Royall)의 열정적인 사랑이 진솔하게 그려져 있다. 바로 이런 점이 『여름』은 "워튼이 발표한 가장 에로틱한 소설이며 인간성에 감춰진 가장 격렬한 충동과 맞부딪친 것"이라는 평을 받게 하였다(Wolff, *Feast* 267).

앞서 이야기한 바와 같이 『이썬 프롬』과 『여름』은 작가의 개인적인 체험과 깊은 관계가 있다. 결혼에 대한 의무감과 풀러턴을 향한 사랑으로 첨예한 갈등을 겪었던 워튼이 『이썬 프롬』에서는 청교주의에 압도당하는 자신을 투사하고 있다면 『여름』은 그 영향에서 벗어나고자 하는 노력을 보여준다. 이 글에서는 『이썬 프롬』과 여러 면에서 대조를 이루는 『여름』에서 워튼이 일생동안 겪은 청교주의와의 갈등과 또 그것으로부터 벗어나고자 하는 노력이 어떤 양상으로 나타나는지 찾아보고자 한다. 또한 『이썬 프롬』에 나타났던 깊은 절망의 세계가 『여름』에서는 현실 세계에서 살아갈 수 있는 좀 더 따뜻한 방안을 제시하는 희망적 결말로 변화하는 과정을 살펴보고자 한다.

2. 출구 모색의 시도: 『여름』

『여름』은 워튼이 『이썬 프롬』에서 했던 이야기를 다시 한 번 하는 것이라고 볼 수 있다. 꽁꽁 얼어붙은 겨울 한가운데서 죽음보다 힘든 삶을 영위하는 인물들을 보여준 『이썬 프롬』의 세계와는 달리 이 이야기는 여름 한 철에 발생한 정열과 자존감에 관한 이야기이다. 『이썬 프롬』의 중심 이야기가 폭설로 인해 화자가 이썬을 따라 감옥처럼 우울한 이썬의 집으로 들어갔을 때 시작했다면 『여름』은 채러티가 유월의 햇살 아래 집에서 걸어 나왔을 때부터 시작한다. 워튼의 대부분 소설처럼 『이썬 프롬』은 남성 화자의 시각으로 이야기가 전달되고 있는 데 반해 『여름』은 채러티라는 처녀의 눈으로 인물들이 그려진다.

채러티는 워튼이 창조한 매우 개방적이고 반항적인 인물 가운데 한 명이라고 할 수 있다. 그녀는 이썬이 고향 스타크필드를 벗어나고자 했던 것처럼 노스 도머(North Dormer)를 떠나고 싶어 한다. 'dormer'라는 마을 이름이 암시하듯 졸음이 올 정도로 적막한 산촌 노스 도머의 "모든 것을 증오하는" 채러티에게 도시에서 온 청년 하니는 자신의 "새로운 자아"를 발견하게 만든다.

> 유일한 리얼리티는 새로운 자아가 놀랍게 펼쳐지는 것, 모든 오그라든 덩굴손이 빛을 향해 뻗어나가는 것이었다. 채러티는 일생동안 감수성을 사용하지 않아 말라버린 것 같은 사람들 가운데서 살아왔다. . . . 그녀는 언제나 사랑이란 혼란스럽고 은밀한 것이라고 생각했었다. 그런데 하니가 사랑을 여름날의 대기처럼 밝고 탁 트인 것으로 만들어주었다. (251)

이처럼 하니와의 사랑이 채러티에게는 자유로움을 지향하는 의지를 나타내며 후견인 로얄(Royall)이 자기에게 품는 사랑에 대한 혐오감과 정반대로 생각한다. 이 두 사람의 관계는 채러티가 세상에 대한 모든 조롱을 나타내며 하니를 사랑하는 그녀의 감정은 노스 도머의 좁은 사회가 가하는 모든 구속에서 벗어나는 해방감을 준다. 채러티는 하니를 사랑하면서 인생을 "너무나 황폐하고 추하며 견딜 수 없는 것이 아닌 뭔가 다른 것"(179)으로 인식하게 되고, 자신을 매력적이고 호감이 가는 사람으로 생각하게 되는 변화를 겪는다. 하니가 자기를 믿느냐고 물어올 때 채러티는 "모든 얼어붙은 슬픔이 자기 안에서 녹아내리는 듯한"(183) 감정을 맛본다.

채러티에게 하니라는 인물은 "풍요로움의 매개자"(Waid 79)이기도 하고 "채러티를 인습의 틀에 가두는 사회가 만든 악마"(Singley 153)라는 상반된 평가를 받는다. 하니는 채러티를 잠시나마 모든 인습에서 벗어나게 하고 답답한 노스 도머와는 다른 신선한 대기를 맛보게 하나 이 둘의 관계는 사람들 눈에 띄지 않는 곳에서 욕망을 발산하는 것 외에는 미래가 없다. 채러티에게 하니는 워튼에게 있어 풀러턴과 같은 존재이다. 풀러턴은 워튼에게 사랑의 기쁨을 맛보게 하고 일시적으로 사회적 제약과 억압에서 해방감을 느끼게 해주었지만 그들의 사랑은 관습이나 도덕률에 맞지 않았다. 채러티에게서 성적 만족만을 추구하는 하니와의 관계는 사회적 관습의 테두리 바깥에서나 가능하다. 그렇지만 풀러턴과의 관계에서 워튼이 삶의 지평을 확대하고 좀 더 성숙한 사람으로 거듭났던 것처럼 하니의 사랑은 채러티에게 자신을 돌아보게 하고 자기를 버린 생모를 다시 생각하게 만든다. 채러티는 "자기가 산에서 왔다는 사실이 그 어느 때보다 싫었지만 그 증오스러운 사실이 자기의 일부이기 때문에 점점 더 산에 관심을 갖게 된다"(187).

마을 사람들의 시선에서 벗어나 하니와 한껏 즐거운 데이트를 즐긴 네틀튼(Nettleton)에서의 독립기념일 행사는 채러티의 독립과 자유를 향한 의지를 드러낸다. 그러나 이날 그곳에서 채러티가 겪은 체험은 훗날 그녀가 산에서 부딪치는 혼란스러운 체험의 전주곡과 같으며 그녀의 앞날을 예고한다. 그날 채러티에게 가장 충격적인 사건은 네틀튼에서 줄리아 호스(Julia Hawes)와 함께 있는 만취한 로얄과 만난 것이다. 친구 앨리(Alley)의 언니 줄리아는 혼전 임신으로 고향을 떠나 매춘부로 살아가는, 어떤 점에서는 채러티의 미래를 보여주는 여자이다. 줄리아와 팔짱을 낀 로얄이 하니와 함께 있는 채러티에게 "화냥년, 모자도 안 쓴 맨머리의 화냥년!"(235)이라고 많은 사람 앞에서 망신을 준다. 채러티가 느낀 이날의 즐거움은 로얄과 줄리아의 등장으로 깨져버린다. 술에 취해 비틀거리는 로얄에게 같이 집으로 돌아가자고 청하는 채러티의 행동은 이들 두 사람의 장래를 짐작하게 한다. 워튼은 소설 전체를 통해 꿈과 현실, 청춘과 노년, 순진함과 경험의 세계를 대비함으로써 채러티가 누리는 자유가 얼마나 부서지기 쉽고 덧없는 것인가를 제시한다.

채러티가 자기 처지를 더욱 분명하게 인식하게 되는 장소는 '귀향 주간'(Old Home Week) 행사가 열리는 마을 회관이다. 채러티는 "인간의 근본적인 행복에 대한 믿음"과 고향의 의미를 강조하는 로얄의 연설을 듣고 평소의 그와 다른 면을 발견한다. 그러나 바로 다음 하니와 애나벨(Annabel Belch)이 그곳에 나란히 앉아있는 모습을 보고 채러티는 "한순간에 자기의 상황이 적나라하게 드러나는 현실을 깨닫는다"(259). 자기가 어떤 입장인지를 뼛속까지 깨닫게 된 채러티는 자신이 하니와 어울릴 수 없다는 점에 강한 수치심을 느낀다. 그러나 채러티는 하니가 정말 사랑하는 사람이 "창백하고 어린애 같은 애나밸"이 아니라 자신이라고 여전히 확신하며 데이트를 했던 페가에서 하니를 기다린다.

채러티와 하니가 만나는 낡은 페가는 채러티가 깨고 나와야 하는 껍데기라고 할 수 있다. 채러티는 이 집에서 워튼 작품의 어떤 주인공도 감히 하지 못한 열정적인 체험을 하고 변화를 겪는다. 이곳까지 찾아온 로얄은 하니에게 채러티의 비천한 내력을 밝히면서 비난을 퍼부어 채러티는 "납덩어리같이 무거운 수치"를 느낀다. 그러나 로얄이 떠난 다음 "하니가 채러티의 무릎을 끌어당길 때 두 사람은 바닥을 모르는 심연으로 빨려 들어가는 듯한"(268) 경험을 한다.

하니가 마을을 떠난 다음 의사 머클(Dr. Merkle)에게서 임신을 확인한 채러티는 오직 산으로 가는 것만이 자기 문제를 해결할 수 있다고 생각한다. "산으로 가는 게 자기가 던지는 질문에 대한 유일한 답이고 자기를 에워싼 것들로부터 탈출이 가능하다"(282)고 여긴다. "산은 위대한 어머니이고 여성의 신으로 숭배되는 어머니 같은 보호막을 상징하는 강력한 원형"과 같다고 뉴먼(Neumann 99)이 지적했듯이 채러티는 본능적으로 산이 해결책과 지혜를 주리라고 생각한다. 자신이 어머니가 되려는 순간 채러티는 로얄이나 다른 이들이 전해주는 말을 통해서가 아니라 생모를 직접 만나기로 한다. 산에서 어머니를 만남으로써 채러티는 수치스럽고, 야성적이며, 성적인 모성의 자아를 다시 주장하고 종국에는 이 행동으로 힘을 얻는다(Fedorko 78). 채러티는 『이썬 프롬』의 매티와 같은 고아이나 매티와는 다르게 산으로 가서 생모를 찾아 직접 대면하며 자신의 심연과 용감하게 부딪친다. 작가는 『이썬 프롬』에서처럼 화자의 비전을 통해 주인공들이 자기의 내면적인 공포를 간접적으로 전달하는 것이 아니라 채러티로 하여금 가장 두려워한 것을 직접 부딪치게 하고 그것을 자신의 일부로 수용하게 만든다.

생모에게서 위로를 기대했던 채러티는 산에서 아무것도 얻지 못하고 어떠한 관계도 맺지 못한다. 채러티는 "모든 사람이 처해있는 비참한 상황이 산에 사는 사람들을 연결하는 가장 강한 고리이고, 그들은 운명에 저항하려는 어떤 행동도 하지 않은 채 혼란 속에서 허우적거리는 사람들"(294)이라는 사실을 깨달았을 뿐이다. 채러티는 "어머니의 과거를 상상해보고 자비스러운 하느님의 계획과 어머니의 과거를 연결시켜보려 했지만 둘 사이의 연결 고리를 찾을 수가 없다"(294). "시궁창의 죽은 개처럼 누워있던" 생모의 죽은 모습에서 채러티는 마일스 목사가 죽은 이를 위해 기도한 "생명이요 부활이신 하느님을 보게 되리라"(290)라는 기대보다는 인간사에 무심한 하느님을 본다. 그러나 산에서 겪은 경험은 채러티로 하여금 사회의 규범과 타협하게 만들고 사회 내에서 아이를 지키겠다는 결심을 하게 만든다.

채러티가 로얄의 도움을 받아들이는 것은 사회에 반항적이던 여주인공이 보수적인 남자와 결혼함으로써 사회적으로 용납되는 가정으로 회귀하는 아이러닉하고 모호한 전환이다. 로얄은 처음부터 채러티와 하니의 사랑이 지니는 위험을 알고 채러티에게 경고했다. 그러나 채러티는 로얄의 말에 귀를 기울일 준비가 되어있지 않았다. 여기에서는 채러티가 사랑과 성에 눈떠가는 과정이 아름답게 그려져 있어 그녀의 행동이 지니는 위험이 간과되기 쉬우나 이 소설과 짝을 이루는 『이썬 프롬』의 결말

여성과 사회: 이디스 워튼 소설 연구

은 이런 무모한 사랑에 엄중한 경고를 던지고 있다. 채러티는 임신을 확인한 뒤에 하니에게 어떠한 것도 요구하지 않으며 자기를 지킬 수 있는 사회적인 인습, 즉 결혼 제도를 이용하려고도 하지 않는다. 채러티는 하니와 자기 사이의 애정을 유지하고 발전시킬 수 있는 제도적 방법이 없다는 것을 본능적으로 알고 있으며 또 그러한 예를 주변에서 충분히 보았다. 이 모든 것을 꿰뚫고 있는 로얄은 채러티에게 실현 가능한 제안을 한다.[4]

채러티가 로얄의 제안을 받아들이는 것은 그녀가 일종의 죽음의 상태로 하강한다는 것을 의미한다.

> 채러티는 점점 더 깊숙이 피로에 빠져 들어가는 것을 느꼈다. 채러티와 로얄이 나무가 드문드문 서 있는 숲을 내려올 때 채러티는 사태에 관한 정확한 의미를 파악하지 못하고 그들 위로 드리워진 여름날의 무성한 잎이 아치를 이루며 연인과 같이 있는 듯했다. 그러나 이런 환상은 희미했고 덧없었다. 채러티는 내려오는 동안 거의 저항할 수 없는 부드러운 물살을 타고 내려가는 듯한 혼란스러운 느낌만을 가졌을 뿐이었다. 채러티는 고통스러운 생각에서 벗어날 수 있는 그 감정에 몸을 맡겼다. (302)

---

4 워튼은 로얄에 관해 "물론 그가 책의 중심"(Lewis 397)이라고 하면서 그를 높이 평가했으나 로얄은 하니와 마찬가지로 비평가들로부터 상반되는 평가를 받는다. Singly는 "그가 소설의 도덕적 중심"(Singley 156)이라고 한 데 반해 Ammons와 Erlich 같은 비평가는 그를 딸 같은 존재와 근친상간적인 관계를 맺는 부정적인 인물로 평가한다.

그러나 채러티는 완전히 침몰당하지 않는다. 그녀는 수동적인 희생자로서 운명에 굴복하지도 않았고, 그렇다고 해서 완전히 독립적인 여자가 되지도 못했다. 채러티는 로얄이 결혼 준비를 위해 준 돈을 자신이 그의 장식적인 소유물이라는 사실을 사람들에게 과시하는 수단인 옷을 사는 데 쓰지 않고, 머클 박사에게 진료비 대신 맡겨둔 하니가 그녀에게 선물로 준 브로치를 되찾는 데 사용한다. 이는 "아이와 이 아이의 숨겨진 아버지 하니"(309) 사이의 고리를 나름대로 유지하고 싶은 행동이다. 채러티는 로얄과의 결혼을 받아들이지만 "잠자는 씨앗과 같이 그녀의 피 속에서 익어가는"(297) 추억을 무효화하지도 않는다. 또한 임신한 사실을 하니에게 알리지 않는 것도 주목할 만한 가치가 있다. 임신을 알리지 않는 것은 "일종의 저항"이라고 할 수 있다. 왜냐하면 채러티는 "편지에 써야 했던 것을 쓰지 않음으로 해서 자기 의사를 분명히 표시했기 때문이다"(Gubar 89).

채러티의 행동에는 여러 문제가 있으나 충분히 긍정적인 의미를 찾을 수 있다. 채러티가 거둔 최초의 승리는 그녀가 생모를 있는 그대로 받아들이고 생모와의 관계를 인정할 때 이루어진다. "가부장적인 청교주의의 세계가 아버지의 원형을 강조함으로써 어머니의 힘을 제거하고자 했다"(Engelman 35)면 채러티가 생모를 찾아 생모와의 관계를 복원하려고 한 행동은 가부장적 종교에서 벗어나려는 시도로 해석할 수 있다. 채러티는 자신을 버린 어머니에 대한 예전의 증오를 거두어들인다. "어머니가 그렇게 비난받아야 하는가? . . . 어떤 어머니가 자기 아이를 그런 비참한 삶에서 구하고 싶지 않겠는가. 채러티는 자기 아이의 미래를 생각하고 눈물이 솟았다"(295). 생모를 있는 그대로 수용하면서 채러티는 자

여성과 사회: 이디스 워튼 소설 연구

신을 있는 그대로 바라보게 되고 동시에 자신의 과거를 온전하게 받아들인다. 그러면서 자기 어머니가 표상하는 세계의 한계와 타락을 깨닫는다.

두 번째 승리는 혼란스럽고 고통스러운 상황에도 불구하고 채러티가 살아있다는 것이다. 채러티가 뿌리가 없다는 점에서 매티와 비슷하지만, 불구가 되어 지나에게 의존해 겨우 목숨을 부지하는 매티와는 달리 아이의 임신으로 인해 채러티는 삶을 선택하고 계속 움직인다. "아이가 없었더라면 채러티는 바람에 날리는 엉겅퀴 홀씨처럼 뿌리가 없다고 느꼈을 것이다. 아이는 채러티를 붙박아두는 추와 같았고 그녀를 일으켜 세우는 손과 같았다"(297). 아이에 대한 채러티의 사랑이 작품이 지니는 활력과 희망의 근원이다. 이런 채러티의 태도는 "임신은 성적인 탐닉에 대한 불가피한 징벌이 아니라 우리의 생에 의미를 부여하는 사회적, 자연적 영속성에 참여하게 하는 기회"(Wolff, *Feast* 293)라는 걸 보여준다. 채러티가 아이를 포기하지 않겠다는 결정은 그녀에게 궁극적인 승리를 의미한다. 워튼의 작품에는 "아이를 기르는 일이 여성의 중요한 일이 아니다. 대신 여자는 결혼과 연애를 자기 직업으로 삼는다"(Shulman 275)라는 지적이 나올 정도로 워튼의 세계에서 찾아보기 어려운 아이에 대한 사랑과 어머니로서의 자긍심이 『여름』에는 뚜렷하게 나타난다. 바로 이러한 면에서 우리는 워튼이 청교주의와의 갈등을 어느 정도 극복하고 있으며 휘트먼에게서 영향을 받았다는 점을 찾을 수 있다(Singley 156).

그러나 채러티가 결혼 제도 밖에서 가지게 된 아기를 지키겠다고 하는 결심은 사랑하지 않는 남자와의 결혼을 받아들이도록 만든다. 뿐만 아니라 로얄이 도덕적으로 채러티보다 우월하고 정신적으로 성숙한 존재이기는 하나 그들 관계에 내재하는 근친상간의 기미[5]는 이 소설의 결말이 아주 밝지만은 않다는 점을 시사한다. 여름 한 철에 청춘을 다 소진해 버린 채러티는 결혼식을 올린 다음 로얄과 함께 차가운 가을밤에 마차로 집에 도착한다.[6]

3. 맺는 말

『이썬 프롬』에서 이썬과 지나의 결혼은 조화로운 남녀 간의 결합이 라는 전통적인 결혼관을 전복시키고, 불구가 된 매티는 이들 부부의 짐 이 되어 얹혀살고 있다. "소설이 기록한 것 가운데 가장 질긴 삼각관 계"(Ransom 273)를 이룬다는 이 세 인물의 삶은 "탈출구가 없는 감옥에 갇혀" 죽지 못해 살아가는 것 같다. 화자가 이썬의 집안으로 들어와 잠시 목격한 세 사람의 삶에는 애정은 고사하고 미움의 끈조차 존재하지 않은 듯하다. 이 소설은 죽음을 통해 삶의 괴로움에서 해방되고 고통을 겪음 으로써 영혼이 단련되는 양상을 세밀히 보여준 호손의 낭만적이고 비극 적 영웅주의가 사라지고 현대의 기계론적인 인간관이 가미된 한층 더 어 두운 청교주의의 영향을 보여준다.

---

5 "이 두 사람의 관계야말로 가부장제 사회가 선호하는 건강하지 못한 근친상간적인 부 녀간의 성을 보여주는 전범이다"(131)이라고 주장한 Ammons를 비롯한 많은 비평가가 이들의 결혼에서 '근친상간'적인 관계의 암시를 지적하고 있다.

6 이 소설의 결말 역시 비평가들에 따라 상반된다. Ammons(137-41), McDowell(78), Erlich(126), Jimbell(174)과 같은 비평가들은 우울한 것으로 보고 있다. 그러나 Wolff 와 Singly는 채러티와 로얄이 이제부터 성숙한 사랑을 하게 될 것이라고 한다(Wolff, *Feast* 292-300; Singly 160).

다른 한편으로『여름』에서는 인간의 성, 특히 여성의 성에 억압적인 청교주의에 비판적이었던 워튼은『이썬 프롬』을 다른 식으로 되짚어보고 있다. 운명에 도전하지 못하고 주저앉아버린 이썬 프롬, 함께 도망가서 같이 살 길을 도모하자는 말 한마디 하지 못하고 죽음의 썰매 길에 뛰어들어 불구가 된 매티, 자신을 사랑하지 않은 남편과 남편의 옛 연인 매티를 돌봐야 하는 지나의 이야기에 한 줄기 빛을 던진다. 작가는 풀러턴과의 사랑과 결혼 생활의 어두운 미래를 이들 세 인물의 운명을 통해 투사했다면,『여름』의 세 인물을 통해 격심한 갈등에서 벗어나고 사회 속에서 삶을 영위할 수 있는 어느 정도 희망이 있는 삶을 제시한다. 즉 워튼은『여름』에서 전통적 인습을 어긴 여성이 사회에서 추방당하지 않고 그 안에서 살아갈 수 있는 배려를 하고 있다. 그 배려가 그녀에게 만족스럽지는 않더라도『이썬 프롬』의 주인공들처럼 죽음보다 못한 삶을 연명하는 게 아니라 적어도 새로운 생명을 안전하게 키울 수 있는 "뜨거운 차와 따뜻한 난로"가 있는 가정을 제공한다.

물론『여름』의 내용은 여름이라는 제목이 암시하는 것만큼 젊고 활기 넘치는 로맨스도 아니고 목가적이며 행복한 결말을 맺지도 않는다. 채러티와 로얄의 관계는 근친상간적인 암시가 존재하며, 로얄에게는 채러티가 기대하는 충분한 정열이 있는지 알 수 없다. 이런 결말은 우리 모두 환경의 제약과 사회의 관행에 제한당할 수밖에 없는 존재라는 점을 말하고 있다. 워튼은 이썬, 지나, 매티처럼 이런 굴레에 완전히 압도당해서는 안 된다는 것을 말하면서도 채러티가 꿈꾸는 절대적 자유와 완벽하게 만족스러운 삶도 가능하지 않다는 점 역시 분명하게 명시한다. 이 소설을 집필할 때 워튼은 일생 처음으로 충만한 사랑을 느꼈던 사람에게 실망을 경험했고 이혼한 다음이었으며, 전쟁 가운데서 수많은 죽음과 슬픔을 목격했다. 또한 워튼의 나이가 낭만적인 열정을 소중히 여기면서도 동시에 부드럽고 성숙한 삶에 가치를 두는 중년을 넘긴 때였다. 워튼은 『여름』에서 여름 한 철 열렬했던 사랑이 남긴 아이를 지키겠다는 채러티의 선택을 통해 인간의 성에 부정적인 청교주의의 억압으로부터 벗어나려는 노력을 보여주었다. 하지만 동시에 채러티가 아이와 함께 살 수 있도록 한 인물이 표상하는 상징적 의미를 통해 그 사회를 지배하는 종교와 이데올로기 그리고 관습을 완전히 벗어나는 게 쉽지 않다는 점을 말하고 있다.

워튼이『이썬 프롬』을 통해 뉴잉글랜드인의 정신세계를 지배해온 청교주의의 강력한 영향력에 굴복당한 인물들의 운명을 그렸다면,『여름』에서는 채러티라는 대담한 처녀를 통해 그 영향에서 벗어나 새로운 삶을 시도하고 있다. 채러티의 노력은 완전히 성공하지 못하고 채러티와 로얄의 결합은 앞서 살펴봤던 바와 같이 문제를 내포하고 있다. 그러나 증오의 끈조차 존재하지 않는 듯한 이썬 가족들과는 달리 채러티의 모든 것을 이해하고 현실적으로 감싸 안는 로얄과 채러티가 사는 집에는 아이의 웃음소리가 있을 것이다. 작가는 채러티와 아이를 사회 내에서 살아가게 만들고 외로움에 사무친 로얄에게는 가정을 마련해준다. 이러한 작가의 마무리가 우리들에게는 흡족하지 않다 할지라도 예리하고 정직한 워튼의 시선은 당시 현실과 유리된 결말을 제시할 수는 없었을 것이다.

6장

무엇이 암초인가?: 『암초』

1. 들어가는 말

　『암초』(*The Reef*)는 이디스 워튼의 다른 작품들에 비해 오랫동안 비평가들의 주목을 받지 못했지만 작가로서의 여정에 전환점이 되는 중요한 작품이다. 이 소설은 워튼이 모튼 풀러턴(Morton Fullerton)[1]과 나눈 사랑의 황홀함과 그 뒤를 이은 실망을 뒤돌아본 것이고, 그와의 연애가 끝났을 때 워튼의 사랑을 지지하고 위로해주었던 헨리 제임스(Henry

---

1　Morton Fullerton(1865-1952): *In Cairo*(1891), *Terre Francaises*(1905), *Problems of Power*(1913)을 쓴 작가, 외교관, 기자이다. 하버드 대학을 졸업했고 1907년 *London Times* 파리 주재원으로 근무할 때 워튼을 만났다. 풀러턴은 워튼을 만나기 전 이미 연애 스캔들로 평판이 나 있었다. 풀러턴은 그가 묵던 파리 하숙집 주인과의 정사로 협박을 당하기도 했는데 이를 워튼의 재정적인 도움으로 해결했고 워튼과 만나는 동안에도 사촌 Katherine Fullerton과 비밀리에 약혼을 했었다(Lewis, *Edith Wharton*, 참조).

James)라는 스승에게 헌정한 것이기도 하다.[2] 워튼은 대체로 뉴욕 상류 사회 출신의 냉정하고 귀족적인 작가로 간주되었으나 그녀의 편지들이 1980년 공개되면서, 특히 풀러턴에게 보낸 300여 통의 편지는 워튼을 새롭게 해석하는 전기를 마련해주었다. 워튼은 자기가 보낸 편지들을 돌려달라고 했으나 풀러턴은 묵살했었다. 이 편지들에 나타나는 두 사람의 관계는 워튼의 열정적인 사랑과 관대함, 성숙함 그리고 상대적으로 풀러턴의 왜소함과 비열함을 보여준다(Keyser 104).

이들 두 사람의 관계가 좀 더 자세하게 밝혀지면서 이 시기에 쓰인 소설 『암초』는 다른 차원의 관점에서 해석이 가능하게 되었다. 워튼의 전기를 쓴 루이스(R. W. B. Lewis)는 남편과 오랜 시간 불행한 결혼을 이어가던 워튼이 46세에 풀러턴을 만나고 난 뒤에야 처음으로 사랑의 황홀함을 경험했다고 한다(Lewis 159-264 참조). 워튼은 자신이 풀러턴과의 사랑으로 하룻밤 사이에 "수녀와 같은 순결" 상태에서 "열정적인 생명을 발견하는 승리"의 삶으로 변화하였다고 토로했다. 워튼이 1908년에 보낸 것으로 짐작되는 편지에는 사랑의 기쁨이 생생하게 드러나 있다.

당신이 방에 들어오면 내게는 불꽃같은 파장이 일어납니다. 당신이 나를 만지면 당신 손길 아래 심장이 뛰고 당신이 나를 붙들면 난 말을 하지 못합니다, 왜냐하면 나의 모든 단어가 고동치는 맥박이 되고, 모든 내 생각이 황금빛으로 흐릿해지기 때문입니다. . . . 왜 내가 나에게 보

---

2 이 소설은 워튼의 소설 구조면에서도 전환점이 되는 작품이다. 이 소설은 『연락의 집』 (*The House of Mirth*)을 비롯한 이전 작품들과 달리 연대기적 구성에서 벗어나 섬세한 기하학적 구조를 가진 소설로 헨리 제임스의 영향을 가장 많이 받았다(Levine 89).

여성과 사회: 이디스 워튼 소설 연구

내는 당신의 미소를 두려워해야 하나요? 나는 천에다 구슬로 수를 놓아 정말 아름다운 것을 만들 수 있는데. (Colquitt 85)

그러나 워튼을 향한 풀러턴의 사랑은 그녀가 풀러턴에게 가졌던 기대에 부응하지 못한 것이었다. 풀러턴의 관심이 점점 더 자기에게 멀어짐에 따라 워튼은 절망에 빠져 "당신은 내게 사랑의 체험을 글로 써야 한다고 언젠가 말한 적이 있지요. 나도 그렇게 생각합니다. 내 소설이 당신을 기쁘게 만들었으면 하는 마음으로 흥분해서 집에 왔었지요. . . . 그러나 이해할 수 없는 당신의 침묵과 나와 관계되는 모든 것에 당신이 너무나 관심이 없다는 느낌이 나를 경악하게 만듭니다. 너무 갑작스러워서요" (Gribben 31-2)라고 불만을 털어놓은 적도 있었다.

1910년에 이르면 워튼은 결국 풀러턴의 마음을 붙잡을 수 없음을 인정할 수밖에 없었다.[3] 생애 처음으로 사랑의 희열을 경험했으나 결국 상처만 입고 끝난 관계는 워튼에게 사랑의 의미를 새롭게 설정하게 하고 이후에 쓴 작품들에 근본적인 영향을 끼쳤다. 풀러턴과 나눈 사랑은 워튼에게 고통을 남기고 끝났으나 그녀가 이룬 예술적 성취는 그에게서 받은 상처를 보상하고도 남았다. 또한 풀러턴과의 경험은 워튼으로 하여금 그때까지 막연히 지니고 있던 추상적이고 초월적인 사랑의 의미를 넘어 맥박이 뛰는 살아있는 체험으로 만들어주었다. 그와 나눴던 열정적인 사

---

3 풀러턴과의 관계는 1908년 시작되어 1910년 어느 시점에서 끝이 났다. 폭풍같이 서로에게 매료되어 2년의 시간을 보낸 다음 1910년 워튼은 풀러턴에게 "내 인생은 당신을 알기 전이 더 나았어요. 말하자면 나로서는 이 해를 슬프게 끝내는 것이지요. 그렇게도 사랑했던 연인에게 이런 얘기를 하는 것은 쓸쓸한 일이네요"라는 편지를 보냈다(*Letters of EW*, Lewis 208).

랑으로 워튼은 『암초』, 『여름』(Summer), 『순수의 시대』(The Age of Innocence)와 같이 성적인 열정을 극화한 소설들을 쓸 수 있게 되었다.

주인공들의 '의미 없는 희생'이 그려지는 암담한 분위기의 초기 작품들과는 달리 『암초』에 등장하는 여성들은 혼인 관계 밖의 정사 후에도 희생되지 않고 자기만의 길을 간다. 『암초』 이후 발표한 『여름』의 주인공 채러티는 연인 하니(Lucas Harney)가 떠난 뒤 임신 사실을 알게 되지만 자식을 포기한 자기 생모와는 다르게 아이를 포기하지 않고 가정에서 기를 수 있게 한다. 『순수의 시대』의 여성들 역시 누구도 비참한 운명을 맞이하지 않는다. 이와 같이 여성들의 운명이 변하게 된 여러 동기들을 유추할 수 있으나 많은 비평가가 워튼이 풀러턴과 경험한 연애가 이런 변화를 가져온 것에 대체적으로 동의하고 있다.[4] 빅토리아 시대의 가부장적 성 도덕이 여전하게 막강한 영향력을 행사하던 당시로서는 파격적인 사랑을 인정하며 혼외의 관계를 부끄러워하지 않고 자신의 결정이었음을 당당히 주장하는 여성이 등장하는 『암초』의 발간은 워튼에게 가히 획기적인 일이라고 할 수 있다.[5] 『환락의 집』(The House of Mirth)의 릴

---

4 비평가들은 워튼이 풀러턴과의 연애에 대해 솔직하게 돌아본 『암초』 이후 여성들의 성에 대해 더욱 긍정적이고 개방적이 되었다고 한다. 이 소설이 발간된 즈음 워튼은 Bernard Berenson에게 "이 소설은 내가 아니에요, 그것을 쓸 당시는 그것이 나라고 생각했지만"이라고 했다가 6년 뒤 Brownell에게는 "그 소설에 나 자신의 대부분을 쏟아부었어요"라고 토로한 바 있다(Letters of EW, Lewis 326). Levine은 이 소설에 "모든 풀러턴과의 경험으로 20여 년 동안 성적인 관계가 거의 없는 결혼 생활을 했던 작가가 성적으로 깨어난 체험이 생생히 담겨있다"(Levine 89)고 했고 Colquitt은 "워튼의 작품 가운데 『암초』는 육체적인 감수성의 발견을 그린 가장 자전적인 소설"(79)이라고 했다.

5 이 작품 발표 당시 잡지들은 이 소설이 다루는 혼외정사와 그런 관계를 대하는 인물들의 태도에 불편해 했다. Christian World는 『암초』에 대해 "대로우(George Darrow)와

리(Lily Bart)가 근거 없는 추문의 주인공이 된 사실만으로도 스스로 생을 마감하는 비참한 결말과 비교했을 때 『암초』의 인물들은 훨씬 자신의 감정에 솔직하고 담대하며 파멸당하지 않는다.

워튼이 경험한 새로운 차원의 사랑을 그린 『암초』에서 비평의 대상은 주로 누구인가? 애너(Anna Leath)인가? 소피(Sophy Viner)인가? 누가 비판을 받아야 하고 상대적으로 누가 긍정적인 평가를 받을 것인가? 혼란 속에서 마무리되는 결말은 인물들의 미래를 완전히 모호한 상태로 남겨두는가? 아니면 이들이 나아갈 방향을 예상하게 하는가? 애너는 대로우(George Darrow)와 결혼할 것인가? 아니면 거부할 것인가? 이 인물들은 결국 자신과 세계에 대한 통찰력을 얻었는가? 이 소설에서 사라진 소피의 운명은 어떻게 되는가? 등등의 다양한 문제들을 제기한다.

비교적 초기에 이 소설에 주목했던 네비우스(Blake Nevius)는 애너가 대로우와 결합하면서 고상한 애너가 질식당하고, 귀족적인 워튼이 결말 부분에서 소피의 언니 로라(Mrs. Laura McTarvie-Birch)를 역겹게 제시함으로써 소피를 저주받는 인물로 몰았다고 평가했다(138-40). 화이트(Terence de Vere White) 역시 네비우스처럼 결말에 로라를 등장시켜 소피의 미래를 예측하게 함으로써 워튼이 결국 예의 바른 인습을 선택했다고 결론을 낸다(24). 그러나 가가노(James W. Gargano 46-7)와 루이

소피(Sophy Viner) 두 사람이 저지른 죄가 이 두 사람뿐 아니라 애너(Anna Leath), 오웬(Owen Leath), 에피(Effie Leath)까지 모두를 비참하게 만든 과정을 보여준 이야기"(1913년 1월 2일)라고 비난했고 *New York Sun*은 워튼의 기교적인 면에서 대해서는 칭송하고 있으나 주제에 대해서는 난색을 표했다. "이 소설이 우울하고 기분 나쁠 정도로 깨끗하지 못한 이야기여서 우리는 워튼 여사가 인생의 좀 더 밝고 고상한 면을 바라보기 바란다"고 했다(*Reviews*, Collected in Tuttleton 191-2).

스(Lewis, *EW* 326-7)는 워튼이 애니를 통해 대로우와 소피가 보여준 무책임한 개인주의나 저속함을 압도하는 이상주의적 도덕 질서를 지지한다고 주장한다. 메이나드(Moira Maynard)도 앞의 두 비평가와 유사하게 이 소설의 결말을 소피의 패배에 대조되는 애너의 승리로 보고 그녀가 도덕적인 고결함을 지켜낼 것으로 생각한다(290-1). 터틀턴(James W. Tuttleton)은 애너가 결국에는 소피와 대로우가 한 "더러운 타협에 오염되지 않는 감정과 성적인 성취, 그리고 사랑에 대한 낭만적인 이상"(468)을 고수하는 까닭에 대로우를 거부할 것이라고 예측한다.

이에 반해 구더(Jean Gooder)는 이 소설이 고전 비극의 형식을 차용했듯이 내용도 비극의 불가피한 파국이 나타난다고 하면서 애너는 결국 타고난 감성과 도덕률 간의 갈등으로 고통 속에 갇힐 것으로 결론 내린다(51-2). 미즈너(Arthur Mizener)는 대로우가 애너보다 열등하거나 비난받을 인물이 아니며 워튼이 현실에서 갈망했던, "여성의 감성적 요구를 예상하고 그 요구에 헌신적으로 응하는 남성"이며 결국 애너와 대로우가 결합할 것이라고 주장한다(76). 이에 대해 존스(Wendell Jones Jr.)는 "애너가 대로우의 거짓을 점점 더 깨닫는 과정에서 인생을 배우고 성장하는 점"(78)에 이 소설의 초점이 있다고 주장한다.

지금까지 비평가들은 애너를 주인공으로 간주하면서 애너의 운명과 미래에 주목한다. 그러나 소피와 대로우의 관계가 드러난 다음 갈등이 고조되고 애너가 남녀 관계에 대해 이전보다 깊게 이해하게 되었다면 그것은 대로우와의 관계보다는 사랑과 삶에 전혀 다른 자세를 지닌 소피로 인해 촉발되었다고 할 수 있다. 워쇼번(Carol Wershoven 107)은 애너가 고결한 사람이 아니며, 인습을 극복하지 못해 대로우와 결혼함으로써 빈

사 상태에 이르게 되며 소피가 상징하는 생기와 고결함과는 대조되는 실패를 나타낸다고 주장한다. 애먼스(Elizabeth Ammons)는 애너의 이상주의야말로 "모든 여성을 노예 상태로 만드는 남성의 지배, 소유권과 특권을 지지해 지속하게 만드는 문화적 위력"(96)이라고 비판한다. 이 관점에서 좀 더 나아가 "대로우와 애너는 점잔 빼는 구 뉴욕에서 온 특사들과 같은 인물이며 소피야말로 생기발랄한 인물이다. 중요한 사람은 언제나 소피"(209-10)라고 소피의 중요성을 피력하는 울프(Cynthia Griffin Wolff)에 이어 패리(Rebecca Blevins Faery)는 여기서 한발 더 나아가 소피를 "가부장제 담론에 저항하며 기존 사회에 균열을 일으키는 인물"(84)로 주목한다. 이와 같이 폭넓은 관점의 비평들은 이들 인물의 운명에 작가가 우유부단한 태도를 취해서라기보다는 다양한 반응을 불러일으키도록 탁월한 솜씨를 보여주기 때문이라고 할 수 있다.

풀러턴과 나눈 사랑은 워튼으로 하여금 『암초』에서 성적 감정과 육체적인 사랑의 해체적인 힘에 좀 더 긍정적으로 주목하게 만들었다. 특히 가부장제 사회가 억압해온 여성의 섹슈얼리티의 위력에 대해 다른 관점으로 보게 하는 데 일조했다고 할 수 있다. 그런 점에서 이 작품의 동력은 소피에게서 나온다는 사실을 부인할 수 없다. 사랑의 감정과 성적인 욕망에 대한 두려움 없는 용기로 보다 자유롭고 새로운 세상의 가능성을 제시하는 인물이 소피이기 때문이다. 애너와 대로우를 통해 전달될 뿐 목소리가 직접 들리지 않는 소피는 이 두 사람에 비해 적은 비중을 차지하고 있으나 소피로 인해 드라마가 작동하고 워튼의 메시지가 전달된다는 점에서 핵심적인 인물이다. 워튼은 이 작품에서 여성의 성적 욕망이라는 주제에 초점을 맞춤으로써 억압되고 감추어진 여성의 섹슈얼리

티를 주목하고 인정받고자 한다. 이 글은 소설에서 여성의 섹슈얼리티가
제시되는 방식과 삶을 좌초시키는 진정한 암초는 무엇인지, 그리고 암초
같은 걸림돌이 없는 자유로운 세상에 대한 조망을 워튼은 어떤 양상으로
그리고 있는지 찾아보고자 한다.

2. 소피는 누구인가?

『암초』는 헨리 제임스가 이 소설을 5막으로 된 고전극에 비교했던 것
처럼 다섯 권으로 이루어져 있다.[6] 1권에서 미국인 외교관 대로우는 5월
의 영국 도버 항에서 약혼녀 애너로부터 "예기치 못한 장애가 발생했으
니"(4) 그녀가 사는 프랑스의 영지 지브레(Gibre)로 오는 것을 연기해달
라는 전보를 받는다. "아무런 설명이 없이 전보"만 보내는 애너의 무심
함에 자존심이 상한 대로우는 런던으로 돌아가는 대신 거기에서 우연히
만난 소피라는 미국인 처녀와 파리로 간다. 소피가 도움을 청하려 했던
팔로우 부부(The Parlows)가 파리에 없는 것을 알게 된 대로우는 소피에
게 며칠 동안 휴가를 같이 보내자는 제안을 하고 소피는 이를 받아들인
다. 2권은 10월에 지브레를 방문한 대로우가 애너의 딸 에피(Effie
Leath)의 가정교사이자 애너의 의붓아들 오웬(Owen Leath)의 약혼녀가
된 소피를 만난다. 2권과 3권에서 대로우는 소피와 가진 파리에서의 정
사 사건이 애너에게 알려질까 전전긍긍하고 이런 그의 모습에 애너와 오

---

6 Henry James는 워튼에게 보낸 편지에서 "이 소설은 Racine 극의 통일성과 강렬함과
   간결한 아름다움을 가지고 있다"고 격찬했다("On *the Reef*: A Letter" 147).

웬은 소피와 대로우의 관계에 의문을 가진다. 4권에서는 이 두 사람의 관계가 다 드러나자 소피는 오웬의 할머니로부터 어렵게 승낙을 받은 혼인을 거부하고 지브레를 떠난다. 자신이 여전히 대로우를 사랑하고 있고 그와 나눴던 사랑의 기억을 온전히 간직하고 싶다는 이유 때문이다. 5권에서 애너는 대로우를 사랑하지만 신뢰할 수 없게 된 그를 포기하겠다고 마음먹는다. 그렇게 다짐하면서도 자신과 전혀 다른 소피를 만남으로 인해 애너는 대로우와 관계를 맺고 육체적인 사랑의 기쁨에 눈뜨며 억압되었던 열정을 받아들이는 변화를 겪게 된다.

워튼은 『암초』에서 바로 전에 발표한 『이썬 프롬』과는 달리 여성의 성과 여성적인 가치에 보다 긍정적인 관점을 가지고 있다.[7] 남성적인 가치가 지배적인 가부장 문화를 비판함으로써 워튼은 여성의 힘을 긍정하고 삶에 대한 솔직함과 용기를 지지한다. 가부장제 성 논리가 압도하는 사회에서 남자는 혼인을 한 사이거나 아니거나 간에 여성에게 성적 본능을 발휘할 권리가 있다고 믿고 그런 삶의 방식이 지속되기를 원한다. 그런 사회를 대표하는 인물 대로우는 "여성이란 그들보다 좀 더 '복잡하게' 창조된 남자의 본성에 봉사하기 위해 진화해 왔고"(14) 남성의 욕망 충족을 위해 존재한다고 생각한다. 대로우는 자신이 명예를 중시하고 타인에게 관대하다고 생각하나 소피를 비롯한 여성들과의 관계는 그가 자기에게 내리는 평가와는 달리 이중적인 태도를 드러낸다.

---

7 『암초』를 발표하기 1년 전 1911년에 발표한 『이썬 프롬』은 워튼이 겪은 결혼에 대한 강한 의무감과 풀러턴을 사랑하는 감정 간의 격렬한 갈등이 Mattie Silver와 Ethan Frome의 불법적인 사랑에 혹독한 벌을 내리게 했다면 이 소설에서는 풀러턴에 대한 감정이 어느 정도 정리되면서 사랑의 양면을 다 살필 수 있는 여유가 생긴 것으로 보인다.

애너는 결혼 전 잠시 좋아했던 대로우와 재회하면서 "언제나 자신과 인생 사이에 드리워져 있던 베일"(37)이 제거되고 그와의 "사랑이 이런 비현실이라는 마법의 주문에서 자기를 해방시켜줄 것"(38)이라고 기대한다. 애너는 사랑이야말로 인생을 좀 더 완전히, 더 깊이 체험하게 만들어줄 거라고 생각한다. 지브레에서 대로우를 마중 나온 애너는 "손에 쥐고 있는 대로우의 편지 감촉을 예민하게 느끼면서 갑자기 불투명한 베일이 걷히는 듯이 빛나는 세계를 느끼며 공기를 깊게 들여마신다"(37). 애너의 부모 서머스 부부(The Summers)는 "독특한 것은 부도덕하거나 교양이 없는 것으로 간주했고 감정적인 사람들은 집으로 초대하지 않았다"(37). 이런 부모 아래 성장한 애너는 "사랑과 결혼이 언젠가 여성을 해방시켜줄 것이라고 믿게 만드는 가부장 문화"(Ammons 88)가 몸에 밴 인물이다. 이와 대조적으로 고아로 자란 소피는 "숙녀를 양육하는 과정이 [여성에게] 남기는 치명적인 결과인 과묵함과 회피하는 태도"(15)가 없다. 대로우는 "소피는 타인의 제안을 수락하든 거절하든 쓸데없이 이의를 제기하거나 반대하지 않고 순응이라는 우상에 헛되이 시간을 허비하지 않는"(18) 인물이라고 생각한다.

이렇게 여성을 재단하는 기존 틀에 집어넣을 수 없는 소피는 대로우와 애너가 세상을 사는 방식에 도전하는 인물이며, 인습적인 사고를 측정하는 척도이자 변화의 촉매제 같은 존재이다. 워튼은 여성의 성적 가능성을 제한하는 가부장적인 각인에 저항하는 소피와 그런 가부장제의 각인들로 이루어진 역사의 소산인 애너를 병행함으로써 여성의 섹슈얼리티를 억압하거나 억압에 실패한 문화적 구조를 탐색한다. 지혜를 뜻하는 그리스어 소피아(Sophia)에서 유래된 이름을 지닌 소피(Sophy)는 그녀의 존재 자체가 애너와 대로우에게 피상적인 삶의 표면 아래를 탐색해야 하는 필요성을 일깨우는 지혜의 상징이다. 또한 소피의 성 바이너(Viner)는 소피의 위치를 좀 더 분명하게 가리킨다. "그 아가씨[소피]에게는 아마도 자기[애너]가 지니지 못했던 예지 능력이나 격려의 능력이 있을지도 몰랐다. 그런 조숙하고 슬픈 지혜가 부러웠다"(119)는 애너의 생각은 소피의 성 Viner와 연결되는 'divine'이라는 동사가 지니는 "진실을 꿰뚫어본다"라는 의미를 상기시킨다.

이처럼 대로우와 애너의 의식을 통해서만 전달되는 소피에 대해 울프는 "소피가 지니고 있는 강렬한 존재의 힘을 인정하나 애너와 대로우가 소피를 인식하는 언어를 통해서만 그녀를 보게 만든" 워튼의 소극성을 비판한다(Wolff 210). 하지만 패리는 "말로 표현이 불가능한 것을 작가가 어떻게 직접적으로 제시할 수 있겠는가?"라고 반박하면서 이러한 간접적인 제시 방식이 가장 최선이라고 옹호한다(Faery 82). 패리가 주장하는 것처럼 소설에서 소피가 간접적으로 모호하게 그려지는 것은 워튼이 일부러 의도한 것이라고 할 수 있다. 워튼이 소피를 파악하기 어려운 인물로 그림으로써 솔직하며 생기발랄하고 창조적인 여성적 특성은 가부장 문화에서는 명확하게 파악하기 어렵고 여성의 열정을 표현하는 언어 자체를 포착하기 쉽지 않다는 점을 제기하는 것이다.

대로우와 애너가 소피를 온전하게 보지 못하는 것은 두 사람의 근본적인 한계를 드러내는 것이기도 하다. 소피는 그들이 가지는 여성의 분류 개념에 가뿐하게 들어가지 않는다. 애너와 대로우의 인식 체계는 선하고 순결한 여성과 악하고 순결하지 못한 여성으로 양분하는 가부장적인 사고로 형성되었기 때문이다. 대로우는 자신과 파리에서 함께 보낸 시간 때문에 소피가 에피의 가정교사로 적합하지 않다고 생각하면서도 에피의 의붓아버지라는 자신의 자격에 대해서는 일말의 거리낌이 없는 이중적인 태도를 지니고 있다. 대로우는 성적으로 오염된 소피가 "에피의 가정교사가 되는 것은 필사적으로 막아야 한다"(79)고 생각한다.

대로우가 소피를 제대로 파악하지 못하는 점은 소피가 소설에 등장하는 순간 시작된다. 도버 항구에서 소피는 대로우를 한눈에 알아보고 인사를 건넨다. 소피는 전에 일했던 머릿 부인(Mrs. Murrett)의 집에서 그를 만난 것을 기억하지만 대로우는 소피를 만난 장소도 이름도 생각해내지 못한다. 소피는 자기처럼 "배경에 불과한 코러스 같은 사람들"을 대로우가 기억 못하는 것에 대해 "물론 당신은 기억이 없을 거예요. 우리는 당신네들에게는 보이지 않는 존재들이죠. 하지만 우리들은 [당신네들을] 볼 수 있어요"(18)라고 한다. 이 대화는 소설 도입부에서 이미 대로우의 관점이 "기묘하게 전복"(10)되고 도전받는다는 점을 보여준다. 대로우는 소피가 처한 현실을 제대로 보지 못하는데 그것은 일정 부분 대로우가 보지 않겠다고 작정했기 때문이다.[8] 대로우와 소피가 관계를 맺기 직전의 광경은 여성에 대해 자기중심적이고 바라보는 것만을 즐기는 구경꾼 대로우의 태도를 보여준다.

---

8 소피와 대로우가 만나는 첫 장면에서부터 대로우는 자기중심적인 태도를 보인다. 대로우는 머릿 부인과 다투고 아무 대책 없이 그 집을 나와 갈 곳이 없는 고아 소피가 처한 절박한 처지와 애너의 전보로 마음이 상한 자신의 상황을 동급으로 생각한다. 워튼은 이런 대로우의 행동에 대해 "대로우가 자신의 곤란한 처지를 소피의 곤경과 나란히 놓고, [애너의 무심한 전보 같은] 그런 사소한 일에도 마음이 동요한다는 것은 도덕주의자에게는 생각거리였다"(8)라는 논평을 한다.

소피가 다시 방을 가로질러 가는 소리가 들렸다. [소피] 본인보다 대로우 자신이 그 소리를 훨씬 잘 아는 게 묘하게 느껴졌다! . . . 그는 다음 순간 조용히 노크하는 소리를 들었다. 대로우는 대답하지 않았다. 조금 있다 손잡이가 조용히 돌려졌고 대로우는 다시 눈을 감았다. 문이 열리고 발소리가 방안에서 들리고 조심스럽게 그를 향해 다가왔다. 대로우는 눈을 감은 채 몸의 긴장을 풀고 잠든 척하고 있었다. 그녀는 잠시 망설이더니 천천히 다가왔고 그녀의 옷자락이 대로우가 앉은 의자 뒤를 스치는 소리가 들리더니 따뜻한 두 손이 잠시 그의 눈을 가렸다. (35)

눈을 감은 채 소피가 방문을 열고 다가오기를 앉아서 기다리는 대로우의 모습은 그들이 맺는 관계를 보여준다. 대로우는 소피를 쳐다보면서도 눈을 감은 것처럼 제대로 보지 못한다. 지브레에서 예기치 않게 소피를 맞닥뜨리게 된 대로우는 "커다랗게 밀려오는 먹구름 같은 소피를 꿰뚫어보려고 하지만 소피의 몇 가지 어휘나 몸짓, 억양을 제외하고는 분명하게 생각나지 않는다"(110). 그가 여태까지 여성을 판독해온 렌즈로는 소피가 기존 개념에 맞는 숙녀라고 할 수는 없지만 숙녀가 분명하게 아닌 것도 아닌, "여러 유형이 겹쳐 투명하게 들여다 볼 수 없어"(28) 소피를 확실하게 어느 쪽에 넣을지 갈피를 잡지 못한다. 소피가 어느 범주에도 속하지 않는 그 점이 바로 대로우가 유지하고자 하는 현 상황을 위협한다.

    대로우와 애너를 통해 전달되는 소피는 선명하게 알 수 없지만 그렇다고 아무것도 없는 텅 빈 페이지는 아니다. 소피는 자기 정체를 짐작하게 하는 수많은 힌트를 가지고 있다. 우리가 소피를 처음 보았을 때 소피는 폭풍우 치는 항구에서 우산이 뒤집어지고 결국 날아가 버려 비바람을 맞고 서 있다. 이후에도 소피는 비를 막아주는 망토나 우산 같은 보호 상치 없이 비를 맞으며 걷는다. 소피와 대로우는 비가 내리는 가운데 파리를 산책하고, 그들의 관계는 사흘 동안 계속 내리는 비로 터미너스 호텔 (Terminus Hotel)[9]에 갇혀 있을 때 시작된다. 지브레에서 다시 만났을 때에도 두 사람은 비가 내리는 가운데 다른 이들의 눈을 피해 이야기를 나눈다. 이는 "물을 통해 여성은 리얼리티와 권위에 관한 인습적 개념을 녹이고 규범의 가장자리를 가로지른다. . . . 모든 인습을 넘어서 리얼리티와 궁극적 의미를 이어주는 비유적 매개체인 물은 여성의 성적 육체와 연결되어있다"(Morey 214)는 주장처럼 소피가 물과 계속 연결되는 것은 소피와 섹슈얼리티의 상관관계 그리고 더 나아가 생명력까지 이어지는 고리를 암시한다.

이 소설에 계속 등장하는 물의 이미저리는 햇빛이 비추는 깨끗한 개울과 지독하게 쏟아지는 폭풍우와 아무것도 보이지 않는 깊은 흙탕물 사이의 긴장을 만들어낸다. 제목 '암초'가 제시하는 의미는 바로 인생이란 지브레처럼 '서리가 내린'[10] 얼어붙은 땅이 아니라 저 아래 암초가 숨어 있는 파도가 출렁이는 바다와 같다는 점을 말하는 것이다. 이러한 소피와 대조적으로 애너는 처음 등장할 때 양산으로 햇살을 가리고 지브레 저택 현관 앞에 서 있다.[11] 애너는 항상 열정을 대면하기를 두려워했던

---

9 Terminus 호텔은 워튼의 시 "Terminus"를 연상시킨다. 이 시는 워튼의 자전적인 경험이 녹아있는 시로 기차역 근처의 싸구려 호텔 터미너스에서 연인과 마지막 밤을 보낸 버림받은 여인이 연인과 뜨거웠던 사랑과 가슴 아픈 종말을 노래하는 내용이다 (Tuttleton 461).

10 Gibre는 프랑스어로 '서리가 내린, 성에가 낀'이라는 의미이다.

11 소피와 애너가 이 소설에 처음 등장하는 장소 역시 상징적인 의미를 나타내는데 집이

것처럼 비를 우산으로 가린다. 그랬던 애너가 대로우와 관계를 맺고 난 다음 날 비가 내리는 파리 거리를 우산도 없이 걸어가는 장면은 물의 의미를 다시 한 번 확인하게 한다.

소피의 정체성을 알려주는 다른 하나는 남성성과 여성성 양성을 다 지닌 듯한 특징이다. 소피에게는 유쾌한 "소년 같은 표정"(9)과 "흥분하면 습관적으로 나오는 특이한 소년 같은 동작"(33)이 있다. 이는 여성을 '숙녀'로 만드는 교육을 받지 못하고 성장한 소피가 여자를 '숙녀'로 길들이는 가부장 문화의 틀에서 벗어나 있음을 말해준다. 지브레에서 대로우를 다시 만난 소피는 "난 결혼하지 않을 거예요. 게다가 내가 결혼의 의미를 믿는지도 잘 모르겠어요. 나는 나의 발전과 내 자신이 사는 인생의 기회를 완전히 지지하는 사람이죠. 난 당신도 알다시피 더할 나위 없이 현대적이에요"(29)라고 하면서 자신이 신여성이라는 점을 강조한다. 소피는 대로우와 사랑을 나눌 때에도 남자의 의사에 수동적으로 응하는 것이 아니라 능동적이고 자율적으로 행동했다는 점을 밝힘으로써 인습적이고 순종적인 여성과 분명히 선을 긋는다. 파리에서 헤어질 때 대로우가 제시한 금전적인 도움이나 거래를 거절했던 소피는 대로우와의 관계를 애너에게 밝히는 자리에서 자신의 사랑에 대해 주저함이 없고 당당하다.

제가 당신[애너]을 놀라게 하고 기분 상하게 했을 거예요. 당신은 저를 수치도 모르는 인간이라고 생각하실 겁니다. 제가 그런 사람일지 모르

없이 떠도는 소피는 사람이 북적대는 항구에서 등장하고 배나 기차와 같은 교통편으로 계속 움직이는 반면 애너는 모든 것이 정연하게 자리 잡은 프랑스 귀족의 영지 지브레 저택에 거주한다.

지만 당신이 생각하는 그런 의미에서는 아닙니다! 저는 그분[대로우]을 사랑했던 점에 대해 부끄러워하지 않아요. 전혀요. 그리고 그 사실을 이야기하는 데에도 부끄럽지 않아요. 그 점이 저를 정당하게 합니다. 그분 역시 . . . (129)

소피는 사랑에 대해 열정적이고 정직한 자신의 태도를 애너가 수용해주고 익숙한 그녀의 관점에서 벗어나 자기를 바라보기를 요청한다. 소피는 "내가 그것을 원했었고 선택했다"(120)고 거리낌 없이 주장함으로써 자기가 남자에게 유혹당한 뒤 버림받은 희생자로 간주되는 것을 거부한다. 소피의 이런 태도가 한없이 저속하게 변질될 수도 있었던 대로우와의 관계를 긍정적이고 건강한 관계로 전환시킨다(Macnaughton 219). 애너에게 소피와의 관계가 드러날까 봐 불안한 대로우가 소피의 행복을 위한다면서 "오웬은 네가 필요한 지원을 해주기에는 너무 어리고 경험이 없다"(86)며 오웬과의 결혼을 포기하라고 설득한다. 이에 소피는 "당신도 알다시피 나는 항상 내가 벌어서 살아야 했어요"(86)라고 다른 이의 지원이 필요하지 않는 독립적인 사람이라는 점을 피력한다. 애너를 포함해 모든 여성을 "벽에 걸린 그림"(37) 같은 존재로 대상화하는 대로우에게 모든 것을 스스로 결정하며 살아온 소피는 풀 수 없는 수수께끼이다. 소피는 자기에 관한 미스터리를 푸는 데 필요한 모든 힌트를 던지고 있으나 역설적으로 소피를 안다고 하는 남자는 실제로 그 실마리를 전혀 알아차리지 못한다.

소피는 "당신이 나에 대해 어떤 생각을 했는지 내가 모른다고 짐작하지 마세요!"(87)라고 대로우에게 화를 내지만 이 남자가 자기에 대해 얼마나 무관심하고 오직 자신의 행복만을 생각하는 비겁한 사람이라는 점은 상상도 하지 못한다. "불쌍한 아가씨, 수치스러운 점은 내가 소피 너에 대해 생각해본 적이 전혀 없다는 사실"(87)이라고 중얼대는 대로우의 독백은 그가 소피의 처지에 대해 어떤 고려도 없이 정사를 가졌고, 관계가 끝난 뒤 그의 마음에 소피는 남아 있지도 않았다는 점을 드러낸다. 이와는 대조적으로 소피는 "대로우가 자기를 사랑하든 안 하든 그를 자기 마음에 간직하겠다"(110)고 하면서 자기 마음에 대로우에 대한 기억을 새기는 대신 그에게서 자기를 지운다. 이렇게 남녀 간 연애의 인습적인 관계를 거부함으로써 소피는 가부장 제도의 성 문화를 전복시킨다. 대로우의 태도가 어떻든 간에 자신은 대로우에게 끌렸고 그를 사랑했다는 사실을 애너에게 거리낌 없이 밝히는 소피 같은 여성은 대로우에게 너무나 생소하다. 이런 소피는 대로우에게 텅 빈 기표이고 아무 실체가 없는 것이나 마찬가지이다.

소피와 대로우 그리고 애너 세 사람이 지브레에 함께 모이게 되고, 소피가 대로우와 애너 사이의 가부장적 러브스토리의 텍스트를 교란하고 방해할 때서야 대로우는 소피라는 존재의 정체를 짚어보려고 한다. 그러나 소피는 깊은 수면 아래 잠겨있는 암초 같은 텍스트라 대로우로서는 파악할 수 없다. 대로우는 물 밑 아래를 탐색해 정지되어있는 현 상태를 변화시킬 생각이 아예 없기 때문이다. 하지만 소피는 대로우와의 정사, 에피의 가정교사라는 일자리, 애너의 의붓아들 오웬과의 약혼과 파혼으로 대로우와 애너에게 익숙했던 삶의 표면을 파열시켜 혼란을 초래하고 표면과 실체 사이의 간극을 깨닫게 만든다. 소피는 대로우와 애너의 삶이 존재하는 배를 좌초시키는 암초이다. 이 암초와 부딪친 대로우는 자기가 여성의 모든 것을 알고 있다는 오만한 자세에서 벗어나 소피를 진혀 이해하지 못한다는 점을 겸허하게 깨달아야 한다. 소피는 대로우가 알고 있는 것보다 훨씬 더 복잡하고 강력한 존재이다. 오웬과의 "결혼을 통해 신분 상승을 꾀하는 방종한 여자라고 의심한"(79) 소피가 자신과 애너를 위해 파혼을 선언하고 지브레를 떠나는 행동으로 자신을 좀 더 분명하게 돌아보게 하면서 대로우는 자신에 대해 수치를 느낀다.

다른 한편으로 애너는 대로우와 소피의 관계를 알았을 때 "불이 잘 켜있는 교외에서 그때까지는 알 필요가 없었던 어두운 곳으로"(147) 나아가야 한다. 그리고 자신이 인생의 혼란한 이면과 부딪치기에는 "너무나 고상하고 너무나 우아한 사람"(124)이 아니라 소피라는 젊은 가정교사를 격렬히 질투하는 평범한 여성이라는 사실을 인정해야 한다. 여기서 애너가 대로우와 다른 점은, 애너는 소피가 자기가 생각하는 것보다 훨씬 큰 존재라는 걸 알아차린 사실이다. 사랑에 대해 용감하고 개방적인 소피는 애너로 하여금 여전히 자신이 미혼 시절과 조금도 달라지지 않은 좁은 세계에 갇혀 있었다는 점을 절실히 깨닫게 만든다.

3. 소피를 찾아서

대로우와 소피의 관계를 알게 된 애너가 대로우와 결혼할 수 없으리라는 사실을 마주하고도 그에게 소피가 차지했던 의미를 알고자 지브레에서 대로우와 함께 밤을 보낸다. 애너는 대로우와의 경험으로 성적 욕망이라는 말로 표현하기 쉽지 않은 본성과 대면하게 된다. 대로우와 밤을 보내고 난 다음 "애너는 내면의 모든 것들이 너무도 어둡고 격렬해 감정을 표현하는 언어를 찾으려 했으나 찾지 못한다"(130). 자신이 여태 껏 알지 못했던 열정을 깨닫고 난 후 애너는 모든 게 복잡하게 얼크러진 혼돈을 접하게 된다. "그 세계를 인식하면서 여태 깨닫지 못했던 숨겨진 힘과 질서 잡힌 관계의 표면 저 아래 존재하는 끌림과 거부의 느낌이 애 너를 깜짝 놀라게 한다"(144).

애너는 대로우 혼외의 관계를 가짐으로써 소피의 길을 따라가기 시작 한다. "자기가 소피 바이너의 체험을 되풀이하고 있는 것"(148)을 깨달 은 애너는 소피와 자신이 본질적으로 자매지간 같다고 의식한다.[12] 이런 자각은 애너로 하여금 소피를 찾아 나서도록 만든다. 애너의 부유함과 소피의 가난, 숙녀 교육을 받은 애너와 받지 못한 소피, 거대한 저택에 사는 애너와 집 없이 떠도는 소피, 애너의 안정된 삶과 소피의 불안정하 고 취약한 처지라는 모든 차이에도 불구하고 이 두 여성이 경험한 섹슈 얼리티의 힘은 외면적인 차이를 넘어 자매애를 느끼게 한다. 애너는 이 제 "자기가 지키고 살아왔던 고상한 것들을 의심하기 시작한다"(124).

소피의 영향 아래 애너가 성적인 사랑의 환희를 경험한 순간, 이 소 설은 확실한 결말이 사라지고 이야기가 움직이는 방향을 헤아리기 어려 워진다. 이렇게 불안정하고 혼란스러운 결말은 워튼의 능력 부족이라기 보다는 불가피한 것이다. 『암초』는 억압되고 표현하기 어려운 것을 재현 가능하도록 만드는 힘에 대해 다루는 소설이다. 텍스트 전체를 통해 나

---

12 Faery는 소피가 애너의 깊은 무의식에 잠재되어있는 또 다른 애너라고 주장한다(89). Ammons 역시 소피와 애너는 대조적인 면보다는 서로 비슷하고 두 사람 간의 연결되 는 점이 더 중요하다고 한다(624).

타나는 잦은 생략 부호는 암시로서만 가리킬 수 있을 뿐 말로는 재현할 수 없는 것들이 존재한다는 사실을 보여준다. 사물과 사고가 논리적인 담론으로 진입하는 것은 이면에 숨어있는, 말로 표현할 수 없는 것들을 억압하는 대가를 치르고서야 가능하다. 소피가 말로 분명하게 전달이 안 되는 자기 의사를 문자로 전환하는 데 어려워하는 점에 주목해야 한다. 소피는 이사를 가버린 팔로우 부부에게 전보를 치고 편지를 쓰려고 할 때마다 힘들어하며 펜을 놓는다. 편지를 끄적거리다가 더듬거리며 "내가 글 쓰는 데 바보가 아니었으면 좋겠어요. 모든 단어들은 내가 포착하려고만 하면 놀라서 도망을 가버려요. . . ."(21)라고 고백하는 소피처럼 언어로 포착할 수 없는 것들이 존재한다는 점을 소설은 보여준다.

용이하게 '파악되지 않는' 소피는 머릿 부인의 부름에 응해 인도로 떠나는 것으로 텍스트에서 사라지고 분명하게 읽어지지 않는 공간과 틈을 남긴다.[13] 소피는 가부장 사회의 인습에 의해 표면 아래로 가라앉고 역사에서 감춰진다. 소피의 언니 로라는 동생이 인도로 떠났다고 했지만 소피는 스페인으로 떠난다고 한 오웬과 함께 갔을지도 모른다. 오웬은 그 전날 파리를 떠났고 오웬이 떠난 날 사라진 소피가 오웬과 함께 있을 가능성은 '소피와 오웬이 같이 있지 않을까?' 하고 대로우가 속으로 품는 의문처럼 열려있다(153). 예측불허하고 고정되지 않으며 소설에서 사라져버린 소피이지만 그녀는 결코 간과되거나 무시할 수 없는 존재감을 지닌 인물이며 그녀의 주위 사람들을 흔드는 힘이 있다. 과연 소피는 저속한가? 기회주의적인가? 억압되어있는가? 자기중심적이고 무모한가? 아

---

13 Singley는 소피의 퇴장은 소피가 사회적인 인습으로부터 도피하는 것이며 현대 사회에서 소피의 자리는 없다는 것을 보여준다고 해석한다(144).

니면 영웅적인가? 자율적인가? 애너와 대로우가 소피에 대해 어떤 이야기를 하더라도 우리는 소피를 완전히 알 수 없다.

소피를 찾아나서는 애너의 마음은 "대로우가 자기를 놓아주겠다고 했을 때 그를 잃는다는 맹목적인 두려움 외에 모든 게 그녀에게서 사라지고 그와 자기는 서로 뿌리가 얽힌 나무들처럼 뗄 수 없이 깊이 매여 있다"(150)고 느낄 정도로 대로우에게 빠져있다. 이런 애너에게 소피는 대로우에게서 빠져나올 힘을 줄 수 있는 존재이다. 대로우에게 강렬한 사랑의 환희와 함께 그만큼의 역겨움을 느끼는 애너는[14] 그에 대한 신뢰를 잃은 채 결혼하기보다는 그를 확실하게 포기하고자 소피를 찾아간다.

> 서서히 그 도움의 윤곽이 떠올랐다. 그녀[애너]를 구해줄 수 있는 사람, 그녀가 잃어버린 마음의 평정을 되찾아줄 사람은 소피 바이너뿐이었다. 그녀는 소피를 찾아가 자신이 대로우를 포기했다는 사실을 알릴 작정이었다. 그리고 다시는 되돌아올 수 없는 선을 일단 넘고 나면 어쩔 수 없이 혼자서 나아가는 수밖에 없을 것이었다. (150)

그런데 자기를 구해줄 거라고 기대했던 소피는 떠나버리고 없다. 소피는 기존의 기반을 파열하고 뒤흔들어 다른 세상을 열려고 하는 사람이지 애

---

14 Jones Jr.는 이 소설이 다른 소설에 비해 현대적이라는 점을 설명하면서 『그 지방의 관습』(*The Custom of The Country*)의 Undine Spragg나 『순수의 시대』(*The Age of Innocence*)의 May Welland와 애너가 다르다는 것을 지적한다. 언딘이나 메이가 결혼할 상대의 혼전 경험에 대해 무관심하거나 묵인했던 것에 반해 애너는 격렬한 마음의 갈등을 겪는다. 그만큼 애너가 다른 여주인공들에 비해 상대적으로 구 뉴욕(Old New York)의 이중적인 성 도덕에서 벗어나 있다고 주장한다(78).

너에게 이 사건들이 일어나기 전의 안정감을 되찾아주는 인물이 아니다. 소피가 소설에서 사라지는 행동은 애너에게 미지의 길 안내를 시작하는 것이고 애너가 그럴 의지가 있다면 실행할 수 있는 방향이다. 소피의 퇴장을 "애너와 대로우가 암초 같은 장애물 없이 결혼할 수 있도록 배려하는 관대한 행동"(121)으로 받아들이는 대로우의 생각은 여성에게 결혼이야말로 인생의 궁극적 목표이며, 행복을 위한 지름길이라고 주장하는 가부장 문화의 해석이다. 이 소설이 소피를 통해 제기하는 가부장 사회의 성적인 인습에 대한 저항적 아이러니는 애너와 대로우의 결혼이 행복한 미래를 보장하지 않을지도 모른다는 점을 시사한다.

소피를 찾아 그녀의 언니 로라가 묵는 시카고 호텔에 온 애너는 먹다 남은 초콜릿이 굴러다니고 두 남자가 거실에서 빈둥거리며 마사지사와 함께 있는 담배 연기 자욱한 방에서 핑크색 잠옷 바람의 로라와 만난다. "여러 번 결혼한 경험이 있고"(151) 무대 배우라는 로라와 함께 머물고 있는 남자는 소설 서두에서 소피가 잠깐 언급했던 지미(Jimmy Brance)이다.[15] 지미는 머릿 부인의 집에서 소피와 같이 일했던 소피의 친한 친구이다. 소피는 소설 서두에서 머릿 부인 집에서 대로우가 따라다닌 얼리카 부인(Lady Ulrica Crispin)이 그의 연인이지 않을까 하는 얘기를 지미와 나눈 적이 있다고 대로우에게 말한 바 있다. 그러면서 "얼리카 부인

---

15 Macnaughton은 지미의 갑작스러운 재등장을 이렇게 해석한다. 소피라는 인물이 애너의 의식이 만들어낸 '이상화된 소피'가 아니라, "가난하고 부족한 처녀이며 힘들게 살아온 사람"이라는 점을 새삼 상기시키기 위해서라고 주장한다(219). McDowell은 애너가 "충격적이게도 매춘부 같은 로라가 신선하고 매력적인 소피를 상기시키는 눈매와 동작을 지니고 있다"(152)고 느끼는 것은 소피의 미래를 예측하게 해 애너가 소피를 무시할 수 있는 근거를 마련한다고 지적한다(61).

이 옷을 갈아입을 때면 그 부인은 마치 조각 그림처럼 가발에서부터 하나하나 해체되는 거짓된 여성"(11)이었다고 얘기한다.

얼리카 부인이 보여주듯 '거짓된 앞면'으로 세상과 만나는 여성에 대한 소피의 유머러스한 언급은, 여성들이 자기 육체를 있는 그대로 드러내지 못하고 남성들의 시선에 부응하기 위해 변장에 가깝게 치장하는 왜곡된 여성상을 만들어내는 가부장제에 대한 통렬한 비판이다. 철저하게 자신의 외모를 보정하고 미화하는 얼리카 부인과는 달리 로라는 침대에서 잠옷 차림으로 애너를 맞이한다. 이런 장소에 머릿 부인의 집에서 소피와 친하게 지내던 남자가 언니의 연인으로 함께 머물고 있다. 로라가 묵는 핑크색[16] 호텔 방은 결혼이라는 합법적인 제도가 인정하는 담론 밖의 성적인 체험을 암시한다. 선원들이 주로 묵는 이 호텔은 입구에서부터 바다의 소금 냄새가 짙게 풍긴다. 애너에게 이런 상황은 너무나 생소하고 역겹지만 이런 환경은 합법적이든 아니든 성적인 관계가 솔직하고 거리낌 없이 행해지는 곳이며 상류 사회의 이중적이고 가식적인 성 도덕에 매이지 않는 사람들이 존재하는 곳이다.[17]

---

16 핑크색은 순결의 상징인 하얀색과 대조되는 순결하지 못한 섹슈얼리티의 상징이다. 소피가 음악회와 지브레에서 입었던 핑크색 외투나 로라의 핑크색 호텔방과 핑크색 잠옷과 장밋빛 혈색, 핑크색 커튼과 침대보가 인습에서 벗어난 섹슈얼리티를 암시하고 있다(Tuttleton 471).

17 로라의 호텔방에 대해 보수적으로 해석하는 Gargano는 그 방이 "인간적인 질서의 이해관계에 반대되는 개인의 방종을 부추기는 거짓된 낭만의 야하고 진부한 면을 드러내는 에피퍼니"이며 워튼이 대로우와 소피의 관계를 반대한 점을 당시 독자들에게 알리기 위해서 도입했고 로라는 "사랑 없는 섹스, 책임감 있는 삶의 품위가 배제된 섹스"를 과장해서 보여주는 예라고 평한다(47). 심리적인 해석을 하는 Jones Jr.는 로라의 호텔방이란 프시케가 하데스로 내려가는 것처럼 애너가 자신의 욕망, 요구, 인간적 약함을 수용하는 완전히 각성한 인간이 되기 위해 겪어야 되는 과정이라고 해석한다(84).

애너가 이 호텔의 광경을, 그리고 소피의 부재를 어떻게 받아들일지 알 수 없다. 결말 부분의 이야기는 방향을 가리키는 표지가 사라진 후 여러 가능성을 남겨둔다. 분명한 점은 애너가 섹슈얼리티에 대한 자유로운 표현의 또 하나의 기표라고 할 수 있는 장밋빛 색조의 로라의 방에 다녀왔다는 사실이다. 애너는 사랑에 대해 자신과 전혀 다르게 생각하고 행동하는 소피와 만났고 성적인 희열을 체험했던 사실로 인해 인생과 자기 사이에 드리워진 베일을 하나씩 걷어낸다. 애너가 자기만의 새로운 길을 갈 것인가 아니면 원래의 자리로 돌아갈 것인가에 대해 어떤 결론도 낼 수 없다. 다만 워튼의 인생에서 힌트를 찾는다면 풀러턴과의 격렬했던 사랑의 황홀함이 그녀의 모든 문제에 대한 해결책을 마련해주지는 않았으나 그녀로 하여금 인생을 좀 더 전체적이고 솔직하게 바라보는 성숙한 작가로 만들었다는 점이다.

4. 맺는 말

애너와 대로우의 결혼에 암초가 되어 이들이 존재하는 근거를 흔드는 소피를 통해 워튼은 '우리의 삶에 걸림돌은 무엇이고 암초는 무엇인가?'라는 문제를 제기한다. 풀러턴과의 사랑은 씁쓸하게 끝났지만 워튼이 자신의 육체성에 좀 더 솔직해지는 계기가 되었으며 여성의 섹슈얼리티에 대해 보다 개방적으로 논의할 수 있는 용기를 주었다. 워튼은 이 소설에서 감정에 충실해 혼외 관계를 갖지만 '타락한 여자'라는 범주에 넣을 수 없는 여자를 재현하고 그녀의 행동에 도덕적인 판단을 유보함으로써 여성에 대한 이분법을 해체한다. "이상화된 여성이란 가부장 사회에서 남성이 자기들의 방식대로 여성을 지배하고 권력을 유지하기 위한 하나의 전략"(화이어스톤 135-6)이라면 '타락한 여성'이란 고상한 존재로 드높여진 여성이 감추어둔 이면의 성적 이미지가 투사된 여성일 뿐이다.

　이 소설이 여성에 대한 인습적인 구분을 비판하고 소피라는 새로운 여성을 제시하는 것은 가부장제의 소산이라고 할 수 있는 애너에게 섹슈얼리티의 체험을 허용하지만 애너가 지금까지 거주해온 세계를 완전히 벗어나게 되리라는 예측을 하기에는 미흡하다. 소피가 앞장서서 나아감으로써 애너로 하여금 억압되어있던 성적인 열정을 발산하도록 인도했으나 애너가 완전히 새로운 다른 세상으로 건너가리라고 자신할 수 없다. "이런 어두운 장소들은 그녀 마음에 있었고 그리하여 그녀가 가장 사랑하는 존재들에게 다가가기 위해 그 어두운 곳을 가로질러 가야 하지만"(151) 애너가 과연 나아갈지는 확신하기 어렵다.

　애너는 프랑스 귀족의 영지 지브레와는 너무도 판이한 시카고 호텔을 서둘러 빠져나온다. 소설은 터미너스 호텔에서 시작해 시카고라는 호텔로 매듭을 짓는다. 이 싸구려 호텔들은 세련되지 못하고 거친 미국 중서부의 개방성을 암시한다. 이들 누추한 호텔 사이에 자리 잡은 지브레(Gibre)는 "냉랭했던" 애너의 첫 결혼의 배경이 되는 곳이며 기존 질서와 전통, 왜곡된 관습이 여전히 힘을 발휘하는 오랜 역사를 지닌 프랑스의 영지이다. 모든 계층의 사람이 들락거리고 바다 냄새가 배어있는 호텔에서 발생하는 거칠고 생생한 섹슈얼리티는 얼어붙은 지브레가 상징하는 안정성과 위엄에 가차 없이 공격을 가한다. 지브레에는 대로우와 소피의 정사가 초래한 파열음이 들리고 애너와 대로우의 혼외정사가 펼쳐지는 현장이지만 지브레가 나타내는 구태의연한 예의범절과 관습은 그런 강렬한 에너지로도 쉽게 무너지지 않는다. 지브레라는 견고한 영지가 상징하는 가부장적인 서양 문명의 근간을 파괴하지 않고는 소피가 존재할 수 있는 공간은 없다. 이렇게 볼 때 여성과 남성 모두에게 바람직한 삶을 침몰시키는 암초는, 소피로 상징되는 여성의 섹슈얼리티가 아니라 여성성이 지니는 힘과 가능성을 억눌러 가두려는 가부장제 사회의 공정하지 못한 인습이라는 점을 워튼은 완곡하게 주장하고 있다.

이 소설이 당대 성 문화를 비판하며 대안을 상상하고 변화의 방향을 제안하고 있지만 남성과 여성의 새로운 관계에 대한 건설적인 미래를 분명하게 제시하기에는 역부족이다. 대로우와 애너의 관점에서 간접적으로 전달되던 소피는 종국에는 사라져버렸고 애너가 지브레와 작별을 고하리라는 점을 예상할 수 없듯이. 그러나 작가로서 워튼의 여정에서『암초』는 여성의 섹슈얼리티의 힘과 그 힘이 가지고 올 새로운 세상을 인정하고 그런 세상이 존재할 수 있는 가능성에 가장 근접해간 작품이라고 할 수 있다. 워튼은 자신이 모호하게 제시할 수밖에 없었고 결국에는 텍스트에서 사라지게 만든 소피라는 존재를 우리가 보다 분명하게 규명함으로써 인생의 좀 더 큰 지평에서 소피의 자리를, 여성의 자리를 찾아 마련해주기를 요구한다. 소피의 본질을 해독할 수 있을 때 비로소 우리는 여성성의 회복에 참여하게 되고, 그런 적극적인 참여를 통해 여성이 욕망의 대상이 아닌 욕망의 주체로서 존재 가능하게 되기 때문이다. 또한 여성이 주체로서 존립하게 될 때 여성만이 아니라 모든 인간이 대상이나 객체가 아닌 주체로서 살아갈 수 있는 기반이 마련되기 때문이기도 하다.

이 작품을 발표하고 9년이 지난 1921년 워튼이 싱클레어 루이스 (Sinclair Lewis)에게 보낸 편지에서 매춘을 강요당했던 고아 처녀가 온갖 역경을 이겨내고 배우로 성공한 이야기를 그린 『수전 레녹스』(*Susan Lenox*)[18]의 주인공 수전이 소피와 아주 비슷하다고 한 사실(Macnaughton 223 재인용)은 우리 시야에서 사라진 소피가 언젠가는 돌아와 이 세상에서 자신의 자리를 확보하고 당당히 서기를 염원한 워튼의 희망을 짐작하게 한다.

---

18 *Susan Lenox: Her Fall and Rise.* David Graham Phillips가 1931년에 발표한 소설이다. 20세기 초반 미국의 사회 경제적인 상황에서 사생아 수전이 브로드웨이 스타로 성공하는 과정을 사실주의적으로 그린 작품이다. 주인공이 무자비한 사회에서 남자에게 의존하지 않고 의지와 자존감 그리고 결단력으로 인생을 개척해 나아가는 과정에서 여성에 대한 사회의 억압이 상세히 기록되어있다. 이런 점이 여성주의적 관점이 두드러진 소설로 평가받게 했다.

7장

어머니의 지원과 여성의 독립: 『순수의 시대』

1. 들어가는 말

이디스 워튼은 1960년대 이후 물질주의적 사회에서 침몰당할 수밖에 없는 인간을 그리는 자연주의적 사회 비평을 하는 작가(Nevius 56-8)라는 해석에서부터 가부장적인 사회에 희생당하는 여성을 그리는 여권주의자(Fetterley)라는 평가까지 다양한 관점에서 논의되고 있다. "여성 문제에 대한 사회적, 경제적, 심리적, 인류학적 관심이 융합된 복합적인 비판"(ix)이라고 한 애먼스(Ammons)의 평가는 워튼을 상업화되는 가부장적 사회에서 부침하는 여성의 운명을 부각시킴으로써 변화하는 사회를 살아가는 생의 본질을 파악한 작가임을 인정하고 있다.

그러나 여권주의자로서의 워튼에 대한 평가는 성에 대한 그녀의 태도만큼이나 다양하다. "가부장적 문화에 대해 강력하게 고발하는" 여권주의자(Fetterley 200)라는 평에서부터 "여성의 문제를 다루고는 있지만 자신이 살았던 시대의 가치를 완전히 극복하지 못한 작가"(Olin-Amenthorp 242)라는 지적까지 서로 상충된다. 이는 여성과 예술가로서의 자신을 그린 모습에서도 여실히 드러난다. 워튼은 자신을 "가정주부 같은 사람"으로(28) 지칭하고 있지만, 동시에 의욕적이고 글쓰기에 헌신적이던 그녀는 "자수성가한 남자"(11)로 사람들이 칭하는 것을 좋아했다(Lubbock). 이와 같이 워튼이 성에 대해 가지는 양면적 태도로 인해 그녀의 지인들과 독자들, 그리고 그녀의 젠더에 대해 글을 쓰는 사람들 역시 이와 비슷한 모순을 반영한다. 워튼은 수많은 여성과 일생의 우정을 나눈 친구이자 후원자였으나 또 다른 이들의 눈에는 여성에게 별 관심이 없는 사람으로 생각되기도 했었다(Strachey and Samuel 184). 워튼은 특히 전문가로서 여성의 지성과 능력을 신뢰하지 않았다. 1923년 미니 존스(Minnie Jones)에게 보낸 워튼의 편지는 여성 비하적인 태도를 엿보게 한다.

나는 [요리사를 묘사하는] 세부 사항에서 시간을 아주 많이 끌지요. 왜냐하면 그것들이 아주 중요하고 명예로운 일 가운데 하나인 가사라는 아주 오래된 학과목의 일부를 이루기 때문이에요. 가사는 여성 해방론자들(the emancipated)이라는 괴물 같은 군대에 의해 곧 일소되어버릴 것입니다. 젊은 여자들은 부엌과 세탁실을 경멸하고 좀 더 복잡하고 문명화된 삶의 기술을 배우도록 교육을 받으니까요. . . . 난 어느 때보다도 가사를 돌보는 솜씨가 사라지는 것이 슬퍼요. 냉상그는 통탄할 만한 일이기는 하지만 고등 교육보다는 가정에 해를 끼치지 않는답니다. (*BG* 59-60)

워튼의 편지와 일기는 그녀가 남성들의 지배력, 이성적인 태도와 같이 남성적이라고 간주하는 특성들에 대해 불편해하면서도 다른 한편으로는 상처받기 쉽고 수동적이며 남성의 대상으로 존재하는 여성적인 특성에 대해서도 편치 않았다는 것을 보여준다.

　최근에는 워튼의 소설이 "뿌리 깊은 여성 혐오증이 팽배해 있으며 남성 혐오증으로 왜곡되었고"(Ammons 15) 또는 "여성적인 모성"을 두려워하고 거부한다(Donovan 48)거나 어머니의 애정을 그리워한다(Erlich 15)는 평가를 받는다. 읽는 사람에 따라 제각각으로 해석되는 이런 평가는 워튼이 자기 가족과 사회 상황, 당대에 대해 지녔던 복잡한 심리를 반영한다.

　『뒤돌아보기』(*Backward Glance*), 「인생과 나」("Life and I"), 『프랑스 방식과 의미』(*French Ways and Their Meaning*), 그리고 『소설쓰기』 (*The Writing of Fiction*)와 같이 자전적인 성격을 띠는 글들은 그 시대를 사는 여성이라는 개인과 작가로서의 워튼의 딜레마를 보여준다. 「인생과 나」는 예술 창조 행위와 예술품으로서 대상화되는 것 사이의 긴장을 보여주며 워튼이 가부장적 사회 제도를 불편해했고, 자신의 어머니로 체화된 가부장적인 압력에 고통스러워했던 점을 보여준다. 가부장 사회에서 여성은 매력적인 외모를 지닐 때 특히 남성들의 눈에 매력적일 경우에만 가치가 있으며, 지적이거나 의지가 강하거나 어떤 점에서 '여성적으로 보이지 않을 때'는 소외당하게 된다(Wolf 40-3). 워튼은 사람들 눈에 예쁘게 보이는 게 그녀에게 얼마나 중요한 일이었는지를 이렇게 적고 있다.

> 아름답게 보이고자 하는 것은 내 본성에 가장 깊이 자리 잡은 본능이었다. 나는 '존경받기'보다는 '예쁘게 보이기 위해 노력했다'. 나는 그것이 허영이라기보다는 미학적인 욕망이었다고 믿는다. 난 항상 눈에 보이는 세계를 조화롭게 구성된 그림의 연속으로 생각해왔고, 그런 그림을 만들고자 하는 내 바람은 즐거움에 대해 나의 여성적인 본능이 취하는 형식이었다. ("Life" 1-2, Fedorko 2에서 재인용)

워튼은 어머니 루크레티아 존스(Lucretia Jones)처럼 "뉴욕에서 가장 옷을 잘 입는 여자"가 되고 싶었지만 우아한 어머니와는 상대가 되지 않는다고 말하고 있다. 훗날 "어떤 손님이 집에 '상당히 오랫동안'(quite a while) 머무르다 가셨다고 했을 때 '너 어디서 그런 말을 배웠니?'라고 묻는 어머니의 냉소적인 미소는 지금도 나를 움찔하게 만든다"(*BG* 49)라고 회상하는 워튼은 자신이 낯을 가리는 사람으로 성장한 소인을 어머니에게 돌린다. 프라이어(Fryer)는 "억압적인 어머니 상은 워튼의 창작일 뿐"이며 "워튼의 자서전이 사실에 입각하지 않은 점을 기억해야 한다"(359-60)고 주장한다. 프라이어의 말대로 워튼의 기억이 왜곡되었다고 하더라도 그녀가 기억하는 차가운 어머니 상은 여성에 대한 가부장적인 개념을 내재화한 어머니에게 자기가 거부당하고 비판받았다는 워튼의 느낌을 드러내는 것이다. 워튼은 어린 시절 자신이 내면화한 어머니가 가하는 "극심하게 고통스러운 도덕적 문제"에 사로잡혀 있었다. 그녀는

「인생과 나」에서 "기쁘게 만드는 법을 알 수 없던 두 존재가 하느님과 어머니였는데 어머니가 가장 알 수 없는 존재였다"(Fedorko 11 재인용)고 토로하고 있다.

워튼은 위협적인 제약을 가하고 자기 행동에 비판적인 외부 세계로부터 "이야기를 만드는 일"에 몰두함으로써 일종의 출구를 만들어갔다.

> 언어(words)는 어린 날의 말짱한 한낮의 대기를 기이하고 초자연적인 영역으로 흘려 들어가게 할 만큼 나에게 마술적인 노래를 불러주었다. 내 나이 또래의 아이들이 맛보는 일상적인 기쁨이란 내가 알게 된 초자연적인 영역에서는 페르세포니가 석류 알을 맛본 뒤에 먹는 지상의 과일 만큼이나 맛이 없었다. (Fedorko 11)

워튼은 문학, 철학, 종교 서적들을 읽으면서 얻는 즐거움으로 아버지의 서재는 "누구도 침범해오기를 원치 않는 비밀의 장소"(*BG* 70)였다고 회상했다.

그러나 일찍부터 가졌던 글쓰기에 대한 관심은 젠더에 대한 그녀의 갈등을 더욱 첨예하게 만들었다.

> 작가로서 내가 성공한 것에 대해 친구들은 감동하기보다는 의아해하고 당황스러워했고, 가족들은 세월이 갈수록 일종의 억압적이 되었다. 나의 친척 가운데 누구 하나 내 책에 대해 칭찬이건 비난이건 간에 말을 꺼내는 이가 없었다. 그들은 완전히 무시했다. 뉴욕의 수많은 사촌 가운데 나와 아주 가까운 친척도 있었지만 내 책에 관한 화제를 꺼내는 것

은 마치 집안의 불명예인 것처럼 완전히 외면했다. 내가 그 점을 용서할 수 있을지 모르나 잊을 수는 없었다. (*BG* 143-4)

자신의 글이 "가족의 수치"인 것처럼 외면당할 때 워튼은 여성 작가로서 근본적인 딜레마에 봉착하게 된다. 글쓰기는 그녀에게 두렵고 불명예스러운 일이었다. 마치 섹스의 문제처럼 죄스럽고 숙녀답지 못한 남성다운 행위로서 여성의 세계와는 거리가 먼 행동이었다. 여성들에게 "자신에 관한 글을 쓰라"고 주장하는 식수(Cioux)의 다음 주장은 워튼이 봉착한 딜레마가 여전히 현대 여성에게도 해당되고 있음을 보여준다.

> 격정적이고 무한한 상상력을 가진 여자가 자아의 어둠에 갇혀 아무것도 모르고 부모가 가진 강력한 남근 중심 사상에 의해 자기 경멸에 빠지면 자신의 능력을 부끄러워하지 않을 여자가 과연 있을까? 자기의 충동, 환상적인 충동에 놀라고 두려움에 사로잡힌 여자가 ([가부장 사회에] 적응이 잘된 여자는 자신이 신성한 자제력을 가지고 있다고 믿게 되었기 때문에) 자신을 괴물이라고 비난하지 않겠는가? 내면에 일렁이고 있는 기묘한 욕구 즉 노래하고 글을 쓰고 감히 이야기를 하는, 간단히 말해 무엇인가 새로운 것을 끄집어내고자 하는 욕망을 느낀 여자는 자신이 병들었다고 생각하지 않겠는가? (335)

글을 쓰고자 하는 워튼을 속박하는 것은 가족들의 냉담한 반응만은 아니었다. 그것은 여성에게 억압적인 빅토리아 사조와 혼합된 미국의 위선적인 청교도 전통이었다. 워튼은 "남녀 간의 솔직하고 자유로운 사회관계를 위험스럽게 생각하는 미국의 위선적인 청교도 유신은 진정한 문명을 가로막는 가장 중요한 요인이다"(*French Ways* 112-3)라고 파악했다. 워튼은 사회의 성숙도란 원초적인 공포를 대면할 수 있는 능력이며 "사물을 있는 그대로 볼 수 있는 지적인 정직성과 용기가 정식적인 성숙에 대한 첫 시험이다. 사상 면에서 사회가 진실의 대면을 두려워하는 한 그 사회는 도덕적으로, 정신적으로 속박 상태에 있다"(*French Ways* 58-9)고 주장한다. 여기에서 '있는 그대로'라는 말이 가리키는 것은 섹슈얼리티이다. 워튼이 그리는 여성이 성숙한 인간이 되지 못한 데에는 그런 여성을 그리지 못하게 만든 사회에 일부 책임이 있다(Ammons 3). 워튼이 지니는 성에 대한 갈등은 사회적인 안정을 위해 개인의 욕망을 억압하는 문제가 상징적인 남성/부성에 의해 생태적인 여성/모성이 어떻게 억압당하는가 하는 주제 즉 젠더에 관한 담론으로 확대된다.

워튼에게 글쓰기는 자신의 젠더에 대한 끝없는 갈등을 일으켰으나 동시에 이 모든 문제를 해소할 수 있는 유일한 창구였다. 글쓰기는 워튼에게 "미지의 것과 신비롭게 만나는 행위와 같았으며"(*BG* 121) "신비한 4차원의 세계는 예술가의 가장 내밀한 성역이었다"(*WF* 119). 글쓰기를 통해 워튼은 내면에 가두어놓은 여성성과의 만나게 되었다. 글을 쓰면서 자기 내부로 깊숙이 내려와 응시한 것은 "죽었으면서 동시에 죽지 않은 어머니의 유령, 여주인공이 부딪쳐야 하는 여성성이라는 아주 오래되고 모든 것을 포용하는 유령 같은 존재였다"(Kahane 336).

내면의 여성성과 대면하는 과정은 새로운 삶의 탄생으로 유도될 수 있는 만큼이나 광기로 변질될 수 있을 정도로 심리적인 위험이 내재되어 있다. 여성은 이런 자기 파괴 과정을 극복하고 난 뒤에야 내면의 어머니와 동화될 수 있으며, 그렇게 함으로써 섹슈얼리티와 탄생과 죽음을 두려워하지 않고 수용할 수 있는 용기를 갖게 되어 독립적인 존재로 서게 된다. "심리적인 내면 깊숙이에서 여성적인 인물을 대면하는 것은 고통이기보다는 융합이다. 여자들이 그 경험으로 공동체로부터 축출 당하게 될지라도 그 만남에서 자기에게 힘을 부여하는 자신과 비슷한 존재를 만난다. 그런 만남을 통해 여자는 가부장 사회와 타협하지 않는 강한 여자가 되기 때문이다"(Pratt 106).

이런 원형적인 여성을 내면에서 만나기를 기대하며 여성은 여성 중심 신화에 다가간다. 원형 여성 신화는 여성의 인생의 사회적, 문화적 맥락을 원형 패턴의 담론에서 조망한다. 여성 문학을 논하는 데 있어서 메두사(Medusa), 데메테르(Demeter)와 페르세포니(Persephone) 같은 여성 신의 신화는 중요하다. 데메테르와 페르세포니 신화는 "모계 가족 제도가 존재했던 과거라는 초시간적 축복 상태가 먼저 있었고 그 다음 지하 세계로의 하강이 나타나며, 결혼과 죽음을 융합시킨다. 그러고 나서 여성을 풍작과 생식력으로 연결시키고 모성을 이상화하며 순환과 결말로 플롯을 해결하는 점"(오정화 345)에서 가부장 사회의 지배적 힘으로 왜곡된 모녀 관계를 회복시킨다. 그런 다음 그 신화는 여성이 자신의 정체성을 확립하고 독립된 존재로 삶을 영위하는 과정을 추정할 근거를 제시한다. 웨이드(Waid)는 워튼에게 페르세포니는 여성 작가의 상징이고 페르세포니가 석류를 먹은 행동이 이브가 사과를 먹는 행동처럼 지식을 맛보고 악과 대면하게 되어 소외와 추방을 야기했다고 해석한다. 페르세포니와 동일시된 워튼이 "약한 어머니의 세계를 떠나 지하 세계에 안주할 것을 선택했다"(3)는 웨이드의 주장은 무리가 있으나 워튼의 작품을 조명하는 데 데메테르/페르세포니 신화가 중요한 실마리를 제공하고 있음을 보여준다.

가부장 사회가 온건한 모녀 관계를 와해시켰다고 할지라도 "여성은 어머니와 결코 멀리 떨어져 있지 않으며 어머니에게로 돌아가 결속 관계를 회복해야 한다"(339)는 식수의 주장처럼 워튼은 글쓰기를 통해 '자신에게 비판적이었던 내재화된 어머니' 모습을 극복하고 딸을 지지하는 어머니를 재창조함으로써 건강한 모녀 관계의 정립을 모색하고자 했다. 워튼이 자신의 인생과 시대와의 화해를 모색하는 후기 걸작 『순수의 시대』에는 그러한 과정을 통해 삶에 대한 작가의 시각이 변화하는 모습이 가장 잘 반영되어있다.

2. 화해의 시도

워튼이 제1차 세계대전을 겪고 57세 되던 해 발표한 『순수의 시대』는 작가의 지나간 시절로 거슬러 올라간다. 젊은 시절에 대해 전기적인 태도로 접근해간 워튼은 이 작품에서 젊은 날의 자신과 대면하고 있다(Lewis "Introduction" viii). 그 시절의 자신과 대면하면서 워튼은 자신을 괴롭혀왔던 문제를 되새겨보고 오랫동안 괴로워한 갈등을 해소하고자 모색한다.

이 소설은 비치(Beach)의 지적대로 각 장이 하나의 장면으로 이루어졌는데(29) 거의 모든 장면이 뉴랜드 아처(Newland Archer)의 시선으로 전달되고 그의 해석에 의존한다. 아처는 가부장적이지만 강하고 지배적

여성과 사회: 이디스 워튼 소설 연구

인 인물은 아니다. 워튼은 아처를 전통에서 자유롭지 못하고 사회의 비판을 두려워해 행동과 상상력이 제한당한 인물로 그리고 있다. 아처를 이 소설의 주인공으로 보는 울프(Cynthia Griffin Wolff)는 엘렌 올렌스카(Ellen Mingott Olenska)를 아처가 "진정한 자기 자신이 되는데 발전 동기를 제공하는 촉매에 불과하다"(314)고 말하고 있으나, 소설은 엘렌의 등장으로 시작하고 엘렌 없이는 갈등도 사건도 일어나지 않으며 그녀의 퇴장으로 막이 내린다. 해들리(Hadley)는 워튼이 19세기 교양 소설(Bildungsroman)의 양식에 따라 아처를 주인공으로 설정하고 있으나 엘렌과 메이의 사이의 드러나지 않은 이야기에 독자들의 시선을 집중시키기 위해 구조를 손상시켰다고 하면서 이 소설에서 엘렌의 중요성을 피력한다.

> 워튼은 뉴랜드 아처가 들려주는 이야기 너머 여성들의 이야기를 전달하기 위해 전체적으로 작품 형태(form)를 손상하고 있다. . . . [이 소설은] 뉴랜드의 성장 소설과 나란히 엘렌 올렌스카의 성장 소설이다. 엘렌의 탐색은 뉴욕으로의 귀환과 유럽으로의 회귀라는 물리적인 여정으로 분명히 나타나 있다. (265)

아처는 엘렌과의 만남으로 인해 자신을 돌아보고 당연히 여겨왔던 모든 가치와 전통, 인습에 의문을 던지며 새로운 시각으로 보게 된다. 아처의 시선으로 전달되는 엘렌과 그녀를 둘러싼 사람들 간의 갈등을 통해 뉴욕 사회(Old New York)의 한계와 가부장 사회가 여성에게 가하는 억압과 제약이 드러난다. 이 소설은 아처가 성장하는 과정과 병행하여 엘렌이 쟁취하는 정신적, 물질적 독립을 제시한다. 워튼은 자신의 거의 모든 소설에서 일관되게 천착해온 상업적 가부장 사회에서 여성의 삶과 결혼의 문제를 다시 한 번 논하면서 동시에 보다 근본적인 문제, 즉 어머니와 딸의 관계 정립의 모색이라는 문제를 짚어보고 있다.

워튼의 작품들은 거의 대부분 혼기를 앞둔 처녀가 주인공으로 등장하지만 그들의 어머니는 부각되지 않는다. 『연락의 집』(*The House of Mirth*)에서 릴리(Lily Bart)의 어머니는 가부장적 상업 사회의 가치를 완전히 내재화하고 있다. 그녀는 딸의 빼어난 용모를 자산으로 삼아 딸의 결혼을 통해 자기가 잃어버린 사회적 경제적인 입지를 회복하는 데에만 관심이 있을 뿐이다. 그런데 그런 어머니조차 릴리 곁에 오래 머물지 못하고 릴리는 고아가 된다. 『그 지방의 관습』(*The Custom of Country*)의 주인공 언딘(Undine Spragg)의 촌스러운 어머니는 결혼을 마치 "동업자와 사업을 하다 결별하는 기업"처럼 되풀이하는 딸에게 어떤 영향력도 끼치지 못하고 배경에 머물러 있다. 『여름』(*Summer*)의 채러티(Charity Royall)는 친모에게 버림받았으며 부인이 없는 후견인 로얄(Royall)이 양육한다. 이같이 대부분 워튼의 소설에는 견실한 모녀 관계가 나오지 않는다. 이는 직접적으로는 앞서 이야기한 바대로 워튼이 친밀감을 느끼지 못했던 어머니와의 관계에서 원인을 찾을 수 있으며, 좀 더 넓은 관점에서 이유를 찾는다면 모녀 관계를 침해하는 가부장 사회에 기인한다고 할 수 있다. 즉 "여자가 가부장 사회에서 글을 쓸 때 어머니를 죽이거나, 어머니를 제거함으로써만 상상력이 약해지는 것, 글쓰기가 불가능해지는 것을 방지할 수 있었다. 즉 어머니의 부재 혹은 침묵만이 여주인공의 플롯을 발전시키는 공간을 창조할 수 있던 상황"(오정화 345)에서 원인을 찾을 수 있다.

그러나 워튼은 이 소설에서 주인공 엘렌의 정신적 성장과 실질적인 독립을 가능하게 만드는 어머니와 같은 여성들을 등장시킴으로써 여성과 여성의 유대관계 정립을 통한 여성의 독립과, 어머니와 딸의 관계 회복이라는 주제를 제시한다. 이 글은 소설에 나타난 가부장적 상업 사회에서 결혼 제도를 둘러싼 여성과 남성의 위치, 사회와 그 구성원 간의 갈등을 살펴보고자 한다. 그와 동시에 가부장 사회의 가치에 저항하는 여성이 '최소한의 자유와 독립'을 여성 간의 유대관계를 통해 성취해가는 과정을 추적해봄으로써 작가 내면의 어머니와 화해, 그 화해를 통해 작가 자신의 삶에 대한 태도 변화에 주목하고자 한다.

3. 엘렌의 독립

엘렌은 뉴욕 오페라하우스 박스에 등장함으로써 소설에 입장한다. 엘렌이 유럽에서 뉴욕에 돌아온 다음 뉴욕 상류 사회에 던지는 파문과 갈등이 아처의 시선으로 전달된다. 엘렌은 릴리 바트는 실현하지 못했고 언딘 스프라그는 시도조차 하지 않은 자기 내부에 존재하는 어둠과 맞서며 자기 인생을 외부의 힘이 조종하도록 허용하지 않고 스스로 통제하는 힘과 성숙함을 지니고 있다. 워튼은 이런 엘렌과의 만남을 통해 아처가 자기 이해의 심연으로 내려가는 여정도 같이 제시한다. 엘렌이라는 인물을 창조하면서 여성성과 어느 정도 화해 단계에 이른 워튼은 아처를 통해 사회의 지배적인 가치에 의문을 제기하는 인물을 그린다. 아처는 예술과 여성을 소유하려는 남성적 가치에 회의를 품는 인물로서 워튼이 창조한 어떤 남자들보다 여성의 세계에 가깝게 다가온 인물이다.

엘렌은 미국으로 돌아왔을 때 이미 고르곤(Gorgon)을 체험했었다. "자신의 눈물을 닦아주는"(290) 내부의 무시무시한 괴물 같은 여성을 이미 본 것이다. 그녀는 고르곤이 "자신의 눈을 뜨게 했다"고 하면서 아처에게 이런 말을 덧붙인다. "고르곤이 사람들의 눈을 멀게 한다는 말은 거짓이에요. 그녀는 정반대의 일을 하지요. 고르곤은 사람들의 눈꺼풀을 매달아 눈을 못 감게 해서 다시는 축복받은 어둠 속에 머물지 못하게 하지요"(290). 이렇게 엘렌이 "용기 있게 응시한 행동"을 거울로 만든 방패로 메두사와의 대면을 피한 페르세우스(Perseus)에 비유하는 것은 엘렌의 용기에 대한 작가의 찬사이다(Showalter 135). 내부의 심연을 대면하면서 자신을 지지해온 버팀목이 무너지는 것을 의식하면서 이 세계에서 진정한 자기 자리를 만드는 새로운 이해에 도달한 자는 고통으로부터 눈을 감아버리는 맹목적이고 순진한 사람이 될 수 없다. 워튼은 「편지」("The Letters")라는 단편에서 메두사가 우리에게 부여한 힘, 다시 말해 자신의 본래 모습을 똑바로 응시하기 위해서는 얼마나 거대한 용기와 힘이 필요한지를 이야기하고 있다.

> 너무 많이 아는 것은 무서운 일이다. 그 바닥에는 항상 피가 고여 있다. 부모는 아이들에게 그것들을 감춘다. 고통과 악의 모든 어두운 비밀로부터 아이들을 보호하기 위해. 그렇게 보호받지 않는다면 과연 어떤 삶이 살만하겠는가? 어떤 사람이 메두사의 얼굴을 보고 살아남을 수 있겠는가? (Lewis, CSS 2: 204)

엘렌이 메두사를 정면으로 응시해서 얻은 자각은 기존 사회에 위협적이어서 다른 이들로부터 그녀가 소외당하는 결과를 낳는다. 그래서 뉴욕에 돌아온 엘렌은 유럽에 머물 때의 자신 즉 지적이고 성적 매력이 있으며 세상을 잘 아는 성숙한 자신을 지우고자 한다. 엘렌은 "난 모든 것을 잊고, 완전한 미국인 되고 싶어요"(65), "난 보호받고 싶고 안전함을 느끼고 싶어요"(74), "과거의 모든 삶을 벗어던지고 싶어요"(108), "모든 과거를 다 지우고 싶다"(109)고 호소한다. 엘렌은 미국의 가족에게 돌아옴으로써 자기를 사회와 고립시키고 고통스럽게 만든 독립적인 자아를 포기하려고 한다. 자기실현을 가능하게 하는 힘을 타인들에 의해 자기 인생이 규명되고 리드당하는 삶과 맞바꾸고자 한 것이다.

　뉴욕으로 돌아온 엘렌의 의도는 소설 도입부부터 분명하게 드러난다. 막간에 오페라 하우스에서 여자들을 오페라글라스로 구경하던 로렌스 르펫(Lawrence Leffets)의 관찰 대상으로 뉴욕 사교계에 처음 모습을 드러내는 것이다. 모든 사람의 주목을 받는 엘렌의 행동은 예전의 자아를 벗어던지겠다는 희망에 내재된 라캉(Lacan)이 말하는 '환상의 대상'으로, 욕망의 대상인 타자로서 존재하겠다는 의지를 나타낸다(50). 그러나 오페라하우스에 처음 등장하던 날 "나이트가운 같은" 감색 벨벳 가운을 입은 거나 줄리우스 보포트(Julius Beaufort)와 거리낌 없이 5번가를 산책하는 것은 엘렌이 미국의 상류 사회 여성들이 중시하는 인습적인 예절을 개의치 않는 사실을 보여준다. 엘렌은 아처에게 피력했던 자기 말과는 다르게 본래의 모습을 드러낸다. 엘렌이 "끔찍한 짐승" 같은 남편 올렌스키 백작(Count Olenski)을 떠났을 때 그녀는 이미 타인의 대상으로 존재하는 삶에서는 벗어났었다. "창백하고 냉소적인 반신불수에다 여자들과 있시 않을 때는 도자기를 수집히고 여자와 도자기를 위해서는 어떠한 금액도 불사하는 올렌스키 백작"(16)의 저택이 예술품으로 가득 차 있고 "엘렌을 아홉 번이나 [유럽의] 초상화가들이 그리게 했다"(162)는 것은 남편이 엘렌을 수집 대상인 예술품이나 욕망의 대상으로만 취급했다는 것을 암시한다.

뉴욕으로 돌아온 엘렌은 친척 집이 아닌 자신이 선택한 공간에 자기 집을 꾸밈으로써 독립적인 유동성을 유지한다. 엘렌은 자기가 의도치 않게 사람들의 관심 대상이 된 것을 알고 "뉴욕 사교계가 좋아하는 것을 좋아하기에는 자신이 그들과는 너무도 다르다는 것을 깨닫고"(239) 뉴욕을 떠난다. 엘렌은 사회가 여자에게 요구하는 "아름다운 대상이 되고자 하는 유혹"(Fetterley 200)을 뿌리친 것이다. 엘렌의 독립적이고 자유스러운 행동과 사고는 릴리(Lily Bart)나 언딘(Undine Spragg)의 태도와 비교할 때 인생에 대한 주체성을 지니고 있음을 알 수 있다. "엘렌은 아주 조용히, 놀라지 않고, 단순하게 인습을 떨쳐버린다"(238).

보포트를 대하는 엘렌의 태도는 그녀가 얼마나 강한 존재인지를 보여준다. "느긋하고 거만한 태도와 평소의 비웃는 듯한 자세 그리고 방탕한 습관과 신랄한 말씨를 지닌, 선대가 누구인지를 알 수 없는" 보포트는 전통적인 뉴욕 상류 사회를 '침투해 들어오는' 신흥 졸부의 대표적인 인물이다. 게으르며 수동적이고 재치라고는 없는 "예쁜 인형처럼 옷을 입고 진주를 목에 건"(20) 보포트의 부인 레지나(Regina)는 보포트가 돈으로 산 가문 좋은 예쁜 여자로서 남편에게 장식품 같은 여자이다. 레지나와 달리 엘렌은 보포트에게 단조로운 뉴욕 생활에 변화를 주며 "자신의 이야기를 이해하는"(78) 상대 이상이 되지 못하도록 제압한다. 아처는 엘렌을 보포트의 희생자로, "자기 의지에 반해"(138) 그에게 끌려가고 있다고 생각한다. 왜냐하면 보포트의 인생관과 태도가 엘렌을 회유해 자기에게 돌아오게 하려는 올렌스키 백작의 편지에 나타난 특징을 반영하고 있기 때문이다. 아처는 강한 자아를 지닌 엘렌을 이해하지 못한다. 강인한 엘렌은 보포트를 거부할 수 있으며 여성을 무력하게 만드는 상류 사회가 가하는 제재를 벗어날 수 있는 자신감이 있다.

주변 사람들에 관해 솔직한 의견을 드러내는 엘렌의 능력은 그녀가 수동적인 존재가 되지 않겠다는 의지를 나타내는 또 다른 방식이다. 남편을 동반하지 않고 귀국한 엘렌을 받아들이지 않는 뉴욕 사교계를 설득하기 위해 파티를 주관해준 밴 더 류덴(Van der Lyeuden)의 집안 장식에 대해 엘렌은 "뉴욕에서 가장 우울한 집"(73)이라는 느낌을 가감 없이 이야기한다. 모든 뉴욕 사람들이 초대받기를 고대하는 밴 더 류덴의 집에 대해 엘렌은 정직하게 자기 의견을 표현한 것이다. 그리고 보포트가 보낸 감탄사를 연발하게 하는 아름다운 장미꽃다발을 "우스꽝스럽다"(163)고 다른 곳으로 보내버린다. 보호해준다고 하면서 자신이 가부장적인 사회의 제약에 순응하며 불행을 감수하기를 원하는 사람들에게 엘렌은 "진짜 외로움은 가장하기만을 요구하는 사람들 가운데서 사는 것"(78)이라고 항변한다.

사회의 시각에 대한 엘렌의 정직함과 자신감은 심연으로 내려가 예전의 깨어있지 못했던 자기의 죽음을 체험한 데서 온 것이다. 엘렌은 "자신에게로 시선을 돌렸을 때 공허함과 어두움이 사라지고, 어두운 밤에 항상 불빛이 있는 방으로 들어가는 것 같은"(173) 안정감을 찾는다. 그녀는 뉴욕이라는 외부 사교계가 아니라 내면에서 힘과 안정을 찾는다. 자신이 부덮친 심연에 함몰되어버린 릴리와는 다르게 절망의 밑바닥에 있는 허무를 체험하고 자기 삶에 연결되어있는 타인과의 관계에 좀 더 깊은 자각을 하며 삶의 현장으로 돌아온 것이다. 어떤 의미에서 엘렌은 자신을 다시 태어나게 한 것이고 자신의 어머니가 된 것이다. 그녀의 이런 행동은 캐롤 크라이스트(Carol Christ)의 지적처럼, "자신과 세계의 새로운 의미는 재생과 자각이며 자신과 세계, 신체와 영혼, 자신과 정신, 이성과 비이성의 이분법을 극복하고자 한 모든 행동을 가리킨다"(13).

엘렌은 고르곤과 대면하게 된 내면의 체험을 아처에게 설명하고자 하나 그 체험은 아처의 이해 범주를 벗어난다. 엘렌과의 사랑을 이루기를 원하는 아처에게 "내가 당신의 아내가 될 수 없기 때문에 애인으로 살아야 하느냐?"(289)고 정곡을 찌르는 질문을 던진다. 그런 구분이 없는 곳에 살고 싶다는 아처에게 엘렌은 "그런 곳은 없었다"(289)는 답을 한다. "그녀의 대답은 그가 이해하는 범주를 넘어서는 체험의 깊이에서 나오는 것 같았다"(288). 엘렌은 "당신은 이곳을 넘어서 가본 적이 없지요. 난 가본 적이 있어요. . . . 그리고 그곳이 어떤 곳이라는 걸 알고 있답니다"(291)라고 하면서 하려던 설명을 그만둔다. 엘렌이 아처에게 보여주는 순진하고 어린 아이 같은 아름다움이 아닌 "신비하고 위엄 있는 아름다움, 머리를 드는 자세의 자신감, 전혀 꾸밈이 없는 시선의 움직임은 [아처에게] 엘렌이 고도로 훈련되고 의식적인 힘이 충만한 사람으로 다가온다"(61). 엘렌에게서 아처는 "일상적인 체험 밖의 비극적이고 유동적인 가능성을 암시하는 신비한 능력"(113)을 본다. 아처는 그 신비한 능력을 알고 싶어 하지만 자신은 헤아리지 못하는 가능성을 그녀가 가지고 있다고 느낀다. 엘렌은 아처가 살고 싶은 세계가 그가 살아야 하는 세계와 같지 않다는 것을 보여주려고 하나 아처는 미처 헤아리지 못한다.

엘렌이 자기의 근본적인 존재를 마주한 뒤 얻은 "의식적인 힘"(58)과 "열정적인 정직함"(315)은 그녀가 뉴욕에 돌아온 뒤 자신의 가치가 아닌 것을 수용하면서도 모든 것을 하나의 틀에 강압적으로 넣으려는 집단적인 위력에 휩쓸리지 않도록 만든다. 근본적인 허무를 체험한 그녀는 이제 혼자 있음을 견디는 힘이 있으며 또 "가장 외로운 자유"(77)를 즐길 수 있다. 상류 사회가 자리한 구역 너머 웨스트 23번가의 초라하지만 "천국 같은 이 기묘한 집"이 엘렌에게 주는 축복은 혼자 지내는 데 있다. 이 집에서는 엘렌은 만나고 싶은 사람을 마음대로 만나고 자유롭게 이야기를 나눌 수 있으며 마음 놓고 울 수 있다. 이 같은 성숙한 자기 수용은 혼자임을 즐기면서 동시에 다른 이들과 같이 있음을 받아들이게 한다. 워튼이 신경 쇠약에 걸린 메리 베른슨(Mary Berenson)에게 쓴 편지에 이런 자세가 반영되어있다.

> 유일한 치료는 자아 내부에 삶의 중심을 만드는 것이에요. [우리 집에] 와서 머물기를 원하는 이는 누구라도 환영할 정도로 이기적이거나 배타적이 않고 흔들리지 않는 평온한 마음으로 기쁘게 그러나 불가피하게 혼자 있을 때에도 똑같이 행복할 수 있도록 자기 집을 풍요롭게 장식하세요. (Lewis, *Biography* 413)

남편을 떠난 이후 자신만의 집을 마련하려는 엘렌의 행동은 "집이 몸과 자아의 가장 강력한 징표"(Fedorko 18)이며 타인이 아니라 자기가 찾아낸 존재 방식을 추구하는 그녀의 근본적인 바람을 말하고 있다.

엘렌은 자신이 원하던 바대로 "모든 과거를 지울 수도 없고"(107) 다시 '순진한' 미국인이 될 수도 없다. 엘렌은 성숙한 자아를 버릴 수도 없으며 뉴욕으로 돌아왔을 때 돌아가기 원했던 "축복의 어둠" 상태로 들어갈 수도 없다. 그녀는 이미 뉴욕 사교계가 여성에게 요구하는 "착한 소녀"(75)가 아닌 성숙한 여성이다. 그러나 모든 불행을 잊게 해주는 망각에 대한 갈증으로 모든 이들의 지지를 상실하게 된 릴리와는 다르게 엘렌에게는 그녀가 원하는 삶을 고수할 수 있도록 지원하는 어머니 같은 두 여성이 있다. 부모가 돌아가신 뒤 그녀를 키워준 이모 메도라 아주머니(Aunt Medora)와 밍고트(Mingott) 집안의 어른인 할머니 캐더린(Catherine)이 그들이다.

이 두 사람이 살아온 인생과 엘렌에 대한 보살핌 그리고 사랑이 엘렌으로 하여금 스스로 자기 삶을 이끌어가는 성숙한 역할을 다시 견지하도록 해주며, 릴리나 언딘과 다르게 남성과의 관계를 통해 자기 존재의 가치와 힘을 확보하려는 생각을 극복하게 만들어준다(Donovan 119-22). 두 사람은 엘렌에게 강력한 여성적인 유산을 제공한다. 전통적인 여성상과는 거리가 먼 그들은 엘렌이 뉴욕 여성의 "인위적인 순수함"보다는 개성과 자신감을 지니게 한다. 자기 인식과 결단을 내리는 데서 엘렌이 자기들보다 한발 앞서 나가도록 지원하는 이들은 그녀가 이 지점에 도달할 때까지 감정적 재정적인 지원을 해준다. 워튼은 두 여자를 통해 메두사와 '위대한 어머니'(Great Mother)의 모습을 제시한다.

엘렌은 부모가 죽은 후 그녀를 키워준 메도라 이모로부터 개성의 일부를 물려받았다. 'Medora'가 메두사(Medusa)와 철자 두 개만 다른 것처럼 그녀 모습은 뱀 머리를 한 메두사를 연상시킨다.

헐렁하게 옷을 추스른 길고 가는 몸매의 메도라는 중요한 실마리가 빠진 듯한 디자인에 회갈색의 격자무늬와 줄무늬가 있는, 복잡하게 고리와 술이 달린 옷을 입고 있었다. 하얗게 변하기 시작하다 빛이 바래기만 한 머리칼 위에는 스페인 식의 빗과 검은 레이스로 된 스카프가 얹혀있었다. (156)

고르곤과 같이 메도라는 엘렌이 삶에 대한 자세를 배우고 난 다음 거기에서 벗어나도록 강력한 영향력을 끼치는 인물이다. 메도라는 엘렌에게 "당시에는 꿈에도 생각할 수 없던, 모델을 직접 그리게 한다든가, 전문 음악가로 이루어진 사중주단과 피아노 연주를 하게 하는 등 돈은 많이 들지만 일관성이 없는 교육"(60)을 시켰다. 메도라의 영향 아래 엘렌은 "[사람들을] 당황하게 하는 질문을 던지고 아이답지 않은 조숙한 평을 하며 스페인 숄 댄스를 추고 기타에 맞춰 나폴리 연가를 부르는, 색다른 새 질을 지닌 두려움이 없고 친근한 아이"(60)로 성장한다.

엘렌이 남성들의 기대치와 통제로부터 벗어나고, 타인에 대한 두려움 없이 자기 의사를 표현하게 된 것은 그녀가 받은 교육 덕분이었다. "계속 반복적으로 과부가 되는 메도라는 매번 지난번보다 더 싼 집에 정착하기 위해 고향으로 돌아왔고 그때마다 새 남편과 의붓자식을 데리고 왔다. 그리고 예외 없이 그들과 사이가 멀어져갔다. 그러면 메도라는 또 다시 방랑의 길을 나선"(59) 메도라의 독특한 인생 여정은 엘렌을 가정이라는 사회 제도에서 자유롭게 해주었다. 엘렌의 부모가 세상을 떠난 뒤 귀국할 때 메도라는 어린 엘렌에게 검은 상복이 아니라 "집시 사생아"처럼 빨간 메리노를 입게 했으며 뉴욕 사교계에 데뷔시킬 때에도 검은 새틴 드레스를 입혀서 엘렌을 구설수의 주인공으로 만들어주었다.

엘렌에게 메도라는 "단조로움을 주의하라. 그것은 모든 치명적인 죄의 모태"(209)라고 충고했는데 이는 메도라의 삶에 대한 태도를 보여준다. 메도라의 태도는 어떤 대가를 치르더라도 가정을 지키라는 당시 뉴욕의 상류 사회의 사고방식에 신선한 해독제를 제공한다. 그러나 메도라의 끝없는 방황과 반복되는 결혼은 엘렌의 말처럼 내면이 아닌 외부에서 심리적 안정을 구하는 "구제불능의 낭만주의자의 탐색"이다. "불쌍한 메도라, 항상 결혼할 사람이 있었어요"(166)라고 한 엘렌의 말처럼 메도라의 낭만적인 성향은 자신을 계속 곤경에 빠뜨린다. 메도라의 반복되는 결혼과 뒤따르는 불행은 엘렌이 결혼으로 행복을 찾고 남자를 통해 삶의 의미를 구하겠다는 생각을 버리는 데 일조했을 것이다.

엘렌의 또 하나의 스승이자 대리모는 할머니 캐더린이다. 밍고트 가문에서 최고의 권위를 가진 캐더린은 귀족적인 자기 계층의 안정성과 신흥 부자들의 정열과 독립성을 연결하는 인물이다. 그로테스크할 정도로 비대한 몸집과 자유로운 삶의 방식, 그리고 그녀가 직접 지어서 살고 있는 집은 캐더린을 사회적인 제약으로부터 벗어나게 해주었고 이런 차이가 캐더린에게 강력한 힘을 부여하게 했다. 집안사람들과 사회에 캐더린이 행사하는 힘은 그녀의 개성과 사람들이 그녀에게 용이하게 접근할 수 없다는 점에서 온다. 캐더린은 말 그대로 '위대한 어머니'(Great Mother)이다. 거대할 정도로 비대한 캐더린의 몸집은 사교계의 활동과 제약에서 그녀를 자유롭게 만들어주었다.

저주받은 도시를 덮친 용암 더미처럼 중년의 그녀에게 밀려온 거대한 살집은 캐더린을 민첩한 발과 발목을 지닌 활동적인 부인에서 자연 현상과 같은 거대하고 장엄한 존재로 변모시켰다. 캐더린은 이런 침몰과 같은 현상을 다른 시련들처럼 철학적으로 받아들였다. 이제 고령의 나이에 그녀는 분홍빛을 띤 단단한 흰 살이 주름 하나 없이 퍼진 것을 거울에 비쳐봄으로써 소생했었다. 그 흰 살집 가운데에는 파내기를 기다리듯이 작은 얼굴의 흔적이 남아있었다. (28)

캐더린이 주는 이런 이미지는 그로테스크하지만 "거대한 산과 같은 어머니, 여성적 신의 상징, 버티고 앉아 땅을 지배하는 부동의 상징" (Neumann 99)을 상기하게 만든다. 캐더린은 가족 간의 연대와 서로에 대한 애정을 중시하지만 가족들의 예의바름 뒤에 있는 위선의 본질을 꿰뚫어보는 사람이다. 뉴욕 사교계는 누구도 그녀를 소문의 주인공으로 삼아 수군대지 않는다. 캐더린이 천주교도들과 어울리고 오페라 가수들을 집에 초대하며 딸을 외국인과 결혼시키고 뉴욕에 처음으로 프랑스식 창문(French Window)을 집에 설치하더라도.

엘렌은 자신만의 권위를 가지기를 원하고 또한 독립하려 할 때 캐더린의 지지를 받는다. 뉴욕으로 돌아온 엘렌이 자기 집에서 같이 살지 않고 독립해서 살고자 했을 때에도 캐더린은 지원해주었다. 뿐만 아니라 보포트가 파산해 자기 집안에 수치가 되었을 때 레지나를 위로하러 가면서 엘렌이 마차를 빌려달라고 했을 때도 캐더린은 엘렌의 마음을 읽는다. 레지나의 집 앞에 자기 마차를 세워놓음으로써 레지나가 집안에서 버림받지 않았다는 것을 사람들에게 보여주려는 엘렌을 지지한다. 엘렌이 뉴욕의 친척들에 의해 남편에게 돌아갈 수밖에 없는 상황이 되었을 때에도 돌아가지 않고 혼자 살 수 있도록 도와주는 사람은 '위대한 어머니'인 캐더린이다. "언제나 무엇보다도 용기를 좋아했던"(302) 캐더린은 자기가 원할 때에는, 눈에 보이지 않지만 강력한 위력을 행사하는 사교계의 규칙을 무시하는 반역자이기 때문에 자기처럼 용감한 엘렌을 지지한다. 주변 사람들과 달리 행동하는 것을 "천연두만큼이나 두려워하는" 밍고트 집안사람들에 대해 할머니 캐더린은 아처에게 이런 불평을 한다. "난 상스러운 스파이서(Spicer) 집안이야. 우리 아이들 가운데 날 닮은 애는 작은 엘렌밖에 없어"(154).

캐더린이 주위 사람들과 다른 것을 전혀 개의치 않는다는 점을 보여주는 좋은 예는 센트럴 공원 근처에 자리한 5번가와 뚝 떨어진 "황야"에 지은 핑크색의 저택이다. 캐더린은 집을 지을 당시 뉴욕의 유행을 따르지 않고 자기가 원하는 핑크색을 선택하였다. 위압적이고 장중한 브라운색이 아닌 분홍색 저택은 뉴욕 사교계에 도전적이다. 내부 장식 역시 유행하던 빅토리아 식의 가구 대신 밍고트 가의 유물과 제2 제정시대 양식의 가구로 채웠다. 비만한 자신의 방을 아래층에 배치하고 응접실을 위층에 올려놓아 "자기 마음대로 뉴욕 양식을 어긴 것이다"(25). 엘렌이 굳이 자기만의 집을 고집했듯이 캐더린이 직접 지은 집은 그녀가 "여성들의 역사를 주장하며 자신들의 삶을 스스로 지배하기를 주장하는 여성"(Fedorko 21)임을 분명하게 드러낸다.

캐더린은 엘렌에게 피난처를 제공하는 어머니와 같은 존재이다. 엘렌이 자기만의 거처를 마련하도록 지금을 지원해주며, 유럽으로 돌아가되 남편에게 돌아가지 않고 독립적인 삶을 꾸릴 수 있도록 재정적으로 지원해준다. 엘렌이 남편이 제시하는 조건을 받아들이고 그에게 돌아가도록 엘렌에게 주는 용돈을 중단하라고 밍고트 가족들이 캐더린에게 압력을 가할 때 처음에는 그들의 의견에 동조한다. 그러나 캐더린은 결국 "엘렌을 보는 순간 난 이렇게 말했어. 이 사랑스러운 새와 같은 너! 너를 다시 그 새장에 집어넣는다고? 절대 그럴 수 없어!"(302)라고 아처에게 토로했던 것처럼 엘렌의 의사를 존중한다. 결혼 8개월 만에 태어난 자신이 셋을 채 떼기도 전에 재산을 몽땅 챙겨서 집시 여인과 도망가 버린 아버지(Bob Spicer)가 있고, 28세에 남편을 잃고 집안을 거느리며 살아온 캐더린은 자연스럽게 남성에게 의존하지 않는 삶을 살게 되었을 것이다.

4. 엘렌의 선택

아처는 엘렌과 만나면서 자각의 심연으로 여정을 시작한다. 엘렌을 만나기전 그는 "어린 운동선수를 대리석으로 조각해놓은 듯이 깨끗한"(42) 약혼자 메이(May Wellend)를 "소유하는 기쁨"을 만끽한다. 아처는 "메이에게 쏟아지는 [타인들의] 시선이 자랑스럽고"(81) 그녀를 소유했다는 즐거움이 "엘렌이 그에게 일으켜놓은 혼란"(81)을 잠재운다. 그러나 아처는 서서히 메이의 어머니가 그랬듯이 메이가 다른 이들의 문제에 공감하고 개입하는 것을 거부해 현실로부터 마음을 닫아버릴 가능성에 마음이 편하지 않다. "어떻게 해볼 도리가 없는 순수함"을 간직한 메이의 어머니 웰렌드 부인(Mrs. Wellend)은 병약한 남편을 위해 항상 "밝고 행복한" 마음을 유지해야 한다는 핑계로 남편과 이혼을 진정으로 원하는 엘렌의 마음을 외면한다. 아처는 "결혼 전에 벌써 상상에 대해 정신을, 경험에 대해 마음을 닫아버리는 웰렌드 부인의 순수함을 메이가 닮지 않기를 바란다"(146).

아처는 웰렌드 부인을 비롯한 주위 인물들의 인위적인 순수함이 신경에 거슬리면서도 자기의 인습성은 인식하지 못하고 있다. 아처는 오페라와 같은 문화 활동이 정신을 확장시켜준다고 생각하나 오페라하우스가 상류 사회로 '침범해 들어오는' 신흥 부자들을 수용하기에는 크기가 너무 작다는 점에 안심할 정도로 배타적이다. 아처는 뉴욕 사교계의 안정감에 편안하고 그의 생활 패턴 역시 고착되어있다. 우유부단한 그는 자연스러운 감정 표현을 제한하며 인습을 고수하는 사람들에게 저항하지 못한다. 아처는 자신을 세계인으로 자부하지만 뉴욕 토박이의 옹졸한 자존심을 가지고 있다. 워튼은 그가 주변 사람들의 생각이 제한되어있다고 느낄 때, 특히 자신이 가장 합리적이고 보편적인 사고를 하고 있다고 생각할 때 메이나 엘렌 또는 다른 이들의 견해를 제시해 그의 한계를 첨예하게 드러낸다. 엘렌의 자유로운 상상력과 인습에 매이지 않는 태도에 끌리면서도 아처는 잔인하고 불성실한 남편으로부터 '자유'를 얻고자 이혼하려는 엘렌을 이해하지 못한다. 엘렌의 고통을 공개적으로 드러내는 것은 약혼자 집안의 여자가 성에 대해 너무 많은 것을 알고 있음을 인정하는 거라고 생각한다.

그렇지만 아처는 엘렌을 만나면서 그녀를 사랑하게 되고 남성의 소유물로서의 여성의 삶을 인식하게 된다. 이는 아처를 주변 남성들과 다른 사람으로 변화하게 만든다. 그는 『연락의 집』에서 릴리 바트를 조롱하던 남자들과는 다른 사람이다. 아처는 "엘렌의 남편이 창녀와 사는 것을 더 좋아한다고 하더라도 젊은 엘렌을 산 채로 [결혼 생활에] 매장시키려는 사회의 위선"(42)을 역겨워한다. 아처는 차츰차츰 "끔찍한 결과를 헤아리기에는 심하게 화를 내는 자신을 발견하게 된다"(42). 엘렌으로 하여금 이혼을 포기하게 만들었지만, 아처는 사교계 가십을 일삼는 실러턴 잭슨(Sillerton Jackson)이 엘렌을 비웃는 말에는 참지 못하고 "여성도 남자들처럼 자유로워야 한다"(42)고 항변한다.

아처는 엘렌이 자유를 누릴 권리를 변론하는 순간부터 여성에 대해 가부장 사회가 가하는 통제에 질문을 던지고 인습의 가장자리까지 가게 된다. 그가 당연시 여겨왔던 인습적인 힘의 구조에 대한 의구심이 아처를 다른 남자들보다 여성과 모성에 관해 좀 더 이해하게 만든다. 엘렌의 정신적인 힘에 매료된 다음 아처는 자신이 "교묘하게 덫에 걸린 야생동물 같다"(69)는 압박감을 느낀다. 메이와의 약혼을 발표한 뒤 메이가 모든 결혼 절차를 따를 때 아처는 "인생의 통로가 봉쇄당해"(72) 이전의 인생을 답습할 수밖에 없다고 생각한다. 스쿠터클리프(Skuytercliff)에서 엘렌과 만나고 집에 돌아온 며칠 동안 아처는 "평소에 먹던 음식들이 입에서 소태 같았다. 앞으로의 삶이 산 채로 매장되어버린 듯이 느껴지는 순간들이 있다"(140)고 생각한다.

자기 삶에 대한 이런 대담한 관찰은 아처가 인습으로 도피하는 순간과 엇갈리며 반복적으로 나타난다. 자기가 덫에 걸렸다는 느낌과 메이에게 결혼을 서두르자고 종용하는 아처의 모순되는 행동이 평행을 이룬다. 이혼을 원하는 엘렌과 이야기를 나누면서 구체적인 설명을 거부하는 엘렌의 행동을 보고 "아처는 그녀의 침묵이 드러내 보일 것 같은 추한 이면의 현실을 덮고자 하는 욕심에서 판에 박힌 말들을 전부 쏟아 붓고 있는 자신을 발견한다”(112). 아처는 엘렌이 자신의 삶을 살 수 있는 권리를 포기하고 다른 사람이 강요하는 인생을 그녀가 수용하도록 강요하는 현실이 추악하다는 것은 알고 있다. 메이가 그에게 누군가 다른 이를 사랑하느냐고 물으면서 엘렌을 언급하지 않고 이전에 그가 사귄 러시워쓰 부인(Mrs. Rushworth)이냐고 물었을 때 뉴랜드는 “메이와 자기가 아슬아슬하게 비껴간 벼랑의 모습에 정신이 아뜩하다”(149). 아처는 자기가 인습의 덫에 걸렸다고 생각하지만 인습의 벽을 결국 넘지 못한다.

그렇지만 아처가 엘렌을 향한 사랑을 인정하면서 인습에 사로잡힌 과거의 그는 죽는다. 솔직하지 못했던 자기의 설득으로 엘렌이 이혼을 포기하게 되었을 때 “엘렌과 아처를 덮쳐온 침묵은 결정적이고 돌이킬 수 없는 무게로 그들을 내리눌렀다. 아처는 자신이 묘석에 깔린 것 같다”(170). 아처의 결혼식은 이런 죽음의 암시가 짙게 배어있다. 재생을 상징하는 부활절(Easter) 다음 화요일에 올린 결혼식은 장례식을 기리는 용어로 그려지고 있다(Hadley 269). 아처는 신혼의 메이를 보면서 “갑자기 검은 심연이 자기 앞에 입을 벌리고 있었다. 자기 목소리가 명랑하고 매끄럽게 들리고 있었지만 자기가 심연 속으로 점점 더 깊이 빠지고 있다고 느꼈다”(186). 자신이 진실로 사랑하는 여자와 결혼할 수 있는 자유로운 아처는 죽고 좀 더 복잡하고 갈등이 야기되는 새로운 삶을 시작한다.

엘렌은 “아처가 보고 있다고 깨닫지 못할 정도로 오랫동안 보아왔던 것들을 바라보도록 눈을 뜨게 해준다”(76). 아처는 겉으로는 모범적인 남편이 되었지만 결혼식을 한 다음 다시 엘렌을 만났을 때 새삼 자기의 변화를 깨닫는다. 뉴포트에서 캐더린 밍고트 부인이 해변에 있는 엘렌을 데리고 오라고 청했을 때 그는 자기가 마치 꿈속에 있는 듯이 주변이 "비현실적이고 자신과는 아무런 관련이 없는 듯 느껴지며, 해변에서의 짧은 순간이 자기 핏줄 속의 피처럼 가깝게 느껴진다"(217-8). 아처에게는 그가 가진 낭만적인 기대와 현실에 대한 실망의 대조가 강렬하다. "그[아처]의 모든 미래가 앞에 갑자기 펼쳐져 있는 듯이 보였다. 끝없는 공허함을 견디면서 이제 아무것도 일어나지 않는 왜소해지는 남자를 보았다"(227). 깊은 슬픔이 배어있는 이런 깨달음은 아처가 전에 감히 하지 못한 행동을 하도록 만든다. 엘렌을 찾아 보스턴에 도착한 아처는 "자신이 마치 시간과 공간의 그물을 빠져나온 것 같으며" 엘렌과 같이 배를 탈 때 "오래되고 친숙하고 습관적인 세계의 모든 게 사라지는 동안 미지의 세계로 떠나다니는 것 같다"(239)고 느낀다. 아처는 여기에서 감정을 훨씬 더 직접적으로 토로하고 엘렌을 향한 열정적 감정이 "그의 뼈보다고 더 가깝게 느껴진다"(243). 동시에 "엘렌이 유지하고 있는 균형에 . . . 다른 이들에 대한 배려와 자기네 두 사람 사이의 사랑에 대한 성실함 사이의 균형"(245)에 동요되면서도 동시에 평정을 찾는다. 엘렌에게서 그는 인위적인 계산이 아닌 "침착한 진지함"(245)을 본다.

이런 내부로의 침전을 경험하는 동안 아처가 겪는 재탄생은 그가 익숙한 인습의 세계로 돌아왔을 때 세상에 대처하는 방식에 근본적인 영향을 미친다. 엘렌의 남편이 보낸 사절 리비에르(M. Riviere)로부터 엘렌이 남편에게 돌아가야 한다고 생각하는 엘렌 가족들의 의견을 들었을 때, 엘렌의 장래를 결정하는 가족회의에 자신이 배제된 점을 발견하고 아처는 "자신이 무너져 내리는 절벽 끝에 매달려 있다는 느낌을 갖는다"(251). 아처는 자기가 가족들로부터 엘렌처럼 '타자'로 간주된 사실로 인해 예전과는 다른 식으로 가족을 보게 되고 그들이 엘렌을 대하는 방식에서 벗어나게 된다. 엘렌이 자기에 대한 사랑 때문에 미국에 남겠다고 한 결심은 아처를 내면으로 향하게 만들고 세상의 편견에 무심하게 만든다.

> 그는 엘렌이 가장 중요한 자리를 차지하는 곳에 일종의 성역을 지었다. 서서히 그곳은 그에게 진짜 삶의 현실이 되었고 유일하게 이성적인 활동이 되었다. 그곳으로 그는 읽을 책과 자신을 살찌게 하는 사상과 감정, 판단과 비전을 가지고 들어갔다. 그곳 밖에 있는 실제 생활의 장에서 그는 비현실적이고 무언가 빠져있는 듯한 느낌으로 움직였다. 마치 한 곳에 몰두하는 사람이 자기 방의 가구와 부딪치듯이 익숙한 편견과 전통적인 시각에 부딪쳤다. 그 자리에 존재하지 않는 것, 그것이 바로 그를 가리키는 것이었다. 그는 주변의 아주 가까이에 그리고 실재하는 모든 것들로부터, 그들이 자기가 아직도 거기에 있다고 생각하는 것을 발견하고는 깜짝 놀랄 정도로 현실의 것들과 동떨어져 있었다. (265)

엘렌을 원하면 원할수록 아처는 자기가 살고 있는 삶 너머의 세계를 강하게 느낀다. 메이와 살면서 폐쇄 공포증을 느낄 정도로 숨이 막혀서 아처는 "난 여기에서 여러 달 동안 죽어있었소"(295)라고 아내에게 말하는 자기를 상상한다. 엘렌과 사랑을 이루기로 결심했을 때 아처는 익숙한 물건들을 "무덤 저 편에서 보고 있는 것처럼 바라본다"(316). 엘렌과 단 둘이 마지막으로 만난 박물관 내부는 "죽음의 도시를 어슬렁거리는 유령 같은 경비와 미라와 석관들"(309)의 진열장이 희미하고 "자잘하고 고장 나고 부서진 가정용품들"이 진열되어있다. 그녀와의 사랑을 이루고 자 하는 아처의 바람이 아무리 절박하다고 해도 진열장 위의 "사용자를 알 수 없음"이라는 팻말이 가리키듯 "옛사람들에게 필요하고 중요한 것 들이 결국에는 지금은 누구에게도 어떤 것도 중요하지 않다는 점이 잔인 하다"(309-10)고 하는 엘렌의 말은 사랑의 덧없음을 아처에게 상기시키 며 좀 더 성숙해질 것을 그에게 촉구한다.

아처는 자기가 "무장한 사람들의 진지에 갇혀있다"(335)고 느끼지만 그 역시 사회의 시스템에 사로잡혀있다. 엘렌이 유럽으로 돌아가는 것을 기념하는, "한 여인을 부족으로부터 제거하는 부족 집회"(335)와 같은 만찬에서 엘렌을 예의바르게 축하해야 하는 사실에 아처는 머리가 어지 럽다. 자기도 포함된 계층이 "질병보다 스캔들을 무서워하며 용기보다 점잖음을 중시하는"(335) 사고가 "가족 납골당 안에 자기를 가두어놓는 것 같다"(336). 엘렌의 환송연이 끝난 다음 먼 곳으로 떠나겠다고 통고하 는 아처에게 메이는 임신 사실을 알린다.

『여름』에서 아기가 채러티를 자유롭게 하지 못했던 것처럼 아처를 떠나지 못하게 한다. 아처는 메이의 "심연과 같은 순수함"(7)이 자신이 만든 환상일 뿐이라는 점을, 메이의 지성과 세상에 대한 지혜를 알아차 리지 못한다. 아처나 다른 남자들의 눈에 메이는 순수하고 무력한 존재 로 보이지만 작가의 평가는 다르다. 메이는 당시로서는 주로 남자들이 하던 운동을 즐긴다. 메이가 할머니 캐더린 밍고트에게 약혼반지를 보여 줄 때, 그리고 노 젓기나 활쏘기에 어울리는 손으로 섬세한 바느질을 하 며 책을 읽는 남편 곁에 앉았을 때 작가는 메이의 운동선수 같은 손을 언급한다. 뉴포트의 궁술대회에서 일등을 한 메이의 솜씨는 그녀의 능력

괴 확신을 더해주며 정숙한 기질과 용감한 태도는 여신 다이아나를 연상케 한다. 특히 아처가 엘렌에게 마음이 기울어지기 시작할 때 메이는 대단한 능력을 발휘한다. 메이는 남자에게 매달리는 인형 같은 무능한 여자가 아니라 강인하고 끈기 있는 여성이다.

현실에 뿌리를 두고 있다는 점에서 메이는 엘렌과 공통점을 가지고 있다(Godfrey 40). 메이는 흔들리는 남편을 자기 곁에 붙들어두기 위해 아직 확인되지 않은 임신을 엘렌에게 알려서 엘렌이 유럽으로 떠나게 만든다. 아처가 사랑을 이루기 위해 엘렌을 힘들게 설득한 다음 지쳐서 잠시 잠이 든 사이 메이는 엘렌을 유럽으로 돌아가게 하는 "정말로 중요한 이야기"(315)를 엘렌과 나눈다. 메이는 유럽으로 출발하는 엘렌의 환송연을 자기 집에서 마련하여 엘렌의 떠남을 확실하게 마무리 짓는다. 댈리(Mary Daly)는 메이를 "여성의 반 여성주의"(Feminine Antifeminism)를 표상하는 인물로 평하지만(52), 작가는 메이가 25년 뒤 아들 댈러스(Dallas)에게 남편 아처가 "자신과 아기를 위해 일생에서 가장 원한 걸 포기한 사실"(352)을 알고 있었으며 그런 남편에게 고마움을 잊지 않았노라고 털어놓는다. 메이는 아처가 짐작한 것처럼 "감정이 심장을 거쳐 가지 않는"(211) 무감각한 여자가 아니다. 영리한 메이는 자신의 결혼을 지키기 위해 엘렌에게 도움을 요청한 것이다. 성숙한 엘렌은 메이의 짐작대로 자기의 행복을 위해 "타인을 비참함과 절망에 빠트리지 않고"(242) 조용히 유럽으로 돌아간다. 그리고 많은 세월이 지난 뒤 엘렌은 보포트와 패니 링(Fanny Ring)의 사생아이자 고아가 된 패니 보포트(Fanny Beaufort)가 파리로 오자 그녀의 따뜻한 후견인이 되어준다.

여성과 사회: 이디스 워튼 소설 연구

5. 맺는 말

여성들 간의 우호적인 관계를 거의 보여주지 않던 워튼이 마지막 장편이 된 이 소설에서 여성들 간의 애정과 지지, 어머니와 딸의 애정 어린 관계가 여성의 권위와 독립을 확립하는 데 큰 몫을 하고 있음을 그리고 있다. '글쓰기 나라'에서 딸의 편이 되어 딸에게 피난처를 제공하는 어머니를 창조함으로써 워튼은 자신과 어머니와의 갈등 해소를 모색하고 자기 내면의 여성성에 대해 보다 긍정적인 정의를 내리고 있다. 어머니의 나이가 되어 젊은 날의 한 시점으로 돌아가 어머니와의 관계 개선을 시도하는 작가의 모습에서 우리는 어머니와 딸의 관계 정립이 여성의 정체성 확립과 독립에 얼마나 중요한 일인가를 새삼 확인하게 된다.

이 소설에 대한 워튼의 태도는 초기의 다른 작품들에 비해 "부드러움과 관용이 지배적이다"(94)라는 맥두웰(McDowell)의 평과 같이 소설의 마지막 장은 엘렌의 성숙한 처신과 엘렌을 불행한 결혼으로 복귀하지 않도록 만들어준 할머니 캐더린의 배려로 모든 이의 삶이 평온하다. 적어도 이 작품은 "워튼의 작품에는 행복이라는 단어가 빠져있다"(18)고 한 호우(Irving Howe)의 지적을 벗어나게 한다. 이는 딸의 선택을 지원해주는 어머니와 같은 인물을 창조함으로써 워튼은 자신의 여성성에 대해 보다 편해졌으며 그렇게 함으로써 인생에 대해 좀 더 부드러운 시선을 견지하게 되었다고 할 수 있다.

아처 뉴랜드의 시선으로 전달되는 이 소설은 20세기 초의 소설이 "예술가 딸의 텍스트에서 어머니들이 주요 인물로 등장하기 시작하지만, 오이디푸스 전 단계의 모녀 관계는 중요시하되 오이디푸스 단계의 부녀 관점에서 회고적으로 기술할 뿐인 프로이드"(오정화 345)처럼 여자가 주체가 아닌 남성들 욕망의 대상으로 남성의 시각으로 전달되고 있는 것은 사실이다. 하지만 엘렌의 삶과 그녀가 내리는 선택에 우리가 흡족하지 않은 것은 "작가에게 시대의 지평을 완전히 뛰어넘기를 바라는, 너무나 많은 것을 요구하는 무리한 일"(Olin-Ammentorp 243)일 것이다. 엘렌이 성취한 독립과 자유가 지금 우리의 시선으로는 부족하다 할지라도 엘렌은 자기의 체험을 극복하고 성장한다. 또한 어머니와 같은 인물의 지원으로 가부장 사회가 인정하는 단 하나의 선택, 즉 "여자가 존재하는 공간은 남편이 있는 가정"(Douglas 44)이 아닌 엘렌 나름의 독자적인 삶을 꾸리게 된다. 엘렌이 이룩한 독립은 적어도 남편의 울타리 안에서 정체성과 행복을 찾아야 한다는 당시 사회의 패턴에서 여성을 해방시키고 있다.

내면의 심연에 침잠해 고르곤을 대면해 얻은 새로운 인식은 엘렌이 자기의 생에 대해 더 깊이 자각하게 만든다. 이 자각은 엘렌으로 하여금 감정에 솔직하면서도 동시에 타인에 대해 관대하고 포용적으로 만든다. 주위 사람들에 대한 배려, 자기 행복을 위해 다른 이의 행복을 짓밟지 않는 관용, 그리고 사랑의 도피를 주장하는 아처에게 끊임없이 자신들이 처한 상황을 직시하게 만드는 엘렌에게서 우리는 "진정으로 성숙한 어른"(Godfrey 35)을 만나게 된다. 엘렌을 통해 새로운 세계에 눈 떠가면서 "참된 인생을 처음으로 보게 되었다"(242)는 아처의 고백처럼 성숙하고 독립된 여성이야말로 남성을 변화시킬 수 있으며 모든 사람이 자유롭고 보다 충만한 삶을 살 수 있는 바람직한 사회를 이루는 데 큰 몫을 하는 것을 보여준다. 이 같이 성숙한 의식을 지닌 엘렌이 당시 부르주아 여

여성과 사회: 이디스 워튼 소설 연구

성에게 "돈과 힘을 가질 수 있는 유일한 방도인 결혼"(Schriver 191)을 거부하고 자신만의 공간과 능력을 확보해 자기 의지대로 남성 중심적인 사회의 변방에서나마 독립적인 삶을 꾸리게 된 것은 가부장적인 인습이 지니는 위선과 억압을 꿰뚫어보고 그것을 밀어낸 어머니와 같은 존재의 사랑과 지원 덕분이었다.

3부

대중문화와
작가

워튼은 상류 사회 출신이었으나 대중화되는 사회와 멀어지지 않으려고 노력하는 작가였다. 시대의 중심이 자신에게 익숙한 상류 사회가 아닌 대중의 시대로 확장 변화되는 것을 예민하게 느낀 워튼은 그런 시류를 간과하거나 무시하지 않았다. 그녀는 새로운 흐름에서 밀려나는 것은 바로 소멸이라는 점을 누구보다 잘 알고 있었다. 그러면서도 자신이 가치 있게 여기는 미학적인 수준을 유지하는 균형 감각을 유지하고자 했다.

워튼은 자기 소설의 판매 부수에도 관심이 많았으며 신작 소설의 광고를 출판사에 권고하고 점검하는 현실 감각이 있는 사람이었다. 뿐만 아니라 문학의 영역을 넘어서 『집의 장식』 이라는 건축 서적을 건축가와 공동으로 집필했을 정도로 건축과 실내 장식에 거의 전문적인 지식을 가지고 있었다. 건축과 공간 예술에 대한 지식과 열정을 가지고 자신의 저택 〈마운트〉의 건축을 총 지휘했다. 시각 예술에도 높은 식견이 있던 워튼은 소설 작법에도 회화적 요소를 도입하는 등 장르 간의 상호텍스트성에도 관심이 많았다. 이렇듯이 다양한 분야에 관심이 있던 워튼은 자신이 견지하는 미학적 기준과 메시지를 더 많은 독자에게 전달할 수 있도록 대중적인 취향을 융합해 새로운 시대로 나아가는 문화의 확장성에 기여하고자 노력하였다.

8장

대중문화와 워튼: 『그 지방의 관습』

1. 들어가는 말

이디스 워튼은 뉴욕 상류 사회 출신으로 사회에 대한 논평에는 별 관심이 없는 특권 계층이라고 간주되어 왔으나[1] 워튼에게 글쓰기는 상류층 숙녀의 여가 활동이라기보다 그녀 인생에서 "핵심을 이루는 작업이었다"(Showalter 133). 글쓰기를 삶의 중심으로 생각했던 워튼이었으나 그녀가 급격히 대중화되는 사회에서 독자로부터 외면당하지 않기 위해 부단히 노력한 작가였다는 사실은 상대적으로 소홀히 다루어진 점이 있다. 워튼은 경제와 산업 구조의 변동으로 사회 계층이 재편되고 독자층이 확

---

1 이런 경향에 대해 Bauer는 "워튼의 비평가들은 소설 창작 행동에 함축된 이념적인 이슈로부터 워튼의 작품과 정치학을 분리시킨다. 그것은 워튼의 작품을 시대와 관련된 지적인 토론에 비추어 읽지 않기 때문"(12)이라고 진단한다.

대되면서 보다 큰 이익을 내고 더 많은 사람이 접근 가능한 대중적인 취향의 글을 요구하는 출판 시장에서 외면당하지 않으려고 노력했다.[2] 그러면서도 미학적인 기준을 고수하고 자신의 메시지를 독자에게 전달하고자 분투하던 작가였다. '여성 문학'이라고 명명되는 대중적인 소설 시장과 20세기 모더니즘과 대화하는 사실주의 운동의 교차점에서 글을 쓰던 워튼은 소비주의 사회로 변화하는 경향에 깊이 주목하고 있었으며 바로 이 점이 젊은 작가들에게 영향을 미쳤다(Kaplan 66).

작가로서 거둔 상업적인 성공과 평판[3]을 고려한다면 워튼의 소설 판매에 중요한 역할을 한 대중화되는 출판 세계와 판매 촉진을 위한 홍보 전략에 대한 워튼의 복합적인 시선은 주목할 만하다. 워튼은 작품을 발표하는 잡지사나 출판사에 원고료와 인세를 협상하고 자기 작품을 좀 더 광고할 것을 종용하는 편지를 쓰는 현실적인 사람이었다.[4] 그녀는 점차

---

2 1904년 워튼은 친지에게 보낸 편지에 자기를 상류 사회만을 그린 작가로 말하는 것에 분노하고 있다(Lee 8). 워튼은 『연락의 집』(The House of Mirth)에 대한 비평에 대해 "어떤 소설도 목적이 없는 소설은 가치가 없다"고 말한 바 있다"(Carson, 697). 그뿐 아니라 1906년 동료 작가 그랜트(Robert Grant)에게 워튼은 "지금까지의 모든 걸작 소설들은 대중 소설이었고 난 그 이름을 대단히 명예롭게 생각한다"(Letters 103)고 피력했을 만큼 보다 더 많은 독자에게 다가가고자 노력했다.

3 워튼은 일기에 『연락의 집』을 출판하던 해 10월 30일까지 30,000부를, 11월 11일까지 20,000부를 더 찍어낼 것이라고 적고 있다(Lewis 151). 이는 당시로서는 대단한 발행 부수였다.

4 워튼은 맥밀란 출판사(McMillan Co.)에 『그 지방의 관습』의 홍보를 좀 더 하도록 종용했다. 1902년 그녀는 스크리브너스 출판사의 W. C. Brownell에게 『심판의 계곡』(The Valley of Decision) 홍보를 논하면서 "소설 판매에 꼭 필요한 비즈니스맨의 솜씨"를 요구하고 작품 판매를 촉진할 방식을 제안하기도 하였다(Letters 58). Towheed는 워튼이 1934년 황색 저널리즘의 기수인 William Randolph Hearst가 소유한 『코스모폴리탄』(Cosmopolitan Magazine)의 새 편집장 Harry Burton과 보다 유리한 계약을 하기 위해

대중이 주도하는 사회에 적응하고 대중의 요구를 수용하고자 최선을 다했다.

이러한 노력을 하는 한편으로 워튼은 전통적 상류 사회를 높이 평가하고 전승하는 것에 대해 고심했다. 자신이 속한 상류 사회의 가치와 전통이 변질되고 사라져가는 것을 안타까워했으면서도 사회 변화에 초연하고 석화되는 가치들은 새로운 조류에 밀려난다는 점을 인정했다. 또한 주류를 형성하기 시작한 대중문화가 지니는 감상주의적 특성에 비판적인 시각을 견지하는 균형을 잃지 않으려고 노력했다.

"모든 사회 계층에서 읽을거리를 점점 더 많이 요구하는 사실이 출판문화 자체를 바꾸기 시작했다"(15)고 진단한 길리(Gillie)의 말대로 워튼은 독서 계층이 점점 확산되고 이윤 창출을 가장 중요하게 생각하는 출판사가 신문과 잡지 그리고 소설을 발간하면서 일어나는 변화에 주목하였다. 워튼은 기본적으로 상업화되는 출판문화와 전반적인 사회 변화를 수용하고자 노력하였지만 당시 출판문화를 우려했다. 그녀는 "이전에는 독자들이 서평을 읽었는데 이제는 서평에서 나온 발췌문만을 읽습니다. 이마저도 상업적인 선전 문구에서 온 구절들로 빠르게 대체됩니다. 어떤 책 광고는 백화점 광고인지 새로운 문학 작품 공지인지를 확인하기 위해 종종 두 번씩 읽어야겠어요. 앞으로 출판업자들은 도서 광고를 위해 '가을과 봄 개막전'을 가질 것 같아요"(*Letters* 225)라고 예측했다.

제임스 핑커 사(James Pinker's Firm)의 에이전트와 계약을 맺은 것을 말하고 있다(27). 작품 수준이나 아이디어보다는 이익을 내는 데 주력하는 출판사인『코스모폴리탄』잡지나 출판 대리인과 계약을 맺은 사실은 워튼이 넓은 독자층을 확보할 수 있고 더 많은 수입을 보장하는 인쇄 매체에 관심이 많았다는 점을 보여준다.

이렇게 급변하는 독자들의 취향과 그에 따른 출판 시장의 변화에 대한 갈등과 고민은 워튼의 많은 작품에서 논의되기는 하였으나[5] 무엇보다도『그 지방의 관습』에 가장 첨예하게 드러난다. 이 작품은 주로 상업화되는 사회에서 변화하는 결혼 시장의 풍속도를 다루는 작품으로 평가되었으나[6] 대중문화가 대세가 되는 출판 시장에서 더 많은 독자에게 호소력을 가지면서도[7] 자본주의 논리로 움직이는 출판문화에 대해 복합적인 시선을 던지며 자신만의 미학적 가치를 고수하고자 했던 작가의 고충이 생생하게 투영되어있다.

『그 지방의 관습』의 주인공 언딘(Undine Spragg)은 사회적 신분 상승의 야망을 대중 신문과 일요 증보판, 가십난, 감상적인 소설들을 읽으면서 그 출판물들이 전달하는 지침에 따라 거침없이 자신의 진로를 개척해간다. 그런데 언딘이라는 인물을 창조한 워튼은 점점 빠르고 더 넓게 확산하는 당시의 문화 양상에 비판적 태도를 견지한다. 워튼은 전통적인 가치와 문화를 후대에 전달하는 계층이 사라지는 결과와 더불어, 고급문화를 접할 기회나 그것을 수용할 소양이 없이 대중 신문과 감상적인 싸구려 소설만을 읽는 독자가 그런 미디어에 의해 사고가 조작되는 현상에 주목한다. 워튼은 이런 현상을 관찰하고 출판 시장과 독자 그리고 작가 사이의 관계를 검토하며 수행한다.

---

5 워튼의『심판의 계곡』이나『속죄』(*Expiation*) 역시 보다 많은 독자를 확보하기를 원하면서도 자기의 신념을 고수하려는 작가의 딜레마를 다루고 있다.

6 Schulman, McDowell, Ammons, Gibson, MacComb 참조.

7 이 소설의 스토리는 잡지에 연재하는 소설의 기본적인 전략들, 즉 마지막까지 손에 땀을 쥐게 하는 사건, 낭만적인 언어, 캐리커처 같은 인물 등의 기법들을 워튼이 수용하고 있음을 보여준다(Lee 163).

이 글은 대중 출판 시장에 적응하고자 노력하면서도 대중문화에 의해 밀려나는 전통문화의 가치를 다시 한 번 짚어보는 워튼의 작업을 『그 지방의 관습』을 중심으로 찾아보고자 한다. 또한 새로이 부상하는 독자들의 요구를 민감하게 수용하는 작업과 병행하여, 자신의 메시지와 신념에 보다 많은 독자가 귀를 기울이고 그 가치를 재고하도록 하는 소설 전략을 모색했던 워튼의 고민을 살펴보고자 한다.

2. 전통문화의 소멸: 랠프 마블

빠르게 변화하는 사회는 가장 안정된 계층과 문화까지 예외 없이 전반적인 균열이 일어난다. 이 소설은 사회가 소비적인 시장 경제로 빠르게 재편하면서 전통문화를 고수해온 가문들이 지켜온 문화와 함께 설 자리를 잃고 사라져가는 양상을 그리고 있다(Gair 354). 정치 경제적 갈등과 긴장이 발생하는 사회 기반에는 다층적인 이념들이 투사된다. 이는 경제적으로 강력한 신흥 세력들이 초래하는 사회적 변화와 그 변화에서 야기되는 갈등에 분명히 나타난다. 언딘이 부와 힘을 추구하면서 자기가 결혼한 남편들, 즉 뉴욕의 전통적인 상류 계층인 랠프 마블(Ralph Marvell)과 프랑스의 귀족 레이몽 드 쉘(Raymond de Chelles)에게 미치는 영향력은 이런 양상들을 구체적으로 드러낸다. 부와 사회적인 책임이 맞물리는 예전의 기준이나 규율이 느슨해지는 새로운 질서는 "표피적인 반응의 산물이자 쾌락의 불빛에 뛰어드는 나방"(202) 같은 새로운 인물들을 만들어낸다.

소설은 "심미안과 오묘함 같은 자질이라고는 전혀 없는 언딘의 정신"(139)과 랠프 마블과 레이몽 드 쉘이 소중히 여기는 전통적 가치에 대한 신념을 나란히 제시한다. 랠프와 레이몽은 "인간이 만든 가장 오래된 예술품이라는 전통"("The Great American Novel" 155)이 지니는 아름다움과 불가사의함이 사회적인 지속성의 원천이라고 믿는다. 대중문화, 좀 더 구체적으로 대중적인 싸구려 출판물에서 '교육받은' 언딘이 대중문화의 주체이자 행위자가 된다는 점에서 대중문화는 두 남자가 고수하는 가치에 파괴적이다. 특히 "월가의 '투자'처럼" 결혼과 이혼을 반복하는 언딘이 "오렌지를 쥐어짜듯" 이용하고 떠나버린 랠프와의 결혼, 그리고 이어지는 이혼의 과정은 5부로 된 이 작품의 4부를 차지하는 중심을 형성하고 있다.

랠프는 모든 것이 변화하는 시대에 적응하지 못하는 전통적인 상류계층의 고지식함과 수줍음을 가진 보수적인 사람이다. 마블 집안(The Marvells), 그의 외가 대거닛 가문(The Dagonets), 사회 변화를 관찰하는 찰스 보웬(Charles Bowen), 그리고 랠프의 누나 로라(Mrs. Laura Fairford)가 결혼한 페어포드 가문(The Fairfords)과 같은 계층은 문화를 전달하고 보존하는 "동질의 혈통과 전통"(195)을 지닌 듯한 사람들이다. "랠프는 상상력이 풍부한 남자로서 누구도 파괴하지 못할 꿈과 열정을 가지고 있다"(85). 안정된 기반에 근거한 랠프의 비전은 신흥 부자들의 행동 기반을 이루는 계약이 아닌, 인간적인 상호작용에 기초한다.

랠프 계층이 보존해온 전통은 화려한 광고나 대량 생산으로 쏟아지는 메시지와 경쟁 상대가 되지 않는다. 랠프의 계층은 자기들의 가치를 고수하고 신뢰하지만 언딘은 그 가치들을 마치 일회용품처럼 취급한다. 이들의 오래된 집은 도금이 된 것처럼 번쩍거리는 신흥 부자들의 저택과 나란히 제시된다. "차분한 네덜란드 식 실내"를 가진 워싱턴 스퀘어에 있는 랠프의 집은 사회적 일체감을 나타내며 랠프에게는 그 집이 마치 "내면의 아름다운 영혼"을 가진 듯하다. "친근한 사람 얼굴" 같은 실내를 가진 이 집은 5번가 건너편에 있는 신축 저택의 모습"(73)과 대조적이다. 랠프의 눈에는 "유용성이라는 얇은 껍데기 위에 서로 어울리지 않는 장식들을 뒤죽박죽으로 붙여놓은"(74) 신축 건물의 낯선 모습은 문화의 파편화를 가려주는 장식처럼 보인다.

워튼이 말하는 전통 사회는 "동질적인 것들이 서서히 발전해 사회라는 꽃을 피워가는 연속성과 선택의 산물"(73)이다. 이 세계는 내면과 외면 사이에 소통이 있고, 과거와 전통 간의 연결 고리에서 오는 응집력이 있는 듯하다. 랠프가 젊은 시절 파리의 고전 극장에서 배웠던 연기 수업은 한 인간의 정체성을 형성하는 과정을 비유적으로 보여준다. "그 역할은 연기를 여러 번 반복하면서 랠프에게 익숙해지고, 눈앞에서 조각조각 분해되어, 구성 요소들로 나누어진 다음 상세한 설명과 다양한 암시와 함께 다시 통합되고 구축되었다. 그래서 자기가 어떤 오래된 자연스러운 과정의 비밀을 보도록 인도된 것"(233)처럼 느낀다. 이 연기 교육은 랠프에게 한 인간의 정체성이 형성되는 데에는 자연스러운 역사가 필요하다는 점을 보여준다. 역사적 계속성과 선택에서 비롯된 '기나긴 과정'이라는 방식을 이해하는 랠프는 아들 폴(Paul Marvell)에게 "무한정 허용이라는 새로운 시대정신과 전통을 구분 짓는 신중함과 분별력"(269)을 심어주고 싶어 한다.

전통과 취향에 대해 돈의 위력이 승리하는 풍조를 랠프가 적응하지 못하고 결국 파멸하는 모습은 언딘과의 관계에서 분명하게 드러난다. 랠프가 언딘과의 결혼과 이혼으로 비참하게 생을 마감하는 결과는 문화적인 기억과 미학적 성취를 논할 수 있는 사람이 변화된 사회에서 살아남지 못하고 사라지는 것을 보여준다. 이런 변화들을 인류학자의 눈으로 관찰하는 찰스 보웬은 구 뉴욕의 산물인 랠프 같은 인물들에게 "호모 사피엔스 아메리카누스(Homo Sapiens Americanus)"(173)라는 명칭을 부여한다. 이 종족의 대표자라고 할 수 있는 랠프의 자살은 그 종족의 소멸을 상징하는 것이다.[8]

랠프는 자기 계층을 공격적으로 침범해 들어오는 신흥 부자들의 천박한 자본주의를 비판하지만, 그 자본주의가 자기가 사는 방식에 가하는 위험을 예측하지는 못한다. 새로운 자본주의 뒤에는 "무분별한 욕망을 일으키는 혼돈"(78)으로 이루어진 "월가의 행동률"(78)이 있다. 대중문화가 지향하는 '가벼운 얘깃거리'를 실어 나르는 "의사소통의 일반적인 기능"("The Great American Novel" 154)이 "언어의 힘을 통해 보편적인 삶과 개인의 삶"(134)을 통합하길 원하는 랠프의 소망을 대체한다. 그리고 가문의 역사를 보존하는 데 최선을 다하는 레이몽 드 쉘의 이야기처럼 전통의 계속성을 주장하는 스토리를 대신한다. 랠프는 파편화된 현 세계를 예술적으로 통일된 방식으로 제시하고 싶어 한다. 하지만 보다 강렬한 흥미를 유발하는 메시지로 큰 이윤을 창출하려는 시장 중심의 출판 세계는 랠프의 글처럼 사회 문화적으로 가치 있는 이야기들을 환영하

---

8 Gair는 진보는 반복되는 새로운 종족의 침범으로 이루어진다고 하면서 원주민(Aborigines)과 동일화된 랠프 계층의 소멸은 미국적인 정체성을 유지하는 하나의 방식이라고 해석한다(355).

지 않는다. 이 소설은 랠프가 추구한 예술적인 문화 담론과 언딘이 이용한 대중적인 담론을 나란히 제시한다. 랠프의 자아를 형성하는 개인의 역사와 연결되는 사회적 역사는 언딘의 사회를 구성하는 즉각적인 의사소통, 대중문화 그리고 비논리성과 대조된다.

랠프는 스프라그(Spragg) 가족과 처음 만난 날부터 그 가족의 이야기를 제대로 해석하지 못한다. 그는 언딘의 어머니 스프라그 부인이 들려주는 언딘의 아버지가 에이펙스(Apex)에서 한 투자와 성공, 그리고 깨끗하지 못한 거래였던 '깨끗한 물 운동'(Pure Water Move)에 관한 이야기를 자기 마음대로 해석한다. 랠프는 스프라그 가족이 "도시의 때가 묻지 않은 소박함을 지녔고" 언딘을 마치 괴물에게 위협당하는 순수한 처녀로 상상한다. '언딘'이라는 이름은 그녀 아버지가 개발한 고데기(hair-waver) 이름에서 따왔고 "꼬불꼬불하다는 뜻의 언둘레이(undulay)라는 프랑스어"(68)라는 언딘 어머니의 엉터리 설명을 듣고도[9] 그는 몽테뉴가 얘기한 요정 언딘의 "다채롭고 물결이 이는 듯한"(79) 메아리를 상상한다. 랠프는 언딘의 무지와 아름다운 외모를 아무것도 쓰여 있지 않은 깨끗한 종이로 받아들인다(Waid 140). 마치 신화 속 인물 피그말리온(Pygmalion)처럼 자신이 언딘에게 문학과 교양의 힘으로 영혼과 활기를 불어 넣을 수 있다고 멋대로 착각한다.

물의 요정 언딘은 아이를 낳으면 영혼을 얻을 수 있다고 하지만[10] 워튼이 창조한 언딘은 엄마가 된 후에도 그런 변화가 일어나지 않는다. 언

---

9 사실 이런 프랑스어는 없다. 이는 언딘 가족의 무지를 드러내는 것이다.

10 이 소설에 일부 영감을 제공한 푸케(La Motte Fouque)의 *Undine*의 주인공인 물의 요정은 자기를 사랑하는 기사와 결혼함으로써 영혼을 얻는다(Waid 140).

딘은 자기 초상화가 완성된 걸 기념하는 파티를 여느라 가족들이 다 모이는 어린 아들 폴의 생일 파티를 까맣게 잊어버리는 엄마다. 언딘이 아들 생일을 망각하고 신흥 부자 피터(Peter van Degen)의 자동차를 타고 느지막이 귀가한 밤 랠프는 "언딘에게 청혼하기 전날 저녁 자신을 부르는 듯한 소리를 듣고 모든 것을 이상화시켰던 희망과 환상이 사라졌음을 깨닫는다. 랠프는 그때 자기가 그 의미를 알지 못할 정도로 어리석은 바보였고 이제서야 그것에 삼중으로 농락당했다는 것을 깨닫게 된다"(217). 랠프는 언딘과의 결혼으로 바닥을 모르는 아내의 물욕을 채우기 위해 평생의 꿈이던 작가의 길을 포기하고 맞지도 않은 비즈니스에 혹사당한 과정을 반추한다. 결혼 전 랠프는 "언딘을 바위에 묶인 안드로메다"로 자신을 "그녀를 구하는 페르시우스"(87)로 상상했지만 정작 바위에 묶인 자기가 에이펙스에서 온 독수리 같은 여자에게 먹히는 존재가 된 사실을 너무나 늦게 깨닫는다.

랠프는 언딘이 제기한 이혼 소송으로 공적 영역과 사생활의 구분이 사라져버린 현상에 고통당한다. 랠프는 이혼 소송이란 "개인의 내밀한 세계를 공적인 바깥 세계로 끌고 나가는 상스럽고 불필요한 일"(282)이라고 생각한다. 그런 랠프에게 자기 이혼이 신문지상에 오르내리는 것은 지극히 혐오스러운 일이다.

랠프가 옆에 앉은 남자의 팔 너머로 "사교계의 리더 법원 판결을 받다"라는 기사를 읽었을 때 이마에 피가 몰려왔다. 신문 제목 아래에는 다음과 같은 구절이 있었다. "남편이 가정을 행복하게 만들기에는 사업에 너무 몰두했다고 한다." 그 뒤 몇 주 동안 어디를 가든 랠프는 이마에 피가 몰려오는 것을 느꼈다. 생전 처음 대중의 호기심 어린 거친 손가락질이 랩프 영혼의 비밀스러운 곳을 더듬었고, 그의 비극에 대해 이런 하찮은 논평만큼 모욕적인 것은 없었다. 그 구절은 신문지상을 통해서 계속 반복되었다. 신문을 집어들 때마다 랩프는 약간 변화하고 다양하게 발전된, 그러나 항상 번지르르한 역설과 함께 랩프의 돈에 대한 집착으로 아내가 외로웠다는 결론으로 돌아가는 기사와 마주치게 되었다. (300)

랩프는 자신의 이혼이 "길거리에 전시된 『패밀리 위클리』(*Family Weekly*)라는 잡지에 '심정의 문제' 가운데 하나로 그 문제에 해결책을 제안하는 사람들에게 그라마폰, 꽉 끼는 코르셋, 화장품 같은 것들을 준다는 제안과 함께 실린 것을 보고"(300) 이루 말할 수 없는 깊은 모멸감을 느낀다. 사회의 기본 단위이자 가장 기본적인 인간관계의 보금자리인 가정이 깨지는 비극을 싸구려 주간지가 돈을 벌어들이는 소재로 이용하는 것이다. 이런 주간지 기사는 거기에 연관된 당사자들이 겪는 고통과 참담한 결과를 시중의 잡담거리로 만들어 사생활이 보호되어야 하는 이유를 간과하게 만든다.

　대중문화가 창조해낸 언딘을 상대하기 위해서는 그녀에 상응하는 전략을 구사할 수밖에 없다는 것을 랩프는 인정한다. 그는 아들을 언딘에게 뺏기지 않으려고 돈을 구하러 동분서주하다 종국에 엘머 모팻(Elmer Mofatt)이 권하는 투기에 모든 돈을 잃고 만다. 언딘과 두 번의 결혼을 감행하는 철도 왕 모팻은 언딘처럼 "현대 사회의 시스템이 만든 완벽한 결과물"(208)이며 언딘과 딱 어울리는 배필이다. 투자 결과를 알아보기 위해 찾아갔던 랩프는 모팻으로부터 "우리는 네브래스카 오패크(Opake,

Nebraska)에서 예전에 결혼한 적이 있다"(313)는 뜻밖의 얘기로 모욕을 당한다. 설상가상으로 투자한 돈마저 잃어 아들 폴을 언딘에게 보낼 수밖에 없다는 사실을 알게 된 랠프는 "자기가 지켜온 관습과 오래된 틀이 무너져 내리는 것을 느낀다"(324). 권총으로 세상을 등지는 랠프의 죽음은 언딘으로 상징되는 새로운 대중문화의 잔인함과 완강함을 더욱 두드러지게 만든다. 랠프가 언딘과의 결혼 생활에서 받은 깊은 고통과 그의 비극적 종말은 자칫 대중 소설로 나아갈 수 있는 이 소설에 깊이와 복합성을 부여한다.

언딘을 뮤즈 삼아 글을 쓰는 것을 기대했지만 랠프는 대중이 지하철에서 즐겨 읽는, 돈이 되는 글은 쓸 수 없는 사람이다. 대중 매체에서 계속 변형하며 재생되는 그와 언딘의 이혼 스캔들은 황금을 만들어내는 상품으로 탈바꿈되고, 그가 겪은 모욕과 자살에 일부 책임이 있는 신문에 기삿거리를 제공한다. "어떤 점에서 워튼과 가장 유사한 인물"(Waid 139)이라고 평가되는 랠프가 당시 '사회의 완벽한 산물'인 언딘에 의해 희생되는 양상은 워튼의 두려움, 즉 이윤 창출이 가장 중요한 목표가 되어버린 출판 시장에 적응하지 못하고 독자에게 외면당하는 작가로 사라질 수도 있다는 불안이 짙게 투사되었다고 할 수 있다.

3. 대중문화의 산물: 언딘 스프라그

언딘은 싸구려 타블로이드판 신문에 실린 "응접실 담화에 나오는 사교계 여성의 하루"(21)라는 칼럼이 알려주는 대로 하루를 시작한다. 상류 사회에 관한 가십 기사를 핸드백 가득히 넣고 다니는 마사지사 히니 부인(Mrs Heeny)에게서 언딘은 뉴욕 사교계에 대한 교육을 받는다. "1890년대 이후 미국 소설의 자명한 이치 가운데 하나는 신여성이 전통 사회의 가치를 위협하는 물질주의를 담는 주요한 그릇과 같은 존재가 되었다"(91)고 진단한 블레이크(Blake)의 말대로 언딘은 사회 변화를 상징하는 인물이고 시대가 만들어낸 산물이다.[11] 워튼의 이전 여주인공들과 달리 에너지가 넘치는 언딘은 "결혼을 매개로 상류 사회를 점령하기 위해 돌진하는, 이 소설을 움직이는 동력"(Gibson 62)을 제공하는 인물이다. 이 소설은 언딘에게 대중 미디어가 행사하는 영향력을 탐색하고 문화 개념을 변화시킨 여러 요소들을 검토함으로써 당대 출판문화에 참여한다.

대중 신문의 핵심에 있는 이윤 추구의 논리는 언딘과 밀접하게 연결되어있다. 언딘의 인생은 어린 시절 약제사 밀라드 빈치(Millard Binch)와 했던 약혼이 <에이펙스 이글>(*Apex Eagle*) 신문에 보도된 이후 미디어에 나타난 이미지와 불가분의 관계에 있다. 계속 변화하는 언딘의 페르소나는 그녀와 미디어 방식, 그리고 그 위력 사이에 일어나는 상호작용의 결과이다. "속수무책으로 떠도는 유기체"(64)와 같은 언딘은 자신을 소비할 사람들에게 어필하기 위해서는 페르소나를 계속 재구성할 수밖에 없다(Ohler 98). 이는 『연락의 집』의 릴리(Lily Bart)가 결정적인 순

---

11 이외에도 많은 비평가가 언딘에 관해 비슷한 견해를 말하고 있다. Papke는 언딘의 "탐욕스러운 물질주의와 제한된 의식"(142)에 대해 논평하고 Waid는 언딘의 "내면의 부재"(132)를 지적한다. Preston은 "언딘의 성공에는 아름다움, 순진함, 텅 비어있음, 그녀에게 속아 그녀를 이상화하는 남자들이 투사한 그림자를 받아들이는 민첩함만이 있을 뿐이다"(110)라고 해석한다. Patterson은 언딘을 "당시 사회의 통제되지 않고 위험한 에너지의 상징"(81)으로 본다.

간에 청혼자들을 계속 거부함으로써 사회가 여성에게 씌우는 기대치를 수용하지 못하는 맥락을 드러내는 것과 유사하다. 언딘은 릴리가 전력을 기울여 노력하다가 결국 실패로 끝내는 결혼이라는 게임을 능숙하게 해치웠다고 볼 수 있으나 그녀 역시 대중문화의 위력에 굴복당한다. 자기가 진정으로 원한다기보다는 '남이 탐내는' 물건들과 '보다 나은' 남편들을 확보함으로써 '커리어'를 쌓아가나 그녀를 안내하는 지침서는 싸구려 대중 신문의 기사나 감상적인 소설들이다. 언딘은 대중 저널리즘을 행동의 지침서로 삼는 인물이 장차 어떻게 되는가를 보여주며 그런 사람들과 대중 출판문화와의 관계를 보여준다.

언딘이 자신이 뜻하는 바를 성공적으로 쟁취하는 것은 표피적인 그녀의 성향을 선호하는 사회에서 기인한다. 이 소설은 언딘의 사고방식을 지지하는 사회에 "궁극적인 목적을 향한 지성적인 합일"(Habermas 137)을 위한 노력이 부족한 점을 비판한다. 언딘에게 "바람직한 것이란 사회에서 생기를 받는 일이다. 그리고 소음과 함께 정신없이 어디론가 움직이는 게 언딘에게 유일한 생기발랄함으로 생각되었다"(36). "마음의 섬세한 울림에 둔감한"(170) 언딘의 무딘 신경은 건강한 사회를 형성할 수 있는 정치적인 삶과 사람들과의 연결을 차단한다. 이런 성향에 대해 워튼은 "대부분의 독자에게 암시와 아이러니를 알아차리지 못하게 하고 무감각하게 만드는 영화적인 분명함과 타블로이드 문화가 형성하는 긴 과정"("Permanent Values in Fiction" 179) 때문이라고 진단한다. 언딘이 즐겨 읽는 『발광체』(*Radiator*), 『타운 토크』(*Town Talk*), 『피플』(*People*) 같은 잡지들은 대중문화를 만들고 전달하는 매체다. 대중문화란 "리얼리티를 정직하게 그리는 대신 소비에 적합한 대체물을 제시하고 이성적인

여성과 사회: 이디스 워튼 소설 연구

사고보다는 자극적인 안일함에 빠져들게 만드는 경향"(170)이라고 하버마스는 정의내린 바 있다. 워튼은 언딘을 통해 대중문화가 지원하고 확장시키는 사회 구조에 문제를 제기하고, 저항하는 출판물이 점차 감소하는 현상을 완곡하게 개탄한다.

언딘에게는 그런 미디어에 실린 기사와 현실이 구분되지 않는다. 신문지상을 통해 뉴욕의 거물들에 관한 지식을 얻지만 언딘은 상류층의 사회 정치적인 공간이 지니는 선택성에 대해서나 저널리즘의 목적과 의미의 변화를 알지 못한다. 대중이 변화를 모방하는 것은 대량 생산으로 이어지고 뉴미디어가 지니는 선동성은 전통 계층이 고수해온 섬세한 차이를 무시해버린다. 언딘은 보수적인 전통 계층의 삶을 자기가 읽는 신문 기사에 비춰 해석한다. 그녀는 작가가 되고자 하는 랠프의 소망 같은 문화적 욕구와 랠프 같은 사람들이 지키려는 전통 사이의 고리를 읽어내지 못한다. 언딘이 정보를 구하는 대중 시스템은 예술의 감수성에 대해 그녀를 무감각하게 해 "그림과 책이 던지는 힌트들을 알아차리지 못하고"(46) "박물관에서 본 그림에 대한 것도 전혀 기억하지 못한다"(59).

언딘은 신문에서 본 사람들을 실제로 만났을 때 그들이 신문 기사와 일치하지 않는다는 것에 놀란다. 신문지상의 사교계와 현실 속 인물이나 사건 사이에는 간극이 있고, 그 간극에서 사라진 것들은 논쟁적인 실상을 드러낸다. 언딘은 이 실상을 헤아릴 안목이 없기에 멋있어 보이는 외면과 외적인 스타일이 전통 사회가 상징하는 모든 것이 된다. 언딘을 초대한 로라의 집은 언딘의 예상과 달리 최신식 가스난로가 아니라 구식의 나무난로를 사용한다. 언딘에게 그 난로는 예전에 에이펙스에서 보았던 "크리스마스를 지내기 위해 농장으로 돌아가는 것을 그린 그림들"(61)

같다. 육안으로 직접 본 상류 사회의 이런 모습에 언딘은 혼란스럽다. 언딘의 지식 창고이자 기준인 대중 신문으로 평가하자면 이런 모습은 그녀가 기대하던 바가 전혀 아니었기 때문이다. 뿐만 아니라 언딘은 로라가 "마치 오케스트라를 지휘하듯"(62) 초대한 손님들에게 골고루 발언권을 나누면서 하는 대화 내용을 알아들을 수도 없다.

> 언딘에게는 조명이 어스름하고 조용조용한 어조로 말하며 낱말이 생략되고 축약되는 이 세계의 모든 것이 흐릿했다. 언딘은 이 섬세하게 짜인 거미집을 쓸어버리고 자신이 이곳을 독점적으로 지배하는 주인공이라고 주장하고 싶은 격렬한 갈망을 느꼈다. (48)

언딘은 로라가 일요판 신문을 읽지 않는 모양이라고 짐작한다. 언딘에게 가정이란 사람들을 따뜻하게 하고 그들이 의미 있는 대화를 나누도록 온기를 제공하는 난롯불 같은 이미지가 아닌 크리스마스를 상품으로 파는 감상적인 그림 같은 것이다.

상대적인 가치들의 감추어진 의미를 파악하지 못하면서도 새로운 인상에 대해 민감하게 반응하는 언딘이 주변 사람들에게 가하는 폐해는 독자 중심 뉴스와 그녀를 연결시킨다. 언딘이 애독하는 신문 기사들처럼 "모든 것을 포괄하는 상업적인 산물이자 부유하는 브랜드"(Preston 93) 같은 언딘은 랠프 집안이나 대거닛 가문과 같은 구 뉴욕(Old New York)의 전통과 매너를 대중 신문을 구입하는 것만큼이나 쉽게 익힐 수 있다고 생각한다. 언딘은 이해하지 못하는 것조차 모방하는 재주를 가지고 있지만 자신이 진입하기 원하는 사회의 표지와 그 아래에 존재하는 전통이 서로 긴밀하게 연결되어있는 점은 보지 못한다. 게다가 그 연결의 가치를 깨닫지 못해 수용하지도 못한다. 랠프와 결혼한 언딘은 곧바로 자기가 "마치 엉뚱한 날에 오페라 박스를 예약한 것처럼 미래가 허세부리고 비도덕적인 사람들 편일 때, 세상 변화에 초연하고 유행이 뒤진 사람들"(122)에게 패를 던지는 실수를 했다는 걸 깨닫는다.

언딘은 조촐하고 소박한 로라의 식당보다는 화려한 오페라 극장에 더 어울리며 극장의 인공적인 불빛과 청중의 시선에 스스로 포로가 된다. "여성을 응시의 대상으로 보는 사회의 산물"(Waid 137)인 언딘은 응시 대상이 되는 것을 부담스러워하기보다 오히려 그것을 과도하게 즐긴다. 『연락의 집』의 릴리가 모든 이의 응시 대상이 되는 걸 즐기면서도 한편으로는 짐스러워 하다가 결국 그로 인해 비극적인 파국을 맞이했다면, 대중의 시선을 먹고 사는 언딘에게 인생의 즐거움은 "아름다운 자신을 경탄해줄 많은 사람"(251) 앞에 나서서 자기를 널리 알리는 활동이다. 언딘은 아들 폴의 생일 파티를 까맣게 잊어버려 주인공 폴을 비롯한 가족 모두를 낙담하게 만든 것을 알고 난 다음에도 자기 초상화를 신문에 실어달라고 "기자에게 전화하는 것"(216)은 챙기는 사람이다.

언딘이 랠프에게 초래한 결과는 대중적인 출판물이 보통의 독자들에게 미치는 영향력을 극명하게 드러낸다. 『키스를 멈춰야 할 때』(*When the Kissing Had to Stop*), 『오라루』(*Oolaloo*), 『소다수 판매점』(*Soda-Water Fountain* 327) 같은 언딘이 즐겨 읽는 대중 소설은 '여성적인' 미덕과 연약함을 강조한다. 이런 대중 소설은 언딘으로 하여금 자신을 가부장 사회의 희생자인 양 제시하게 만든다. 언딘은 이렇게 희생자와 공격자의 역할을 영리하게 오간다. 랠프와 이혼 소송을 하는 과정에서 수동적이고 연약한 이미지를 연출해 마치 남성 중심 사회의 피해자인 양 신문에 보도되는 언딘의 모습은 여성의 잠재력을 미디어가 왜곡하고 변질시키는 것으로 생생하게 드러낸다. 그렇지만 언딘처럼 그 의미를 파악할 능력이 없고 감수성이 마비된 여성들은 미디어의 그런 태도에 갈등하기보다는 기사의 주인공이 되어 실리는 것에 흡족해할 뿐이다.

이러한 사회 풍조와 문화로 인해 언딘의 역동적인 에너지가 '좀 더 큰 기회'나 사회적인 재생으로 향하지 못하고 낭비되어버린다. 여성이 문화적으로 파편화되는 양상에 저항하는 작업에 언딘이 자신의 활기와 영리함을 긍정적으로 발휘하지 못하는 연유는 그녀가 피상적인 대중 매체로 교육받았기 때문이다. 언딘은 자기가 향하는 목표는 명확히 알고 있지만 대중문화로 학습한 수동성은 그녀를 인생의 핵심이 아닌 모조품을 따르는 시민으로 만든다. 이런 언딘의 모습은 "대중 매체는 한번 습관을 들이게 되면 의미 있는 경험을 할 능력을 약화시킨다. 그런 매체들은 사람이 삶 그 자체를 경험하게 만드는 능력을 퇴화시킨다"는 밴 더 하그(Van der Haag 529)의 주장이 그대로 적용된다. 언딘의 심리와 대중 출판문화 사이의 상호 작용은 자유방임주적 자본주의가 만들어내는 거대한 오락 프로그램의 영향으로 드러난다. 신문의 가십난과 책 표지의 선전 문구, 기타 광고 메시지 모두가 언딘이라는 인물을 구성하는 실질적인 조건들이라 할 수 있다. 시장 사회가 부추기는 것들을 손에 넣으려고 결혼과 이혼을 반복하는 언딘은 당대 사회의 표면에서 주워 모은 파편들로 이루어진 시대의 산물이며 판매용 상품인 셈이다. 새로운 사조를 주변에 시끄럽게 알리는 확성기 같은 언딘이 뉴욕에 와서 처음 거주하는 곳은 아이러니하게도 "목청이 큰 호텔"(Hotel Stentorian)이다.

언딘이 즐겨 읽는 소설과 신문에서 발견되는 독자들의 수동적인 태도와 잠재적인 비판 능력의 부재는 시민의 건전한 사회 참여를 제한한다. 이런 현상은 주류 사회에서 밀려나 있는 대중이 뉴스를 비판적으로 평가하지 않고 단순히 즐기게 될 거라는 작가의 예측과 연결되어있다. 『연락의 집』의 끝부분에 사회 밑바닥으로 추락한 릴리가 일하는 모자 공장의 여공들에게 상류 사회 뉴스는 내용의 진위라든가 가치가 중요한 게 아니라 그저 즐기는 눈요기이며 모방하고 싶은 대상일 뿐이다. 또한 『그 지방의 관습』에서는 자기가 읽고 있는 기사의 주인공이 바로 곁에 앉아 있는 것도 모른 채 "수염도 깎지 않고 기름때에 전 손으로"(397) 신문을 쥐고 랠프의 이혼 기사를 읽고 있는 지하철의 노동자 역시 남의 가슴 아픈 비극을 그저 흥밋거리로 즐기고 있을 뿐이다.

이 소설에서 하는 작업 가운데 하나는 시장 중심의 미디어 매체에 의해 공적 영역과 개인의 삶이 식민화되는 양상을 제시하는 것이다. 개인의 사생활이 많은 사람 앞에 발가벗겨지는 것은 언딘과 랠프의 이혼 그리고 뒤이은 언딘의 재혼들을 신문 잡지들이 앞다투어 다루는 데서 뚜렷이 나타난다. "랠프는 언딘과 자기 사이에 있었던 내밀한 어떤 것도 대중에게 알려지는 걸 생각할 수도 없는"(398) 사람이나 언딘은 레이몽과의 이혼을 미국 서부 네바다(Nevada) 리노(Reno)에서 15분 만에 성사시키고 바로 이어 해치운 모팻과의 결혼식이 "신문에 대문짝만하게 난 것을 흠뻑 즐긴다"(479). 언딘의 이런 태도는 사회 주변부에 있는 사람들로부터 받는 과도한 관심과 일체가 된다. 이런 기사를 소비하는 주체들은 "조작된 소비재로 변질된 대중문화 상품"(Lowenthal 55)을 단순히 즐길 뿐이다.

언딘이라는 인물을 형성하는 데 결정적인 역할을 한 대중 신문과 잡지는 아이디어들의 교류를 단절해 소비자를 문화의 확산이라는 출판의 본질적이고 민주적인 기능으로부터 떼어놓는 역할을 한다. 언딘은 자신에게 적절치 않다고 판단되는 관계는 바로 털어버리고, 미모와 성적 매력을 자산으로 새로운 관계를 찾아나서는 신여성으로, 비평적인 안목을 빼앗긴 독자들 앞에 선 센세이셔널한 주인공이다. 그러나 언딘은 대중 신문과 감상적인 소설을 같은 종류로 몰아넣고 비판하는 소설 속에 존재한다. 만나는 대상에 따라서 계속 변화하는 언딘의 모습은 대중 출판물이 만들어낸 자아가 갖는 피상성을 보여준다. 언딘은 작가 워튼이 다가가기 가장 어려운 독자이자 상업주의가 만든 산물이면서 동시에 상업주의를 가능하게 하는 사람이다. 항상 "최고를 원한다"는 언딘은 "일요판 신문에서 세계 전체를 읽어내는 자기만의 열쇠"(40)를 찾아낸다. 이런 그녀의 모습은 "대중문화의 광범위한 유포는 문화의 질적 수준을 저하시킬 뿐 아니라 대중 설득 기법에 길들여진 수동적인 시청자를 양산함으로써 획일주의 분위기를 확산시킨다"(34)는 갠스(Gans)의 주장을 뒷받침한다.

　　『연락의 집』보다 더 분명하게 시장 사회의 위력에 초점을 맞추고 있는 『그 지방의 관습』은 모든 곳에 편재하면서도 눈에 쉽게 드러나지 않는 시장 논리가 언딘에게 결정적인 영향을 미치는 대중문화 출판물에도 실질적인 영향을 행사하는 것을 그리고 있다. 이와 같은 양상은 "시장은 인간 행동과 관계를 설정하고 통제하는 논리와 양식으로써, 눈에 보이지 않으면서도 모든 곳에 있고 가족이나 연인과 같은 관계에도 이 논리가 적용되는 것을 볼 수 있다"(783)는 디목(Dimock)의 주장과 상통한다. 언딘을 지배하는 대중 출판물의 위력은 가족 관계까지도 사고파는 시장 중심 논리를 행사하는 데서도 드러난다.[12] 언딘이 레이몽 드 셸과의 결혼을 성사하기 위한 비용 십만 달러를 마련할 방책으로 폴의 양육권을 요구하는 분쟁을 벌이지만 이 분쟁으로 인해 랠프는 스스로 세상을 등진다. 랠프의 죽음으로 자기에게 오게 된 아들이 기차에서 내리는 모습을 보면서 언딘은 "저 아이는 대단한 습득물이네!"(414)라고 중얼거린다. 아들을 마치 손에 넣게 된 물건처럼 여기는 언딘을 통해 "괴상할 정도로 파편화된 가족 관계"(Saunders 86)를 제시한다. 동시에 그것은 대중 매체와 언딘의 심리 사이의 연관을 보다 분명하게 제시하고, 언딘 이야기 핵심에 내재한 이익과 손해의 논리를, "사회적 상호작용의 상업화"(Dimock 791)를 여실히 보여준다. 언딘은 시장 논리를 체현하는 인물로서 전통적인 계층에 시장 논리를 도입하며 랠프와 레이몽 드 셸이 "소중하게 여기고 고수하려고 했던"(447) '진짜' 문화를 질식시키는 대중문화의 영향력을 확장하고 강화하는 인물이다.

이런 언딘의 모습은 레이몽 드 셸의 시골 영지 쌩 데제르(Saint Desert)의 태피스트리(Boucher Tapestries)를 팔려는 데서도 드러난다. "루이 15세가 셸 가문에 하사했다는"(430) 이 태피스트리들은 가문의 명예를 상징하는 전통적인 상징이며 그 집안의 찬란한 과거와의 고리를 나타낸다. 구대륙 프랑스의 귀족 셸 가문의 전통과 문화는 신생국 미국의 랠프 집안보다 "뚫을 수 없는 그물처럼 더 옭아맨다는"(421) 걸 깨달은

---

12 이러한 언딘의 행동은 "시장 사회에서 새로운 소비자로 문화적인 중심에 도달한 신여성들에게는 욕망에 몰입하는 것과 절제하는 것이 더 이상 구별이 되지 않기" 때문이라고 설명한다(Fleissner 458).

언던에게 그 태피스트리들은 무료하기 그지없는 시골 영지에서 벗어나 파리 사교계에서 한 시즌을 지낼 비용이 나오는 상품일 뿐이다. 모팻이 언던과 결혼한 다음 쉘 가문의 "생니를 뽑듯이"(479) 사들여온 그 태피스트리들이 모팻의 광활한 저택에서는 수많은 수집품 가운데 하나로 축소되어 아무런 의미가 없어진 맥락을 언던은 알지 못한다.

소설 결말에서 오랜만에 만난 아들 폴에게 눈길 한 번 맞추지 않고 새로 구입한 골동품들을 돌아보며, 그날 저녁 열리는 파티에만 신경을 쓰는 언던은 유일한 혈육과도 친밀한 관계를 맺지 못하는 고립된 개인이다. 이런 언던의 상황은 대중 미디어에 의해 촉진되고 강요당하는 가치 패턴에 복종하는 것 외에 신세대가 사회화하는 방법이 없음을 암시한다.

4. 맺는 말

워튼은 이 작품에서 소설을 사회 변화와 대중문화의 영향으로 전통 계층의 붕괴와 가치 체계의 변화 같은 주제를 다루는 공론의 장으로 만들고자 한다. 사회가 상업화되면서 비즈니스와 정치적인 관심사가 점점 일치하고 대중 출판문화가 많은 사람의 사고를 형성하는 상황에서, 이 작품은 그런 경향에 맞서는 지성과 문화를 지지하고 가치 있는 것으로 만들고자 노력한다. 그렇다고 대중지를 만드는 문화에 대해 워튼이 경멸한 것은 아니다. 워튼은 여러 가지 다양한 요소를 융합할 수 있는 출판의 잠재력을 긍정적으로 평가하고, 이익을 내는 데 전념하는 미디어와 대중소설가의 사회적 영향력을 인정한다.

워튼은 언딘을 만들어낸 출판 시장에 참여하는 사람이면서 동시에 그런 조건 속에서 작업을 해야 하는 작가의 문제를 이 소설에서 다루고 있다. 기술 발달과 출판 시장의 확대로 가능하게 된 대중 출판문화가 편치 않지만, 워튼은 기존 시장에 비해 보다 많은 판매 부수를 올린 자신의 성공을 자랑스러워했다. 워튼이 거둔 성공의 일부는 변화하는 청중의 요구에 세심한 주의를 기울이고 출판업자와 비평가들의 역할을 의식하며 복잡한 시장의 요구에 타협하는 그녀의 개방적인 능동성에 있다. 감상적인 이야기와 진지한 신념을 씨줄과 날줄로 엮는 워튼의 방식은 넓은 독서층의 확보를 목표로 하는 기업화된 출판 시장이 요구하는 형식들을 그녀 나름대로 수용한 것이다.

워튼이 대중 출판물에 초점을 맞추려고 노력하는 이유는 기사와 대중소설이 감추어진 의미를 간과하거나 축소해버리는 특성을 들춰내고, 우발적으로 발생하는 시장 사회의 움직임에 침몰당하는 존재들을 부각시키기 위해서라고 할 수 있다. 워튼이 잡지나 신문의 기사를 이 소설에서 이용하는 것은, 그 기사들을 "'가십 기사 뒤에 있는 진실'을 이야기할 수 있는 문학적인 포괄성"(Kaplan 85)에 종속시킴으로써 대중 매체가 생략해버린 것들을 복원할 수 있고, 좀 더 충분히 사회적 맥락들을 보여주면서 의미 있는 메시지를 독자들에게 제시할 수 있었기 때문이다. "실체 없이 겹겹이 쌓인 표피로만 이루어진"(272) 언딘이 사회적으로 상승이 가능한 환경에서 글을 쓰면서 워튼은 "전통적인 사회"로부터 문화적인 유산을 이어받은 작업을 수행할 것을 강조한다. 깊이 있는 성숙한 문화의 발전은 영리하고 추진력이 있는 언딘이 억압적이고 물질적인 시장 사회의 손아귀에서 벗어나 독립적이고 자유로운 존재로 성장할 수 있는 풍토를 조성하게 한다.

저돌적이고 무자비하며 통제 불가능하게 보이는 언딘의 행동이 지니는 궁극적인 의의는 랠프의 신념으로 상징되는 보다 높은 차원의 문화로 독자들의 관심을 돌려 그들로 하여금 의미 있고 건설적인 사고를 할 수 있도록 유도하는 것이다. 소설에서 워튼이 성취하고자 한 것은 언딘 같은 인물들이 모든 문화 활동을 산업에 종속되게 만드는 현상을 저지하고 대처할 수 있는 유산을 만드는 일이다. 이 소설이 지니는 확고한 문학적 주제의 복합성과 자기 소설이 지니는 상품으로서의 지위를 통해서 그런 유산을 정립하고자 한 것이다.

이러한 워튼의 노력이 중요한 의미를 지니는 것은 랠프라는 인물이 상징하는 사라져가는 고급문화와 언딘이 나타내는 새로운 대중문화가 부상하는 모습 모두를 치우치지 않게 제시하면서 여러 양상이 혼재한 영역으로 문화가 확장해나가는 모습을 포착하고 있기 때문이다. 이와 같이 탁월한 균형 감각을 통해 작가는 모든 것을 획일화하는 대중 출판 시대에 랠프가 「휘트먼의 리듬구조」("The Rhythmical Structure of Walt Whitman")라는 에세이에서 시도하고자 했으나 결국 이루지 못한 꿈, 즉 전통적 상류층과 대중으로 이루어진 다양한 문화적 요소들을 아우르면서 동시에 사회적 병폐에 대한 해결책을 제시하고자 했다. 랠프는 성공하지 못했으나 워튼은 우리 사회가 당면한 심각한 문제를 해결할 수 있는 방법을 이야기하면서도 대중 출판 시장에서 침몰당하지 않는 문학의 탐색을 이루어냈다.

여성과 사회: 이디스 워튼 소설 연구

9장

여성의 시각화, 대상화:
라파엘 전파와 세 편의 미국 소설

1. 들어가는 말

빅토리아 시대 영국의 대표적인 미술 운동이었던 라파엘 전파(Pre-Raphaelites)의 영향을 미국 소설에서 추적하는 일은 그리 쉽지 않다. 그러나 이 글에서 다루고자 하는 미국의 세 작가 나사니엘 호손(Nathaniel Hawthorne), 헨리 제임스(Henry James), 이디스 워튼(Edith Wharton)은 라파엘 전파 운동이 활발하던 시기에 영국 등 유럽에 거주했거나 그 화파의 영향이 남아있던 시기에 유럽에 거주했던 작가들로서 라파엘 전파 회화 운동에 익숙한 사람들이다.[1]

영국 리버풀 영사로 재직하던 당시 호손은 『이탈리아 노트북』(*Italian*

Notebooks)에서 "라파엘 전파의 예술은 아무것도 아니다"라고 비판하는 영국 조각가와 대화를 나눈 뒤 "그 조각가와 라파엘 전파의 차이는 싶고 분명하다. 라파엘 전파는 문학적이고 어떤 의미에서 사실주의자라면 그 조각가는 이교도적인 이상주의자이다. 난 라파엘 전파 화가들이 자신이 추구하는 목표에 최선을 다하고 있다고 생각한다"(293-5)고 라파엘 전파에 대해 호의적으로 논평하고 있다. 리버풀 영사를 마치고 이탈리아에 살았던 호손이 로버트 브라우닝(Robert Browning)을 통해 당시 이탈리아에 체류 중이던 로제티(Dante Gabrielle Rossetti)를 만났을 가능성이 있다고 곤트(Gaunt)는 주장한다(120). 헨리 제임스는 라파엘 전파 화가들과 일생동안 교분이 있었으며 이 화가들에 관한 글을 잡지에 많이 기고한 사람이었다(Casteras, "The Prime Hours" 304). 또한 이디스 워튼은 실내 장식에 관한 책을 발간할 정도로 미술 전반에 조예가 깊었으며 라파엘 전파 화가들의 그림에 등장하는 여성들이 남성의 욕망 대상으로 우상화되면서 자신의 정체성을 상실하고 희생되는 점에 주목했었다(Orlando 27-35).

　이 세 작가의 활동 시기는 시기적으로 서로 조금씩 겹쳐있으며 그들

1　호손이 1853년부터 1857년까지 리버풀 영사로 재직하던 시기는 라파엘 전파 운동이 일반 대중에게까지 미치던 시기였다. 헨리 제임스는 부유한 부모를 따라 어린 시절부터 유럽을 오가며 생활하다 유럽으로 이주한 1876년 이후에는 영국에 자리를 잡고 생애 마지막에는 영국 시민으로 귀화해 그곳에서 생을 마감했다. 이디스 워튼 역시 뉴욕의 상류 출신답게 부모와 함께 유럽을 오랫동안 여행했고 남편과 사이가 악화되기 시작한 1907년 파리에 정착했으며, 결국 1937년 베르사유의 고나르(Gonards) 묘지에 묻혔다. 워튼이 작가로 활동하기 시작한 19세기 말에 이르면 라파엘 전파가 유미주의와 결합되는 시기였으며, William Morris에 의해 시작된 공예운동으로 확대되어 사회 전반에 광범위하게 영향을 미치던 시기였다. 유미주의와 미국의 도금시대의 관계는 Blanchard 참조.

의 문학적인 특성은 긴밀하게 연결되어있다.[2] 이 작가들은 많은 작품에서 공통적으로 여성의 삶에 초점을 맞추고 있으며 이들이 주인공 여성들을 제시하는 방식은 당시 영국 화단에 강력한 영향을 행사하던 라파엘 전파 화가들이 여성을 재현하는 방식과 깊은 상관관계를 보여준다. 이들 작가의 작품에 나타나는 라파엘 전파주의의 영향은 사실주의적인 묘사에서부터 여성을 그리는 관점까지 광범위하게 찾을 수 있다.

라파엘 전파 운동은 본격적인 대중 사회의 태동기라고 할 수 있는 영국 산업 혁명의 산물로, 전성기 르네상스 시대의 화가였던 라파엘로(Raffaello)와 미켈란젤로(Michelangelo) 이후 매너리즘에 빠진 회화를 답습하는 왕립 미술 아카데미(Royal Academy) 학파의 회화 전통에 저항하며 영국의 민주주의 운동을 미학적으로 반영한 운동이다.[3] 이 운동의 주도적 역할을 한 로제티는 라파엘 전파의 특성을 "인습적인 예술로부터 벗어나 진지한 목적을 가지고 대상을 성실하게 재현하는 운동이며 감정적이고 지극히 세세한 리얼리즘"(Wadworth 9)으로 정의내린 바 있다. 이들은 전통적으로 회화에서 취급하지 않던 주제를 그렸고 전경과 배경

---

2 호손과 제임스의 관계에 관해서는 새삼 언급할 필요도 없을 것이다. 무엇보다도 제임스 본인이 쓴 『호손 평전』(Hawthorne)에 선배 작가에 관한 관심이 잘 나와 있다. 제임스와 워튼이 절친했다는 점과 호손 문학의 특성이기도 한 이 두 작가의 양가성에 관한 논의는 Coulson 참조. 이들 세 작가는 구대륙의 문명과 조우하는 신세계 미국인들을 그림으로써 미국인의 문제를 보다 선명하게 부각한 점에서도 공통점이 있다. 이 글에서는 구세계와 신세계의 문명의 대비와 마찰에 대해서는 언급하지 않을 것이다.

3 영국의 미술 아카데미는 1768년 설립되었으며, 초대 원장인 조슈아 레이놀즈의 『예술에 대한 담론』(Discourse on Art)은 라파엘 전파의 정신적인 후원자였던 러스킨(John Ruskin)의 『근대 화가론』(Modern Painters)이 나올 때까지 가장 영향력 있는 예술이론서였다. 조슈아 레이놀즈의 미술 개념에 저항하며 출발한 라파엘 전파의 혁명적인 면은 Michaela Giebelhausen 참조.

을 동등하게 처리했으며 모든 사물을 사실적으로 재현하려 했다. 이 화파는 과학적인 정확성과 상징적 사실주의의 결합, 새로운 인식 모드의 구성, 감정의 강렬한 표현, 시각적인 기표를 통해 심리까지 재현하려는 특징을 가지고 있다. 이런 점에서 라파엘 전파는 영국 회화사에 근대적 미학의 선구자로 평가를 받았다(힐턴 59).

자본주의적 대중문화가 공고해지던 빅토리아 시대에 라파엘 전파 화가들은 대중에게 익숙한 문학에서 그림 주제를 차용해왔는데 이와 같은 문학과 회화의 상호텍스트적인 성격은 로제티의 경우에서 보다시피 시각적인 것을 언어로 변화시키는 다양성을 제공했다. 다시 말해 라파엘 전파 운동은 문학과 미술 모두에 영감을 준 운동이었다(Prettejohn, "Introduction" 7).

빅토리아 시대의 시각 예술과 소설의 상호텍스트성(Intertextuality)은 당시 문화의 중요한 특성 가운데 하나였다. 문학적인 소재를 시각화하려는 라파엘 전파의 노력은 시각 예술의 확산에 일조했고 '보는' 문제를 다시 생각하게 했다. 라파엘 전파의 영향은 중상층 이상의 사람들에게만 개방되던 화랑이 19세기 중반 이후 대중에게도 개방되면서 사회 전체로 확장되었다. 웹스터(Roger Webster)는 빅토리아 시대의 시각 예술과 소설 기법의 상호텍스트성에 관해 논하면서 이런 경향이 당시 전람회나 산업 박람회 등의 번성과 연관이 있다고 주장한다. 웹스터는 일반인에게도 입장이 확대된 박물관이나 화랑이 계속해서 늘어남으로써 대중이 그림을 보는 기회가 늘어나게 되고, 신문에 실린 그림이나 복사본의 확산으로 사람들은 보다 더 쉽게 이미지에 접근하게 되었다고 설명한다(26-7). 사람들은 자연스럽게 시각적인 관점으로 현상을 이해하게 되면서 보는 대상을 좀 더 적극적으로 해석하고자 했다. 이런 경향에 발맞춰 당시 작가들은 자신들의 소설에 회화 기법을 즐겨 차용하였는데, 그림의 원근법이나 시각적인 효과의 사용은 당시 독자들로 하여금 읽는 대상의 의미를 확장하고 '보는'(seeing) 행위의 범주를 확대시켰다.[4]

이렇게 점차 이미지로 상황을 파악하는 경향은 "당시 19세기 중반의 미국과 영국의 사회적 담론의 초점이 된 '여성 문제'"(Coulson 1-2)를 다루는 관점과 긴밀한 관련이 있다. 이 시대는 여성의 권리 신장을 주장하는 '신여성' 운동이 일어난 시기로 여성에 관한 담론이 양산되던 시기이다. 이런 시대적인 분위기에 일조한 것이 라파엘 전파라고 할 수 있다. 1850년대 그림과 시를 비롯한 문화 전반에 성적 매력이 두드러지는 여성이 다양하게 나타나는데 이는 19세기 사회의 경제 사회적 여건에서 비롯된 것으로 여성의 사회적 위치와 밀접한 관계가 있다. 여성들이 가정이라는 사적 영역에서 벗어나 점차 공적 영역으로 나아감에 따라 대중에게 노출된 여성들은 자연히 사회의 주목을 받게 되었다. 대중에게 드러난 여성들은 "위험에 빠진 여성"(endangered women)이거나 "위험한 여성"(dangerous women)으로 양분되었으며(Ryan 86) 이런 여성들의 모습은 로제티의 그림에서 악마 같은 여성에서부터 천사 같은 여성, 상스러운 매춘부에서부터 치명적인 매력을 지닌 환상 속의 여성까지 다양하게 재현되었다(Stanford 28).

---

4 언어를 수단으로 예술 활동을 하는 문인들이 이미지를 통한 시각 예술의 재현 방식에 끌린 이유는 독자층의 변화와 관련이 있다. 18세기 후반 이후 귀족들이 예술가를 후원하던 제도가 점차 사라지고 상업적인 대량 인쇄가 보편화되면서 작가들은 고급 독자보다는 사회적 정치적 측면에서 다양한 욕구를 지닌 수많은 대중을 상대하게 된 것이다(Bennett 23).

초기에는 도덕과 근면이라는 빅토리아 시대의 공적인 가치를 표방하고 사회의 지배적인 가치에 저항하는 전위 예술 집단이던 라파엘 전파[5]가 시간이 경과하면서 보다 넓은 대중의 기호에 영합하게 되고 그들이 화단의 주류로 자리 잡게 되었다. 그 과정에서 라파엘 전파는 "공적으로는 미덕을 추구하지만 사적으로는 악을 저지르는 데 별 주저함이 없던 빅토리아 시대의 주된 흐름"(Pearsall 103)을 대표하는 부르주아 계층이 지니는 여성의 성에 대한 이중적인 태도를 차츰 그림에 재현한다. 당시 회화에는 여성 이미지가 가장 많이 재현되었는데 라파엘 전파의 그림에는 여성이 홀로 캔버스 중심에 있는 방식이 유행했다. 후기로 넘어가면서 라파엘 전파는 사치스러운 장식과 관능적인 여성을 선호하는 속물적인 중산층 구매자들과 관람자의 취향에 영합해 그림 속 여성들은 남성들의 응시에 "수동적이고 순응하는 존재로 왜곡되었다"(Casteras, *Collecting PR* 146). 이처럼 라파엘 전파는 점차 중산층의 이중적인 도덕주의에 영합하거나 은연중에 그런 이데올로기를 유포하는 데 일조했다.

라파엘 전파의 그림에는 그때까지 그림 주제로 배제되던 타락한 여성들이 자주 등장하는데 이들 화가는 여성을 예술의 뮤즈로 추앙하는 동시에 남성의 욕망 대상으로 객체화하였다. 라파엘 전파의 그림들이 예전의

---

5 이 화가들이 도덕적인 그림을 추구하게 된 배경에는 "예술의 후원자들이 귀족 계급에서 부르주아 계층으로 이동했다는 사실과도 관계가 있다. 부르주아들은 귀족 계층에 비해 적어도 표면적으로는 종교적이었고 도덕과 양식을 중시했기 때문이다"(힐턴 15). 뿐만 아니라 라파엘 전파에 이론적 배경을 제공한 러스킨은 예술이 단순히 볼거리 이상의 역할을 해야 한다고 주장하면서 "미학적 감성이 인생의 윤리적이고 상상적인 근거를 고무시킨다"고 주장했다(박연실 246에서 재인용). 러스킨의 이러한 예술관은 라파엘 전파 화가들이 도덕적인 예술을 추구하도록 유도하는 데 영향력을 행사했다.

여성과 사회: 이디스 워튼 소설 연구

도덕 기준과 인습적인 젠더의 경계선을 모호하게 만든 특성은 후기로 갈수록 강한 비판을 받게 되었다. 개혁적이고 도덕적인 그림을 시도했던 화가들이 후기로 갈수록 타락한 예술을 추구한 경향으로 인해 비판의 대상이 되었다(Andres 139).

이처럼 라파엘 전파 화가들이 여성을 재현하는 양상의 변화는 이 글에서 다루고자 하는 『대리석 목양신』(*The Marble Faun or the Romance of Monte Beni*)과 『여인의 초상』(*The Portrait of a Lady*) 그리고 『연락(宴樂)의 집』(*The House of Mirth*) 이들 세 소설[6]에서 제시하는 여성들의 운명과 긴밀하게 연결되어있다. 이들 작품에 등장하는 여주인공, 『대리석 목양신』의 힐다(Hilda)와 미리엄(Miriam), 『여인의 초상』의 이자벨(Isabel Archer) 그리고 『연락(宴樂)의 집』의 릴리(Lily Bart)는 그들이 사회에서 차지하는 위치와 상관없이 라파엘 전파의 그림에 재현된 여성 모델들처럼 한결같이 사회적인 입지가 불안정하며 남성들의 욕망의 대상으로 제시된다. 이들 여성 모두가 고향을 떠나왔고 고아라는 점은 "내 생각에는 여자는 어디에도 고향이 없군요"(*PL* 196)라고 한 『여인의 초상』의 마담 멀(Madame Merle)의 말대로 가부장 사회 어디에서도 자기 자리를 찾지 못하고 떠도는 여성의 주변적인 위치를 노정한다.

---

6 이들 세 소설 모두 유럽과 연관이 있는데 『대리석 목양신』은 호손이 리버풀 영사를 마치고 1858년 1월에서 1859년 5월까지 이탈리아에 머무는 동안 초고를 썼고 영국으로 돌아와 다듬어 영국에서 1859년 『변모』(*Transformation*)라는 제목으로, 미국에서는 1860년 『대리석 목양신』으로 발표하였다. 『여인의 초상』은 제임스가 영국에서 쓴 작품으로 1880년부터 1881년까지 *Atlantic Monthly*라는 잡지에 연재했으며 1881년 단행본으로 출간되었다. 『연락의 집』은 워튼이 미국 레녹스의 저택 <Mount>에서 집필한 작품으로 1905년 발표되었다. 이 소설은 주로 뉴욕을 배경으로 하고 있으나 릴리가 사교계에서 축출당하는 결정적인 사건은 프랑스의 리비에라에서 발생한다.

호손의『대리석 목양신』은 라파엘 전파가 지니는 여성에 대한 양분화된 시선, 즉 도덕적인 여성과 도덕성이 의심되는 타락한 여성의 이미지를 대비해 제시하고 있다. 헨리 제임스의 작품 가운데 대중적으로 가장 성공한『여인의 초상』은 여성을 마치 초상화 속의 그림처럼 관람자의 태도로 감상하고 자기 의지대로 작동하고자 하는 남성들과 주체적인 인생을 살고자 하는 이자벨의 의지가 서로 맞서고 있다. 두 선배 남성 작가보다 여성의 문제를 더 직접적으로 개진하는 이디스 워튼은『연락의 집』에서 자신을 남성들의 응시 대상이라는 점을 인정하고 난 다음의 주인공의 삶을 그린다. 워튼은 라파엘 전파의 초상화에 재현된 여성들이 남성들의 성적인 환상을 일으키는 대상으로 변모하면서 희생되는 양상을 소설의 주인공과 중첩시킨다.

이 글은 회화와 소설이라는 두 예술 매체 간의 상호텍스트성이 20여 년이라는 일정한 시간차를 두고 발표된 세 편의 미국 소설, 호손의『대리석 목양신』(1860), 제임스의『여인의 초상』(1881), 워튼의『연락의 집』(1905)에 등장하는 여성들의 대상화와 시각화에 어떠한 영향을 미치고 또 어떻게 연결되는지 살펴보고자 한다. 좀 더 구체적으로 라파엘 전파 형제회의 창립 멤버였던 밀레이(John Everett Millais), 헌트(William Holman Hunt) 그리고 로제티[7]의 대표적인 그림들을 중심으로 그들 그림에 재현되는 여성의 이미지가 세 소설에 등장하는 주인공 여성들의 모습과 응시의 대상으로 객체화되는 그들의 자리매김에 어떤 작용을 하고 있는지 알아보고자 한다.

---

7 라파엘 전파 운동은 1848년 William Holman Hunt, John Everett Millais, Dante Gabriel Rossetti에 의해 시작되었다.

여성과 사회: 이디스 워튼 소설 연구

2. 위험에 처한 여성과 위험한 여성: 『대리석 목양신』

"영원한 도시" 로마의 화랑에서 시작하는 『대리석 목양신』에는 전반적으로 시각 예술이 스며있다. 등장인물 대부분이 화가이며 조각가인 이 소설에서 호손은 라파엘 전파에 관해 언급하고 있는데 도나텔로(Donatelllo)의 영지 터스카니(Tuscany) 지방의 한 소녀를 묘사하는 대목이 바로 그것이다.

> (바람이 쓸어간 가을 낙엽 더미를 아주 멋있게 그린) 라파엘 전파 화가는 자유롭고 반듯하게 우아한 자세로 서 있는 터스카니 지방의 소녀들 가운데 한 인물에게서 놀라운 주제를 찾았을지도 모른다. 여러 가지 이파리와 나뭇가지가 얽혀있는 꽃송이 화환(양쪽에 매달린 꽃 줄 사이에 커다란 한 송이 꽃처럼 화색이 도는 다정한 얼굴을 내밀고 서서)을 왕관처럼 쓰고 있는 소녀의 머리는 화가에게 자신이 사랑한 섬세한 윤곽을 그릴 수 있는 무한한 범주를 제공했을 것이다. (MF 335)

이 구절은 1856년 밀레이가 그린 <낙엽>("Autumn Leaves")을 글로 옮겨 놓은 것처럼 보이는데(그림 1) 이 소설의 이미저리와 스타일은 호손이 라파엘 전파의 주장에서 받은 영향력을 보여준다(Blow 122-3). 당시로서는 현대적인 예술이었던 라파엘 전파 화가들이 "아카데미 학파의 위계질서를 파괴하고 자연에 충실한 그림을 그리려고 했던"(베린저 67) 노력에 호손은 일종의 연대감을 가진 것으로 보인다.[8] 라파엘 전파 운동을 주도했던 화가들이 문학과 그림을 자유자재로 왕래한 사람들이라는 점을

감안할 때, 호손이 화가와 조각가를 주인공으로 설정해 시각 예술의 상징적 가치를 작품의 소재로 채택한 사실에서 당시 활발하던 예술 분야 간의 상호텍스트성의 영향을 받은 것을 짐작할 수 있다(Steiner 91).

호손에게 영감을 준 밀레이의 그림 <낙엽>에 나오는 소녀는 세상의 어려움을 알기 전의 순진한 처녀로, 그녀가 들고 있는 사과는 사과를 먹기 전의 이브와

그림 1. John Everett Millais 〈낙엽 Autumn Leaves〉(1856)

그림 속 아가씨들을 연결한다.[9] 이 그림의 소녀는 순결한 '가정의 천사' 같은 존재로 부각되는『대리석 목양신』의 주인공 힐다를 연상케 한다. 영국의 성녀 힐다(Saint Hilda)와 동명인 힐다는 성령의 상징인 '하얀 비둘

---

8 Strout는 이 소설의 사실주의적인 면을 주장하면서 호손이 로마와 이탈리아의 당시 풍광에 대해 상당히 사실적으로 그리고 있는 점을 부각한다. 그는 자연 풍광을 충실하게 그리려고 노력한 라파엘 전파를 호손이 높이 평가했다고 설명한다(172).

9 밀레이가 훗날 "언제나 사람들이 내 그림을 단순히 색채와 그 효과를 위해 가정의 일상사를 그린 것으로 받아들일 때마다 기분이 상했다. 난 이 그림이 깊은 종교적 사색을 불러일으키도록 의도했기 때문이다"라고 했듯이 이 그림이 보여주는 가을은 사계절의 순환에서 죽음과 쇠락을 상징하고 있어 종교적이면서도 시적인 의미들이 함축되어있다 (베린저 156-7).

여성과 사회: 이디스 워튼 소설 연구

기'(dove)라는 애칭을 가지고 있다. 힐다의 이런 면을 집중적으로 소개하는 VI장의 「처녀의 사당」("Virgin's Shrine")은 힐다가 흰옷을 즐겨 입는 처녀로 성모 마리아(Virgin Mary)를 모시는 사당이 있는 높은 탑에 거주하고 있다고 한다. 로마 시내가 내려다보이는 탑의 창가에서 성모 마리아 사당의 등을 밝히고 그녀가 주는

그림 2. Dante Gabriel Rosetti 〈성모 마리아의 처녀 시절 The Girlhood of the Virgin Mary〉(1849)

먹이를 먹던 "흰 비둘기들이 날아가면 함께 날개를 활짝 펴고 날아갈 듯이 보이는"(48) 금발머리 힐다의 모습은 마치 로제티가 1849년 제작한 〈성모 마리아의 처녀 시절〉("The Girlhood of the Virgin Mary")의 성모 마리아 같다(그림 2). 로제티가 이 그림의 주제나 상징적 세부 사항에 대해 쓴 글은 마치 힐다에 관한 설명을 하고 있다고 생각될 정도이다.

그 처녀는 약 17세가량이고 어머니 성 안나 시선 아래에서 자수 작업을 하고 있다. 그 자수는 순결의 상징인 백합이며 그것은 아기 천사가 물을 주고 있는 식물을 본 딴 것이다. 처녀의 아버지 성 요아킴은 뒤에서

포도를 가꾸고 있다. 하얀 비둘기 형상을 한 성령이 있다. . . . 백합을 담고 있는 꽃병은 미덕의 이름이 새겨진 어섯 개의 커다란 책 위에 놓여있다. 그 가운데 자선이 가장 위에 자리 잡고 있다. [그림에는] 각각의 상징이나 영적인 의미가 있는, 다른 수많은 세부적인 것이 있다. (Rossetti 1241)

이 그림이 재현한 수태고지 이전의 성모 마리아를 연상시킬 정도로 순결한 힐다의 모습은 독자에게 완벽한 처녀로, 순결함을 숭배하는 도덕적인 여성으로 제시된다.

호손 작품들에 등장하는 대조적인 두 여성상, 밝고 순진한 처녀와 어둡고 강한 여성에 대해 작가 자신이 분열된 감정을 가지고 있지만 이 작품에 이르면 그 특성이 변화한다. 『블라이스데일 로맨스』(*The Blithedale Romance*) 속 제노비아(Zenobia)의 거슬리는 성격은 미리엄의 슬픈 지혜로 완화되고 『칠박공의 집』(*The House of Seven Gables*) 속 피비(Phoebe Pyncheon)의 달콤한 성격은 힐다의 냉정함으로 변화된다. "티끌 한 점 없는 힐다의 시선은 그 시선이 향하는 대상을 순결하게 만드는데"(*MF* 251) 이런 인물은 19세기 독자들에게 아주 익숙하다. 사악한 세계에서 순진하고 예쁜 여주인공은 '가정 소설'에서 필수품 같은 존재이다. 위험한 상황에 처한 순진한 아가씨는 사회의 도덕적인 가치 체계가 요구하는 전략적이고 계산적인 감성에 적합하여 공동체를 유지하는 데 효과적인 인물이다(Schiller 377). 왜고너(Waggoner)는 "호손은 어린 처녀들이 이 세계를 잘 알 정도로 성장하는 것을 원하지 않았고, 이 세상이 너무 타락해 그들이 인간적인 상황에 관여하지 않는 것이 좋을 거라고 생각했다"(24)고 주장하나 힐다를 재현하는 호손의 시선은 그리 간단하지 않다. 뉴잉글랜드에서 온 '가련하고 약한 처녀' 힐다는 문학 시장의 '순진한' 여주인공을 대변하며 요약하는 사람이다. 그러나 힐다는 무력하지 않다.

힐다는 자기가 원하는 일을 하고 가고자 하는 곳을 가며 생각한 바를 말로 표현하는 사람이다. 커티우스 절벽에서 살인을 목격한 '청교도의 착한 딸 힐다'는 인간의 본성에 대한 내적 성찰의 필요성을 인식하고 그것을 받아들여야 하나 인류의 공통된 고통이나 갈등에 참여하지 않는다. 쉴러(Schiller)는 힐다가 이런 선택을 했다는 게 이미 순진하지 않다는 것을 증명한다고 주장한다(379). 살인 사건을 목격한 뒤 "나 역시 죄에 물들었는가?"(*MF* 130)라고 자책하는 힐다는 오직 자신 외에는 관심이 없다. 힐다는 자신과 인간성에 대해 더 많은 것을 배울 기회가 있었으나 그 교훈의 일부만을 받아들인다. 힐다는 이 세상에는 죄가 있지만 자기는 그 죄와 관련이 없다고 생각한다. 젊은 굿맨 브라운(Young Goodman Brown)처럼 죄의 현장을 목격한 체험이 힐다에게는 결코 자기 발견이나 성장으로 이어지지 않는다. 미리엄과의 관계를 끊어 죄로부터 멀어지고 자기 안위만을 걱정하는 힐다에게 미리엄은 이런 말을 한다.

> 내가 항상 얘기했듯이 힐다 당신은 무자비하군요. . . . 당신은 죄도 없고 죄가 무엇인지에 대한 개념도 없어요. 그래서 당신은 아주 엄혹하지요! 천사로서 당신은 나쁘지 않아요. 그러나 인간으로서 지상의 남성과 여성 가운데 존재하는 여성으로서 당신은 당신을 부드럽게 만들어줄 죄가 필요해요! (*MF* 154)

힐다는 도덕적 타락에 오염되는 것이 두려워 자신을 이해해달라고 간절히 애원하는 미리엄의 눈빛을 외면한다. 소설 결말 부분에서 힐다는 "반대편에서 바닥을 알 수 없는 심연의 가장자리에서 경고를 하는 듯 혐오감을 일으키는"(*MF* 330) 미리엄이 내민 손을 못 본 척하며 판테온(Pantheon)을 빠져나온다. 미리엄이 자신을 용서하지 않는 힐다에 대해 "그녀는 내게 전체 여성을 의미하지요. 힐다가 날 버렸을 때 난 더 이상나의 성(sex)이 지니는 자제나 예절 같은 것을 지킬 의무가 없어졌어요. 힐다는 나를 해방시켰어요!"(*MF* 209)라고 케년(Kenyon)에게 토로하는데서 알 수 있듯이, 힐다는 당시 사회가 여성에게 부과한 '절제와 예절'의 상징이며 점잖은 체하는 가부장 사회가 필요로 하는 우상이다.

호손은 가부장 사회가 요구하는 '도덕적인 처녀'가 지닌 문제를 의식하고 있다. 작가는 이 도덕적인 처녀 힐다가 독창적인 그림 창작을 포기하고 대가들의 그림을 모사하는 점에서도 남성적인 권위에 복종하는 인물로 제시한다. 이처럼 "점잖은 전통(Genteel Tradition)의 원형이자 표백을 한 듯 완벽하게 하얀"(Matthiessen 342) 힐다는 헤로디아(Herodia)나 유딧(Judith)그리고 야엘(Jael)처럼 자신을 유혹하거나 위협하는 남성들에게 복수를 가하는 성서 속의 여성들을 주로 그리는 미리엄과 대조를 이룬다.[10] 이 소설에서 호손이 힐다와 미리엄이라는 두 여성 화가를 제시하는 방식은 라파엘 전파가 견지하는 여성에 대한 양분된 시선을 보여준다.

미리엄은 모델(Model)이라는 정체불명의 남성이 계속 그녀의 뒤를

---

10 비평가마다 힐다와 미리엄의 관계에 대해 다양하게 해석하는데 주로 여성의 양면성 (Hall 87), 자매와 같은 관계(Herbert 127)로 해석한다.

여성과 사회: 이디스 워튼 소설 연구

따라다니는, 인생에 그림자가 드리워진 여성이다. 모델이라는 사나이는 뒤에 카푸친(Capuchin) 수도회의 수도사(Monk)[11]로 밝혀지는데 스타이너(Steiner)는 수도사라는 그의 정체가 서양 사회에서 남성의 권위를 나타내며 사회 전반에 걸친 남성 응시자, 감독관을 상징한다고 주장한다(119). "영국인 어머니와 이탈리아 귀족인 아버지 사이에서 태어난 미리엄은 부모가 정해준 결혼을 거부했고"(*MF* 309) 그 행동에서 비롯된 그녀의 과거와 모델/수도사가 어떤 관련이 있는지는 알려지지 않았지만 그것이 밝혀지면 그녀의 평판이 파괴되리라는 것만이 암시되어있다.

미리엄은 그녀를 괴롭히는 과거가 가부장적인 도덕에서 비롯되었고, 여성의 순결과 관련된 죄의식이 여성의 운명이며, 여성을 남성이 지배하는 상황에서 비참한 운명의 여성이 만들어진다는 점을 상기시키는 인물이다. 그러나 미리엄은 자신이 그린 그림들의 주제가 암시하듯이 운명에 굴복하지 않고 자신을 쫓는 남자를 도나텔로(Donatello)의 손을 빌려 처단한다. 미리엄이 그린 스케치북에는 세례자 요한의 머리를 들고 있는 헤로디아스(Herodias)의 딸이 있다. 미리엄은 "나무라는 듯하면서도 부드럽고 자비로운 표정으로 헤로디아스의 딸을 바라보는 세례자 요한을 그려놓았다. 세례자 요한의 시선이 지니는 기적 같은 힘으로 헤로디아스

---

11 모델/수도사에 관해서는 다양한 해석이 존재하는데 Auerbach는 "모델은 작동하는 아이디어와 성취된 예술적인 창조 사이의 중요한 매개체 역할, 불행한 과거로 고통 받는 미리엄의 뒤를 따라다니는 강박적인 유령과 같은 존재, 미리엄과 과거의 범죄 혹은 불행 사이의 중요한 링크이며 미리엄이 자기 죄를 씻는 것을 방해하는 장벽"이라고 주장한다(109). Dryden은 모델/수도사를 이 소설 전체에 관통하는 지켜보는 시선을 상징한다고 한다(29). Herbert는 그가 모델이라는 점이 다양한 그림에 재현되는 남성으로 남성성 자체에서 나오는 악의 화신을 의미한다고 주장한다(126).

의 딸은 한없는 후회와 사랑이 가득한 여성으로 깨어나는 듯이 보인다"(*MF* 44). 헤로디아스 딸 살로메의 얼굴에 나타나는 복잡한 표정은 도나텔로를 곤경에 빠트리고 나서 그에 대한 사랑을 깊이 되새기는 미리엄을 예고하는 듯하다.

또 한편으로 미리엄이 그린 살로메의 표정은 헌트가 1853년 그린 <깨어나는 양심>("The Awakening Conscience")의 주인공 여성의 표정을 연상시킨다(그림 3). 이 그림은 호화로운 방을 꾸며준 남자에게 육체와 영혼을 판 여자의 공간을 보여준다. 위세를 부리고 있는 남자의 한 팔은 여자의 허리를 감고 있으며 다른 한 손으로는 피아노 건반을 누르고 있다. 여자는 눈을 크게 뜬 채 허공을 바라보고 남자의 무릎에서 엉거주춤 일어서며 경련이 이는 손으로 팔찌를 한 다른 손을 누르고 있다. 밀폐된 방안의 분위기와는 대조적으로 거울에 비친 신선한 정원은 이 여성이 꿈꾸는 미래를 상징하는 듯하다. 남자가 한 손으로 두드리는 피아노 위의 악보, 토마스 무어(Thomas Moore)의 <고요한 밤에는 자주>("Oft in

그림 3. William Hunt 〈깨어나는 양심 The Awakening Conscience〉(1853)

여성과 사회: 이디스 워튼 소설 연구

the Stilly Night")의 노랫말 "고요한 밤에는 자주 / 잠의 사슬이 나를 휘감기 전에 / 행복했던 시절이 떠오른다네 / 내 지난날들이 . . . 이제는 부서지고만 유쾌하고 즐거운 마음이여! / 고요한 밤, 잠의 사슬이 나를 휘감기 전에, / 슬픈 기억이 떠오르네 / 내 지난날들이"라고 하는 내용은 그림 속 여성과 미리엄의 회한에 휩싸인 심정을 엿보게 한다. 또한 모델을 죽음으로 몬 다음 죄의식에 사로잡힌 도나텔로가 케년과 동행하는 여행 도중에 어두운 계곡에서 듣고 눈물을 흘린 "나지막하게 슬픈 곡조로 미리엄이 부르던 방황하는 영혼의 노래"(*MF* 196)를 연상시킨다.

'타락한 여성'을 주제로 한 대표적인 그림인 <깨어나는 양심>은 여성에 대한 화가의 복잡한 시선을 드러낸다. 이 그림은 당시 여성의 섹슈얼리티에 대한 다양한 담론이 양산될 것을 예상하게 만드는 작품으로, 여성의 몸이 '도덕적인 공포'가 발생하는 장소가 되며 순수함과 오염이 교차하는 지점이 되는 것을 보여준다(Bullen 58). 이 그림에서 여성을 재현하는 화가의 시선은 호손이 미리엄이라는 인물을 그리는 관점과 연결된다. 라파엘 전파 화가들이 지닌 여성에 대한 복합적인 재현 방식이 호손으로 하여금 여성을 좀 더 다층적이고 새로운 방식으로 접근하게 하는 데 일조했을 것이다. 호손은 라파엘 전파의 회화에서 여성들을 좀 더 입체적으로 그릴 수 있는 영감을 얻었지만 회화가 지니는 한계를 넘어서고 있다. 라파엘 전파 그림에 등장하는 여성들이 궁극적으로 남성 중심의 가부장적인 도덕을 체화하는 것에 그쳤다면 호손은 거기에서 한발 더 나아간다. 모델/수도사 살인 사건 이후 미리엄이 소설 전면이 아닌 배경으로 들어가는 것처럼 보이지만 미리엄은 라파엘 전파의 모델들이 보여주는 수동적인 인물이 아니다.

스턴(Stern)은 호손이 "대중적인 독자를 달래기 위해 힐다를 창조함으로써 그들과 완전히 타협했다"(3)고 비판하지만 호손은 힐다와 미리엄을 다층적으로 제시한다. 헌트의 <깨어나는 양심>이 주인공 처녀가 자신을 유혹한 남자의 무릎에서 영적인 깨달음을 위해 일어나는 순간을 포착할 때, 호손은 자신에게 불행을 초래한 남자를 제거하는 여자를 창조한다. 작가는 '위험한 여성'인 미리엄을 피해 '위험에 처한' 도덕적인 여성 힐다를 미국으로 돌려보내고 있으나 이 '바람직한 여성'인 힐다가 지니는 한계를 정반대 여성과의 관계를 통해 보여주며, 남성적인 척도로 여성을 두 가지 타입으로 양분하는 가부장적인 사회의 이면을 들여다보도록 유도하면서 그런 분류가 얼마나 무의미한 것인지를 깨닫게 한다.

호손은 이 작품을 힐다가 뉴잉글랜드로 귀환하는 것으로 마무리한다. 힐다는 "높은 탑에서 내려와 남편의 난롯불 곁에서 가정의 성녀가 되고자"(*MF* 330) 케년과 함께 미국으로 돌아가는 차비를 한다. 하지만 '가정의 천사'는 사실 자신이 죄로 물드는 것이 두려워 타인의 고통을 외면하는 차갑고 편협한 사람이며, 그들이 돌아가는 고국은 예술에 대해 "전혀 공감하지 않는 도시의 외로운 화실"과 같은 곳이다. 미국 예술가 몇 명이 로마의 트레비 분수에 앉아 "미국이라면 이 분수의 물을 목화 기계를 돌리는 데 썼을 것"(*MF* 110)이라고 한 자조적인 대화에서 엿볼 수 있듯이 예술보다는 유용성만을 추구하는 고국이다.

라파엘 전파 운동이 활발하던 영국 등 유럽에서 집필한 호손의 마지막 장편 소설『대리석 목양신』은『칠박공의 집』의 피비가 나타내는 '가정의 천사'라는 상징적 인물이 지니는 문제점을 힐다를 통해 제시하고 있다면,『블라이스데일 로맨스』의 성숙하지 못한 제노비아가 좀 더 지혜롭고 인생의 슬픔을 받아들이는 미리엄으로 변화시키고 있다. 호손은 라파엘 전파의 그림에 재현된 두 부류의 여성들이 제시하는 복합적인 시선과 가능성을 수용해 여성들을 좀 더 다면적인 인물로 변화시키면서 자신이 하는 이야기를 통해 여성이라는 주체가 객체로 대상화되는 가부장 사회의 문제를 좀 더 깊게 들여다보도록 우리를 초대한다.

3. 유폐되는 여성: 『여인의 초상』

호손이 가부장적인 사회가 요구하는 '바람직한 여성'과 그 사회가 요구하는 여성의 궤적을 벗어난 '위험한 여성'을 대비해서 보여주고 있다면, 제임스는 감상자의 대상으로 여성을 붙박으려는 남성들의 욕망에 맞서 주체적인 길을 가겠다고 선언한 여성의 삶을 그리고 있다. 그림과 조각 등 시각 예술에서 차용한 이미저리[12]로 인물들이 더 뚜렷하게 부각되는 소설인 『여인의 초상』의 주인공 이자벨에 대해 랠프(Ralph Touchett)는 "고딕 성당보다, 위대한 티티아노보다, 그리스 조각보다, 가장 뛰어난 어떤 예술 작품보다도 훌륭한"(*PL* 127) 외모라고 평한다. 랠프의 어머니이자 이자벨의 이모인 터칫 부인(Mrs. Touchett)은 이자벨을 시마부가

---

12 Eimers는 "예술가들에 대한 통찰력 있는 비평과 예술에 관한 실질적인 지식은 제임스가 시각 예술에 관해 얼마나 지대한 관심을 가지고 있는지를 보여준다. 제임스는 시각 예술이 자신의 문학과 긴밀하게 연결되어있다고 생각했고 시각 예술의 세계에 아주 열정적으로 간여했다"고 주장하면서 제임스와 당대 시각 예술과의 관계를 설명한다(72). Casters는 제임스가 그림에 관한 비평을 쓰면서 자기 소설 속 인물들을 '사진같이 정확한 모사력'으로 그리는 경향을 더 발전시켰을 것이라고 주장한다(*Collecting PR* 104).

조각한 마돈나(Cimabue Maddona)와 비교한다.

이처럼 주위 사람들에게 예술품으로 비유되는 이자벨은 실은 "스스로 운명을 선택하기를 원하며"(PL 161) 모험을 감행하려는 아가씨이다. 제임스가 뉴욕판 「서문」에서 이 소설이 "운명을 대면하고 있는 젊은 여성 이자벨이 벌이는 소동"(PL 48)을 보여주기 위한 거라고 했듯이 55장으로 된 긴 소설은 '여인의 초상'이라는 제목[13]처럼 각 장면마다 주인공과 관련된 인물들이 그림 속 인물들처럼 제시된다.

터칫 부인을 따라 미국에서 영국의 가든 코트(Garden Court) 저택에 도착한 이자벨을 이모부 터칫 씨(Mr. Touchet), 그의 아들 랠프, 랠프의 친구 워버턴 경(Lord Warburton) 세 남자가 바라보는 것으로 드라마가 시작한다. 이자벨이 워버튼 경이라는 영국의 최고 신랑감과 굿우드(Casper Goodwood)라는 미국의 최고 신랑감의 청혼을 거부하고 "여성이 할 수 있는 다른 일도 있다"(PL 134)고 주장하는 모습은 "인습적인 여성 역할을 거부하며 의존적이고 장식적인 존재가 아닌 주체로서 스스로 서기를 결심한, 인간의 권리를 주장하는 '신여성'"(Smith-Rosenburg 176)의 면모를 보여준다.

그러나 이 시대의 '신여성'은 더 자유로워진 생활 방식을 누릴 만큼 실질적으로 자유롭고 독립적인 존재는 아니었다. 신여성은 "계층의 서열을 재확인하기 위해 만들어진 사회 법도의 제약을 받았고 생존 능력을

---

13 시각 예술에 관심이 많았던 제임스는 특히 초상화에 관심이 많았는데 Elizabeth Eboot Duveneck에게 보낸 편지에서 그는 인물 창조와 초상화의 관계에 대해 "초상화보다 위대한 예술은 없는데 그 이유는 지각력이 뛰어난 화가가 그림으로 인물의 성격을 드러내기 때문"이라는 의견을 피력한 바 있다(Funston 436에서 재인용).

획득하기 위해서 여성 자신이 스스로 장식적인 존재, 사교적인 모임의 조정자로 자리매김함으로써 가부장적인 가치를 강화하는 데 일조했다"는 프락터(Proctor 62)의 주장에서 볼 수 있듯이, 이자벨이 결혼이라는 인습과는 다른 길을 모색하겠다고 한 선언은 실행력이 없다. 그래서 이자벨의 주장은 주위 사람들에게 흥미를 일으킬 뿐 진지하게 받아들여지지 않으며, 그녀는 주변 사람들에게 아름다운 예술품 같은 존재로 취급당한다. 당시 중산층 여성에게 사회적 경제적 존립을 보장하는 유일한 방편인 결혼이 아닌 다른 인생을 살겠다는 이자벨에게 날개를 달아준다면서 자기에게 올 유산의 반을 양도하는 랠프 역시 그녀가 사는 것을 흥미롭게 지켜보는 감상가의 자세를 취하고 있다.

중증의 폐결핵을 앓고 있어서 아무 일도 못하고 무의미하게 시간을 보내던 랠프에게 갑자기 나타난 예쁜 사촌은 "최고급 오락거리"로 다가오고 그는 다시 삶의 의미를 찾는다. 이자벨이 독자적으로 인생을 헤쳐나가는 것을 지켜볼 관조자로서 랠프는 그녀를 "창문으로 내부를 들여다볼 수 있는 건물로 간주한다"(*PL* 63). 랠프는 이자벨이 워버턴 경의 청혼을 거절한 뒤 그녀의 인생이 어떻게 전개될 것인지 흥미로워하면서 그녀에게 이런 말을 한다.

아, 관객이 많겠군! 우리는 지금부터 너의 인생을 지켜볼 거야. 나는 그 전부를 보지는 못하겠지만, 아마도 가장 흥미로운 기간은 보게 되겠지. 물론 네가 우리 친구와 결혼한다면 여전히 아주 남부럽지 않은, 사실상 아주 멋진 인생을 살게 되겠지만. 하지만 상대적으로 약간 지루할 수도 있을 거야. 그 인생은 확실히 미리 정해진 거지. 예상치 않는 일은 없을 거다. 알다시피 나는 예기치 못한 일을 아주 좋아하거든. 이제 게임은 네 수중에 있으니 멋진 본보기를 보여주기를 기대하마. (*PL* 133)

랠프의 이런 발언은 이자벨이 독립적인 '신여성'이 아니라 감상자 앞에서 움직이는 인형 같은 존재라는 것을 보여준다(Gass 697).

이자벨의 날개가 되라고 랠프가 양도한 막대한 유산은 역설적으로 그녀를 "죽음의 집"에 갇히게 만드는 족쇄가 된다. 이자벨의 불행한 결혼은 랠프와 마담 멀, 오스먼드(Gilbert Osmond) 모두가 협력해서 만든 합작품이고 그 플랜은 어리석을 정도로 순진하고 자유와 독립을 원하는 이자벨에 의해 완성된다. 이자벨은 사회적 지위나 돈이 없는 오스먼드를 "세속으로부터 고고하게 초연한 자유와 독립의 화신"(*PL* 293)으로 상정하면서 주위 사람들의 반대를 무릅쓰고 그와 결혼을 감행한다. 결혼으로 변화된, 오스먼드가 만든 틀 안에 갇혀있는 듯한 이자벨의 모습은 결혼 3년 후 "금박을 입힌 현관 입구"를 배경으로 "검은 벨벳 드레스를 입고 화려한 그림 속의 여인처럼 등장"(*PL* 309)하는 광경에서 뚜렷하게 나타난다. 금박 액자 안에 들어있는 듯한 이자벨의 이미지는 작가가 마치 거대한 초상화를 해석하는 것처럼 시각적인 세부 사항과 장식적인 특성을 제시하면서 이자벨의 상황을 강조하고 있다(Hopkins 562).

랠프는 "3년 만에 만난 이자벨이 자기 앞에 '거대한 휘장'을 드리운 듯 변해있고 자유롭고 명민하던 처녀는 길버트 오스먼드를 구현하는 듯한 인물"(*PL* 330)로 변화된 것을 확인한다. 결혼 후 이자벨은 서서히 "오스먼드의 교양, 영리함, 상냥함, 친절함, 재능, 인생에 대한 지식 아래에는 이기주의가 꽃으로 덮인 제방 속의 뱀처럼 숨어있다"(*PL* 360)는 것을 발견한다. 이자벨에게 깨달음은 보는 행위(seeing)로 다가오는데, 자기가 얼마나 오스먼드를 제대로 보지 못했나를 깨닫게 되고 자신의 보는 행위에 내재되어있는 아이러니와 비극성을 점차 인식하게 된다(최정선 161).

오스먼드와 결혼하기 직전 이자벨에게 결혼을 결정한 이유를 묻고자 방문하는 캐스퍼 굿우드를 초조하게 기다리면서 창

그림 4. John Everett Millais 〈마리아나 Mariana〉(1851)

가에 서 있는 이자벨의 모습은 밀레이가 그린 <마리아나>("Mariana" 1851)을 연상시킨다(그림 4).[14]

열려있는 높은 창문을 초록색 덧창이 반쯤 가렸지만, 정원의 밝은 빛이 넓은 틈새를 통해 들어와 온기와 향기로 채웠다. 우리의 여주인공[이자벨]은 손을 뒤로 깍지 낀 채 한동안 막연한 불안감을 드러내며 창가에

---

14 밀레이 사망 후 제임스는 화가 밀레이의 삶을 조명하는 글에서 "촉망받는 젊은 화가로 시작해 대중에게 팔려 대중의 욕망이라는 손아귀에 놀아난 화가로 점차 변한 것" (*Essays on Art and Dramas* 281-2)을 안타까워할 정도로 그와 가까웠다.

서서 밖을 내다보았다. (*PL* 270)

그림 <마리아나>는 빅토리아조 시인 테니슨(Tennyson)이 셰익스피어
(Shakespeare)의『자에는 자로』(*Measure for Measure*)의 플롯 하나를 바
탕으로 쓴 시[15]를 형상화한 그림이다. 그림 속에서 짙은 푸른색 드레스를
입은 마리아나는 권태로운 자세로 고개를 젖히고 허리를 손으로 받친 채
저택의 창가에 서서 스테인드글라스로 된 창문을 우울하게 바라보고 서
있다. 결혼 전의 이자벨이 있는 방의 창문은 반쯤 열려 있어 바람이 들어
오고 있지만 그림 속 마리아나가 서 있는 실내는 "다분히 폐쇄적이고 억
압적인 공간으로 보인다. 이 공간은 빅토리아 중산층 여성들의 닫히고
막힌 삶을 대변"(Pearce 64)하는 것으로 이는 이자벨이 오스먼드와의 결
혼 후 살게 되는 "죽음의 집, 어둠의 집, 침묵의 집"(*PL* 360)[16]을 상징하
는 듯하다. 테니슨이 그린 "외롭고 좌절한" 여성을 밀레이는 허리에 손
을 얹고 몸의 윤곽이 비스듬히 드러나는 모습으로, "성숙한 여성의 성적
좌절과 갈망"(Prettejohn 12)이 꿈틀대는 복잡한 심정을 지닌 여성으로
변화시킨다.

　당시의 "성과 정치, 권력의 상관관계를 보여주는『자에는 자로』"(한

15　1830년 테니슨이 발표한「마리아나」는『자에는 자로』에 등장하는 편협한 위정자 안
　　젤로에게 버림받고 실연의 아픔에 시달리며 연인을 그리워하는 마리아나를 노래한
　　시이다. 테니슨은 셰익스피어의 서사를 배제하고 "내 삶은 쓸쓸해, 그는 오지 않아 /
　　나는 지쳤어, 정말 지쳤어 / 나는 죽고 싶어"라고 수동적인 여성의 고독과 외로움을
　　노래한다.
16　오스먼드가 등장하는 장면은 항상 밀폐된 실내이다. 이사벨이 그를 처음 만난 플로렌
　　스의 빌라에서부터 그들이 결혼한 다음 거주하는 저택에 이르기까지 그와 관련된 공
　　간은 폐쇄적이고 어두운 '감옥' 이미지가 팽배해있다.

광석 412)에 등장하는 마리아나는 오빠의 죽음으로 결혼 지참금이 없어지는 바람에 약혼자 안젤로(Angelo)에게 파혼을 당하고 5년이나 오지의 농장에 갇혀있다시피 지내는 인물이다. 약혼자에게 버림받은 여인이 그를 절실히 기다리는 모습을 담은 이 그림은 "여성의 억압과 희생 그리고 개성의 말살, 의미 있는 사회적 역할과 행동을 할 수 있는 기회의 박탈"(Andres 162)을 드러내고 있어 마치 오스먼드(Osmond)와 결혼한 다음 이자벨의 인생을 캔버스에 압축해놓은 듯하다. 사고로 갑자기 지참금을 잃고 약혼자에게 버림받은 뒤 농장에 유폐된 마리아나의 처지와 우연히 생긴 거액의 지참금 때문에 불행한 결혼의 덫에 걸리게 된 이자벨의 상황이 기묘하게 교차한다.

남편의 추한 이면을 뒤늦게나마 확인하게 된 이자벨은 영국에 가는 것을 반대하는 남편의 의견에도 불구하고 가든 코트로 가 랠프의 임종을 지킨다. 랠프의 장례식을 치른 다음 이자벨이 로마로 귀환하는 대목은 이 작품에 관한 매우 중요한 논쟁거리 가운데 하나이다.[17] 『자에는 자로』의 마리아나가 우여곡절 끝에 다시 안젤로와 결합하는 이야기는 로마로 돌아가는 이자벨을 예측하게 만들지만, 이자벨은 총독 빈센티오(Vincentio)의 책략 덕분에 안젤로가 다시 자신을 선택해준 것을 기뻐하는 마리아나와는 다르다. 랠프의 죽음 이후 가든 코트로 찾아와 또 한 번 청혼하는 캐스퍼 굿우드를 거부하고 결연히 "자신 앞에 놓인 곧은 길"(PL 490)을

---

17 이 결말에 관해서는 대체로 두 가지 의견으로 정리되는데, 결혼이라는 제도에 대한 형식적인 의무감과 자기가 한 선택에 대한 의무감으로 이자벨이 불행한 울타리로 귀환한다는 해석과, 이자벨을 용기와 열정을 지닌 여성으로 보고 당시 여성으로서는 현실적인 결론이며, 이자벨에게 미래가 있다는 여지를 남기는 결말이라는 해석이 있다 (윤조원 116).

그림 5. Marie Spartali Stillman 〈마리아나 Mariana〉(1867-69)

선택한 이자벨[18]은 예전처럼 "어둠의 집"에 유폐된 삶은 살지 않을 것이다. 이자벨은 이제 겉모습에 속아 넘어가는 어리석은 사람이 아니라 "자신의 비결을 알고 있는 사람"(*PL* 458)이며, 요트칸트(Jottkandt)가 주장한 것처럼 "타인에 의해 인생이 결정되는 사람이 아니라 자신만의 자유롭고 지적인 대의를 가진 주체적인 인간으로 변화할"(80) 것을 기대하게 된다.

    랩프나 오스먼드 같은 남성들이 이자벨을 자기들이 만든 그림틀에 넣어 '살아있는 그림'(tableaux vivant)으로 만들려고 하나 이자벨은 그들의

---

18 이때의 이자벨의 모습은 제임스가 개인전을 보고 "지적인 매력이 있다"(Casteras, "The Prime Hours" 314에서 재인용)고 칭찬한 바 있는 스틸먼(Marie Spartali Stillman)이 그린 <마리아나>(1867-9)를 연상케 한다(그림 5). 남성 화가 밀레이의 <마리아나>와는 달리 여성 화가 스틸먼이 그린 마리아나는 "깊은 상념에 잠긴 여성의 옆모습을 포착해 실내도 실외도 보지 않으며 자신을 통제하는 모습으로 열려진 창문은 해방과 정신적인 확장"(Andres 65)을 나타내는 듯 좀 더 지적이고 긍정적인 인물로 재현되어있다.

여성과 사회: 이디스 워튼 소설 연구

의도대로 움직이지 않는다. 이 소설의 뉴욕판 「서문」에서 제임스는 "이자벨 주변의 위성들, 특히 남자들"을 주변적으로 다룬 반면에 "이자벨이 자신과 관계를 맺는 과정을 주된 초점으로 삼으려 한다"(*PL* 51)고 했듯이 "외국어로 쓰인, 해독할 수 없는 독창적인 텍스트"(*PL* 93) 같은 이자벨은 타인에 의해 조종되는 인물이 아니다. 이 작품에서 삶의 현장과 유리되어 자기들이 만든 틀에 박제가 된 존재는 아이로니컬하게도 이자벨을 살아있는 인형으로 보고 감상가의 자세로 산 랠프와, 그녀를 수집품 가운데 하나로 생각한 오스먼드라고 할 수 있다.

이들 두 남자는 이자벨의 인생에 깊게 개입한다는 점에서 평행을 이루며 "인생을 감상가의 문제로 생각하는 면에서 비슷하다"(*PL* 229). 랠프가 임종하는 장면에서 이자벨에게 자신의 사랑을 절절하게 보여주는 모습은 진실이 담겨있으나 그 점이 인정될수록 랠프의 양가적인 태도가 뚜렷해진다. 소설 전반에 걸쳐 이자벨에게 향하는 랠프의 사랑과 진정성이 부각되고 있지만 랠프 역시 오스먼드 못지않게 이자벨을 응시 대상이자 구경거리로 대함으로써 이자벨의 인생에 얼마나 치명적인 결과를 야기했는지를 시종일관 드러내고 있다. 다만 랠프가 자기 기쁨을 위해 이자벨을 "인습의 맷돌에 깔리게 한"(*PL* 478) 점을 뉘우치고 인생이란 단순히 "감상가의 문제"가 아님을 인정했다는 게 오스먼드와 다를 뿐이다.

오스먼드는 "세상의 속박에 자유로운 척했지만 세상의 노예였고 세상 사람들이 자기에게 보이는 관심이 그가 가진 유일한 성공의 척도"(*PL* 361)인 "불모의 딜레탕트"(*PL* 292)이다. 유미주의적 취향과 냉혹한 이해타산의 집합체로서 오스먼드가 하는 일이라고는 포즈를 취하고 세상 사람들을 속여 넘기는 일뿐이다. 이는 '살아 숨 쉬는 공동체'에서 떨어져 나온 인간들이 완벽하게 구사할 수 있는 자질이다. 스스로 만든 틀에 갇혀 사는 오스먼드의 모습에는 아름다움이라는 표면 아래 물신주의를 감추고 있는 유미주의(Aestheticism)에 가하는 제임스의 비판이 드러난다.[19] 제임스는 오스먼드를 통해 라파엘 전파의 그림에 자주 재현된 아름다운 여성의 초상화가 감추고 있는 상업주의적인 타락과 아름다움을 추구한다는 기치 아래 물신주의를 숨기고 있는 유미주의를 비판한다.

4. 소비되는 여성: 『연락의 집』

호손과 제임스의 소설이 사회 전반에 나타나는 여성의 대상화와 시각화에 대해 완곡하게 에둘러 비판하고 있다면, 여성 작가 워튼의 『연락의 집』은 가부장적 자본주의 사회에서 남성의 욕망 대상으로 존재하는 여성의 운명을 보다 더 적나라하게 제시한다.[20] 워튼의 소설에는 라파엘 전파

---

19 Leon Edel은 "제임스는 오스먼드의 모습을 통해 딜레탄티즘에 빠질 위험과 예술이 삶을 대체하는 데에서 오는 도덕적인 위험을 자신에게 경고하고 있다"(11)고 지적하며 Jottkandt는 제임스가 오스먼드를 "사람을 예술품으로 객체화하는 위험한 유미주의자"로 제시한다고 주장한다(69).

20 Andres는 빅토리아조 영국소설을 다루면서 "Gaskell이나 Eliot 같은 여성 작가들이 당대의 선배 남성 작가 Tennyson이나 Hardy에 비해 여성의 가능성에 조명을 비추고 있다"(162-3)고 주장하지만 워튼은 이 소설에서 여성의 삶에 내재된 한계와, 여성에 대해 억압적인 사회를 남성 작가들보다 훨씬 더 강도 높게 비판하며 대안이나 다른 가능성을 제시하지 않는다. 이것은 청교도적인 "미국 사회가 여성의 섹슈얼리티에 대해 [유럽보다] 더욱 억압적"(*French Ways and Their Meanings* 113)이라고 했던 워튼의 주장과 맥을 같이한다.

의 초상화에 나타나는 젠더와 계급의 굴레에서 고통당하는 여성들의 이미지와 일맥상통하는 여성들이 등장한다. 워튼은 여성을 "자신의 부를 과시하는 데 적합하고, 남의 여자를 초라하게 만들 수 있는 방편으로 취급하는"(*HM* 187) 사회에서 주체가 아닌 객체로서 존재하는 여성들의 삶에 초점을 맞춘다.

라파엘 전파 초상화의 여성 모델들은 로제티의 모델이자 부인이었던 엘리자베스 시덜(Elizabeth Sidall)처럼 대부분의 화가보다 사회적 계급이 낮은 노동 계층이었다.[21] 이들의 그림은 빅토리아인의 여성에 대한 이중적인 기준, 즉 도덕적이기를 바라면서도 성적인 매력을 발산하는 모순적인 인물로 제시하고 있다. 당시 빅토리아인들이 시각적인 것을 사랑하여 그림에서 성적인 쾌락을 얻는 것을 즐기는 성향이 라파엘 전파의 발전과 변화에 서로 얽혀있으며, 초상화를 바라보고 평가하는 새로운 방식을 예시하였다.[22] 로제티의 모델들은 그림 감상자의 즐거움과 소비의 대상으로 제시되었다(Casteras, *Collecting PR* 141).

워튼이 그리는 여성들은 라파엘 전파 화가들이 그린 초상화 속 여성

---

21 로제티의 부인 Elizabeth Siddall이나 William Morris의 부인 Jane Morris는 남편의 가족들이 결혼을 반대했을 정도로 남편들과 사회적 신분이 어울리지 않은 사람들이었다. 극장에서 우연히 만난 제인과 결혼한 모리스는 그의 가족이 결혼식에도 참석하지 않았다(힐턴 187).

22 Barnett는 "19세기 후반으로 갈수록 중산층이 구입하는 초상화는 전문적으로 감상하기 위한 예술품이 아니었고 세속적인 기념품과 같았다. 워튼은 자기 소설에서 초상화에 대해 전반적으로 그리 높이 평가하지 않고 있는데 그 이유는 초상화가 지니는 여성의 낭만화에 대해 비판하기 때문"이라고 지적한다(182). 릴리는 고모 집에 걸려있는 베아트리체 첸시의 복사화에 관심도 없고『그 지방의 관습』에서 초상화는 신흥 부자들과 여성들의 허영심을 과시하는 속물적인 품목으로 제시된다.

들이 보여주는 남성의 욕망에 자극적인 매력을 체화하여 그들 스스로 상품으로 제시하고 있는 것을 볼 수 있다. 스텐포드(Derek Stanford)는 "남성과 여성 간의 얽혀있는 상업적인 관계는 이 당시 문명화 과정의 특성이었고, 여성은 자신을 남성의 흥미를 유발하는 인물로 만드는 데 도움이 되는 예술 사조를 환영했"고 주장하면서 "환상적이고 강렬하며 신비한 숭배의 대상"으로 로제티가 재현한 여성들의 그림이 남성을 끄는 매력이 있다는 것을 알고 그런 이미지를 많은 여성이 구현하고자 노력했다고 주장한다(28). 『연락의 집』의 릴리는 남성들에게 매력적으로 '보이는 것'이 자산이 되며 사회적 지위를 확보하는 데 필요하다는 점을 인정하는 여자다.

워튼은 릴리를 통해 당시 여성들이 남성 중심 사회에서 응시 대상으로 살던 사람들이라는 점과 그런 선택을 할 수밖에 없는 상황을 말하고 있다.[23] 이 소설은 뉴욕의 그랜드센트럴 역에 나타난 릴리를 바라보는 셀던(Lawrence Seldon)의 시선으로 시작해서 수면제 과용으로 죽은 그녀를 그가 내려다보는 장면으로 끝난다. 릴리가 상류 계층이라고는 하나 실상 그녀가 처한 상황은 라파엘 전파 화가들의 모델들과 별반 다르지 않다. 이 작품에는 무일푼의 고아 릴리가 생존을 위해 기울이는 처절한 노력이 제시된다. 자기에게 최고가를 매기는 남자와 결혼하려고 총력을 기울이다 결정적인 순간에 그런 가치와 타협하지 못하고 결국 파멸하는 릴리의 비극이 그려진다. 생존을 위해 돈 많은 남편을 확보해야 하는 릴리가 많은 비용이 드는 사교계 생활을 곡예 하듯 아슬아슬하게 이어가다

---

23 Berger는 "여성들이 자신의 감독관은 남자라는 것을 인정하며 여성은 스스로 자신을 대상으로, 특히 시각의 대상으로 변화시킨다"(47)고 주장한다.

내리막으로 들어서기 직전 브라이(The Brys) 저택에서 열린 활인화(Tableaux Vivant) 파티는 그녀가 처한 상황을 단적으로 보여주는 경우다. 활인화 놀이는 상류 사회 인사들이 즐겨했던 놀이 가운데 하나로 명화 속의 인물을 여성들이 재현하는 것이다.[24] 남성들의 응시가 없는 자유로운 곳을 갈망하나 그 범주를 벗어나면 존재 자체가 불가능하게 되는 여성들의 모순적인 입지가 활인화를 연출하는 릴리를 통해 드러난다. 남편감을 찾아 파티가

그림 6. Joshua Reynolds 〈로이드 부인 Mrs. Lloyd〉 (1775)

열리는 곳마다 비싼 옷과 장신구로 치장해 아름다운 상품으로 자신을 전시하는 릴리의 처지가 이 공연에서 가장 잘 포착된다.

활인화 공연에서 릴리는 조슈아 레이놀즈(Joshua Reynolds)가 그린 〈로이드 부인〉("Mrs. Lloyd")이라는 초상화를 재현한다(그림 6). 릴리는

---

24 활인화 놀이는 르네상스 시대의 축제와 왕실 행렬에서 그 기원을 찾을 수 있다. 18세기부터 파리의 극장에서 상연되기 시작했고 1850년대부터 옷을 거의 입지 않는 여인들이 전시되기 시작하자 '여성 기독교 절제운동'(Women's Christian Temperance Campaign) 지도자들은 '점잖지 못한' 활인화 공연을 저지하려 했으나 효과는 미미했고 활동사진의 발달로 서서히 자리를 잃었다(Coulson 61).

그 활인화를 "그림에서 걸어 나오는 것이 아니라 그 그림으로 걸어 들어간 듯이"(*HM* 141) 완벽하게 연출한다. 『여인의 초상』은 초상화 틀에 이자벨을 고착시키려는 남성들의 욕망에 그녀가 저항하는 것을 보여준다면, 이 소설의 주인공 릴리는 외견상으로는 스스로 초상화 속으로 들어간 듯이 보인다. <로이드 부인>의 주인공은 조각칼로 나무에 자기 이름을 새기고 있는데 셀던을 비롯한 모든 관람자들은 릴리가 조각칼을 들고 있는 것에 대해서는 관심이 없다. 프라이어(Fryer)가 "이 활인화가 다른 점은 릴리가 속하는 사교계에서는 드러내놓고 언급하지 않으나 그 저변에 깊숙이 흐르는 기조는 성적인 면이라는 점을 인정하고 릴리의 육체가 솔직하게 드러난 점"(77)이라고 했듯이 그 자리의 구경꾼들은 몸의 곡선을 그대로 드러내는 하얀 드레스를 입은 릴리의 육체가 발하는 성적인 매력과 아름다운 외모에만 집중한다. 파티에 모인 구경꾼들은 "맙소사, 릴리, 당신은 '깜짝 놀랄 정도로 미인'(stunner)이네"(*HM* 97)라고 한 트레너(Gus Trenor)의 감탄이 나타내듯 라파엘 전파 화가들의 모델처럼 '경탄할 정도로 아름다운 미인'(stunner)[25]인 릴리의 미모를 다시 확인할 뿐이다. 이 공연 이후 릴리는 "경매장의 품목으로, 박물관에 전시된 물건

---

25 라파엘 전파의 그림을 논할 때 자주 언급되는 'stunner'는 커다란 눈과 예쁜 이목구비, 긴 머리칼, 아름다운 몸매를 가진 말 그대로 '깜짝 놀랄 정도로 아름다운' 라파엘 전파의 그림에 등장하는 모델들을 가리키는 용어이다. 이들 모델의 예는 Elizabeth Siddall, Georgie Burne-Jones, Jane Morris, Fanny Cornforth, Emma Maddox Brown, Annie Miller와 같은 화가의 부인이거나 애인이었던 여성들이다. 헨리 제임스 역시 'stunner'에 관해 언급하고 있는데 윌리엄 모리스와 그의 부인 제인 모리스를 불룸스버그에서 만나고 온 다음 누이 Alice James에게 보낸 편지에 "놀랄 정도로 아름다운 제인의 외모와 분위기는 절대 잊히지 않을 것"(Stanford 29에서 재인용)이라고 언급한 바 있다.

으로 변화하여 파멸의 길을 가게 된다"(Gair 365).

릴리는 활인화 공연의 주관자가 권하던 티에폴로(Tiepolo)의 <클레오파트라 여왕>, 다시 말해 강렬하게 유혹적인 매력을 행사했지만 결국 자살한 여인 대신 지적이고 독립적인 인간으로 자기 이름을 남기고자 조각칼을 쥐고 있는 <로이드 부인>을 선택한다. 릴리는 자신을 작가나 예술가로 보여주고 싶어 하나 어느 누구도 그런 릴리의 마음을 읽지 못한다. 남성 관객들을 대표한다고 볼 수 있는 셀던은 활인화 속의 릴리를 "자기가 아는 진정한 릴리"(*HM* 142)라고 생각하지만 그 역시 릴리의 진짜 의도를 전혀 짐작하지 못한다. 시종일관 릴리를 "멋진 구경거리이며 항상 그녀가 하는 것을 지켜보기를 즐기는"(*HM* 71) 셀던은 누구보다 릴리를 가장 잘 파악한다고 자처하나 그는 "구경꾼으로 호기심을 가지고"(*HM* 15) 릴리를 바라볼 뿐이다.[26]

셀던은 활인화를 연출하는 건강하고 자신 있는 릴리의 모습에서도 "그녀의 미모를 상스럽게 만드는 모든 것들로부터 거리를 두게 하는 미의 본질이 그와 그녀가 잠시 통한 적이 있던 세계에서 릴리로 하여금 그에게 애원의 손길을 내밀게 하는 것 같다"(*HM* 135)고만 느낀다. 릴리가 예술적인 재창조를 통해 무엇을 성취하려고 하든지 셀던은 릴리가 연출하는 활인화에서 "그녀 인생의 모든 비극을 읽을 뿐이다"(*HM* 135). 셀

---

26 셀던은 릴리에게 "모든 것으로부터의 자유, 물질적인 가난으로부터의 자유로움, 일종의 정신 공화국을 유지하기"(*HM* 72-3)를 주장해 자신은 정신적 물질적인 타락과 관련이 없는 것처럼 보인다. 그러나 셀던이 주장하는 '정신 공화국'이란 "자신이 적극 참여하고 있는 사교 시장을 세련되게 복제한 것에 지나지 않는다"(787)는 Dimock의 비판처럼 그는 릴리를 구경거리로 생각하는 사교계 남성 관객의 한 사람일 뿐이다.

던이 릴리를 읽는 관점은 나무에 자기 이름을 새기고 있는 조슈아 레이놀즈의 <로이드 부인>이 아니라 마치 로제티가 <베아타 베아트리체>("Beata Beatrix")를 통해 재현한 창백하고 애수에 찬 엘리자베스 시덜을 보고 있는 듯하다(그림 7). <베아타 베아트리체>는 '성스러운 베아트리체'라는 뜻으로 시덜이 로제티에게 거의 학대에 가까운 취급을 당한 뒤 자살로 생을 마감하자 로제티가 그녀의 죽음을 애도하기 위해 그린 단테(Dante Aliegheri)의 연인, 베아트리체(Beatrice Pontineri)의 죽음에서 모티브를 잡아 그린 그림이다.[27]

그림 7. Dante Gabrielle Rossetti 〈베아타 베아트리체 Beata Beatrix c.〉(1864–70)

여성과 사회: 이디스 워튼 소설 연구

이 그림처럼 소설의 결말은 셀던이 수면제 과용으로 죽은 릴리의 침대 곁에서 죽은 그녀를 바라보고 있는 모습이다. 자신의 부정을 덮기 위해 릴리를 희생시키는 버사 도싯(Bertha Dorset)의 계략을 알면서도 그 상황을 방치하는 주위 사람들에 의해 릴리는 부도덕한 여자로 낙인찍혀 고모의 유산 상속에서도 제외되고 사교계에서도 추방당한 뒤 결국 비극적으로 생을 마감한다. 워튼은 서른에 세상을 하직한 릴리의 때 이른 죽음 장면을 묘사하면서 시덜의 비극적인 죽음을 떠올렸을지도 모른다.[28] 올랜도는 워튼이 릴리의 죽음을 시덜의 죽음과 겹치게 만든 이유에 대해, 죽은 미인을 남성의 응시 대상으로 자리매김하는 로제티를 비롯한 라파엘 전파 화가들의 전통과 그런 전통의 확립에 기여한 가부장 사회의 규범을 비판하기 위해서라고 주장한다(78). 이런 그림들이 보여주는 시각적인 이미지는 여성을 무력하고 수동적이며 응시 대상으로, 남성은 여성을 대상으로 즐기는 소비자이자 능동적인 주체로 영원히 고정하기 위해 여성을 죽음으로 동결시키는 것을 상징한다. 워튼은 이와 유사한 이미지를 로제티의 <(베아트리체가 죽을 때를 꿈) 단테의 꿈>("Dante's Dream

---

27 이탈리아에서 망명해온 정치가의 아들이었고 이름이 단테였던 로제티는 자신을 단테라고 생각했다. 그는 시덜을 단테의 예술적 뮤즈였던 베아트리체와 동일시했으며 비극적으로 요절한 시덜을 기념하기 위해 <베아타 베아트리체>를 그렸다(손영희 57).

28 시덜은 그녀의 슬픈 죽음을 애도한 로제티에 의해 아름답게 재현된 죽은 모습으로 유명하다. 시덜의 죽음을 그림으로 '아름답게 애도했던' 로제티는 사실 시덜과 10년 동안 약혼과 파혼을 반복했고 그녀가 정신적으로 거의 파탄에 이르렀을 때 결혼했으며 결혼 뒤에도 그녀를 무시하고 외도를 계속했다. 결혼 후 시덜은 건강이 점차 악화되었고 경제적으로도 힘들었다. 1862년 둘째아이를 임신 중이던 시덜은 아편 과용으로 32세에 거의 자살에 가까운 죽음을 맞았다. 로제티는 아내의 죽음을 오랫동안 자책하며 그녀의 이미지를 그리고 또 그렸다(힐턴 204).

(at the Time of the Death of Beatrice)")에서도 보았다(그림8). 이 그림은 관에 누워있는 죽은 베아트리체를 보기 위해 단네가 사랑의 신에 이끌려 베아트리체가 누워있는 관에 다가가는 광경을 포착한다.

릴리와 시덜의 생애는 여러 공통점이 있는데 예술가다운 자질이 있었음에도 발휘할 기회가 없었고, 살아있는 인간이 아니라 예술품 같은 존재로 취급되며 둘 다 불면증에 시달리다 서른 무렵에 약물 과용으로 죽은 점에서 그러하다. 릴리와 시덜은 연작 소네트 「생명의 집」("The House of Life")[29]에서 로제티가 '때늦은 숭배자'라고 불렀던 남성들에게 아름다운 모습을 남기고 죽은 여성이다(Orlando 75). 현실 속에 실존했던 로제티와 시덜의 관계는 워튼의 관심을 가상 세계인 소설 속 릴리의 비극보다

그림 8. Dante Gabrielle Rossetti
〈단테의 꿈 Dante's Dream (at the Time of the Death of Beatrice)〉(1871)

여성과 사회: 이디스 워튼 소설 연구

더 급박한 여성의 역사적인 현실로 향하게 만든다.

시덜의 죽음은 그녀처럼 "시를 쓰고 그림을 그리는 재능 있는 시인
이자 화가"(손영희 55)였던 많은 여성이 남성들의 예술적인 숭배와 성적
인 대상으로 전락하고 결국에는 비극적인 죽음에 이르게 되는 사실을 들
추어낸다. 화가들이 죽은 여인을 계속 미화해서 그리는 것은 남성의 욕
망의 대상으로, 시의 대상으로 자유 의지를 박탈당한 여성의 상황을 극
단적으로 보여주는 것이다. 죽은 릴리를 바라보고 있는 셀던의 모습, "그
[셀던]는 자고 있는 듯한 [릴리의] 얼굴을 내려다보고 서 있었다. 그 얼
굴은 그가 알고 있던 살아있는 모습 위로 만질 수 없는 가면을 쓰는 있
는 것처럼 보였다. 그녀의 이상하고 신비한 깊은 내면의 고요함을 향한
채 서 있는"(326) 셀던의 모습은 로제티에 의해 재현된, 베아트리체를
바라보고 있는 단테의 모습이기도 하다. 릴리는 여성을 대상화하는 남성
들의 가치관을 수용하고자 했으면서도, 활인화 장면이 보여주듯이 재능
있는 한 인간으로 존재하고자 하는 의지가 일으키는 갈등으로 인해 침몰
당한다.

---

29 이 소네트는 1870년에서 1881년에 걸쳐 로제티가 쓴 연작 소네트집으로 시덜에 대한
사랑으로 시작하여 그녀의 죽음에 대한 슬픔, 시덜의 죽음 이후 윌리엄 모리스의 부인
이었으나 오랫동안 그의 연인이었던 제인 모리스에 대한 사랑이 담겨있다. Orlando는
'The House of Life'라는 제목과 워튼의 소설 제목 'The House of Mirth'의 유사성에
주목한다(76).

5. 맺는 말

　지금까지 논한 세 편의 미국 소설은 라파엘 전파가 재현하는 여성의 모습에서 보다 입체적이고 복합적으로 여성을 부각할 수 있는 시각적인 재현 양상을 차용하면서도, 좀 더 포괄적이고 다양한 해석의 제시로 회화의 한계를 넘어선다.

　먼저 호손은 힐다와 미리엄을 통해 초기 라파엘 전파의 그림에 나타나는 도덕적인 여성과 사회가 여성에게 요구하는 범주를 넘어선 여성 모두가 지니는 한계와 비극을 동시에 보여준다. <성모 마리아의 처녀 시절>의 '순결한 천사' 같은 여성이 감추고 있는 편협함과 타협 불가능성을, 그리고 가부장 사회의 인습을 어긴 '위험한 여성'의 "깨어나는 양심"이 미리엄에게 가하는 고통을 이야기한다.

　제임스는 이자벨을 통해 신여성의 한계와 가능성을 탐색하면서 밀레이의 그림 <마리아나>의 주인공보다 한발 더 나아간다. 밀레이의 마리아나가 밀폐된 공간에 갇혀 있어 기회와 욕망이 좌절되고 절망하는 모습을 보여주는 데 그쳤다면, 제임스는 이사벨이 겪은 고통을 통해 그녀가 성숙한 인간으로 거듭나는 과정을 제시한다. 거기서 더 나아가 작가는 여성을 '살아있는 그림'으로 감상하고 소유하려 한 남성들이 역설적으로 사회와 유리되어 밀폐된 공간에서 박제되어버리는 아이러니한 전복을 보여준다.

　두 선배 남성 작가와 달리 워튼은 가부장 사회의 도덕에 대해 강도 높게 비판한다. 가부장적인 도덕을 고수하는 힐다를 남편이 될 케년과 함께 고국으로 돌려보내는 호손이나, 남편이 있는 로마로 귀환한 다음의

272

이자벨의 미래를 독자의 상상에 맡기는 제임스와는 달리, 워튼은 인습적인 뉴욕 상류 사회에서 이혼을 감행하면서 그 사회의 금기를 어긴 대가를 직접 체험한 여성답게 여성을 응시와 욕망의 대상으로 취급하는 사회에 훨씬 직접적인 비판을 가한다. 워튼은 여성의 삶을 호손이나 제임스처럼 현실성이 희박한 대안으로 처리하거나 모호하게 종결짓지 않고, 죽음을 맞이하는 여성의 비참한 운명을 통해 여성의 대상화에 함축한 문제에 대해 강력히 경고한다. 남성들의 욕망 대상으로 재현된 그림 속 여성을 스스로 체현하는 활인화 공연은 그것을 관람하는 남성들의 욕망을 한층 더 강렬하게 불러일으킨다. 활인화를 공연하는 릴리는 가부장 사회에서 대상으로 존재할 수밖에 없는 여성들의 분열적인 욕망을 가장 극명하게 보여주는 존재이다. 활인화 공연은 남성의 욕망을 자극해 남편감을 확보하겠다는 욕망과 객체가 아닌 주체로 존립을 원하는 한 인간으로서의 욕구가 가장 첨예하게 부딪치는 장면이다.

워튼은 릴리라는 비극적인 인물을 구축해가면서 라파엘 전파 그림에 등장하는 여성들이 릴리처럼 남성들의 욕망을 수용하고, 초상화 속에 박제되어 생명과 정체성을 박탈당한 채 응시의 대상으로 동결되어 희생당한 것을 깨닫게 된 것이다. 워튼은 자신이 그린 릴리와 로제티의 모델이자 아내였던 엘리자베스 시덜의 비참한 인생을 중첩시킴으로써 당시 여성이 처한 이중적인 곤경에 대해 고발하고 있다.

이들 소설에 나타난 여성들의 고난에 찬 운명, 즉 남성들의 응시를 받는 대상으로 그들의 구경거리로 존재하는 사실이 당대 대표적인 회화운동의 대표적인 그림에 상응하듯이 재현되고 있다. 이런 사실은 주체적인 존재로서 '신여성'을 주장하는 운동을 활발하게 전개하던 당시 여성들이 차지했던 실질적인 자리를 보여준다. 이들 소설가와 라파엘 전파 화가들이 보여주는 상호 연관적인 노력인 공간과 시간 예술의 수렴, 즉 회화와 소설 간의 상호작용은 서로의 영역을 확장하고 차원을 첨가하여 서로의 예술에 결여되어있는 가능성을 강화하는 효과를 가지고 왔다. 소설이 시간적인 차원 내에서 이야기로 그림을 해석함으로써 공간적 본질이 수용하지 못하는 라파엘 전파 예술의 주제가 목소리를 획득하게 되고, 소설 속의 인물은 화가들의 캔버스에서 색채와 깊이를 가진 사실적인 인물로 시각적으로 부상하게 된 것이다.

이렇게 소설과 회화라는 두 예술 영역의 상호 교류를 통해 언어와 시각적 영역의 확장은 소설가들의 메시지를 미학적인 영역에 한정하지 않고 현실 속 정치 사회적인 영역으로 확산시킨다. 그런 과정에서 독자는 소설이라는 가상 세계가 아닌 사회 정치적인 현실의 문제에 더 적극적으로 관심을 가지도록 고무된다. 호손과 제임스 그리고 워튼 세 작가는 라파엘 전파의 그림이 제시한 평면적인 여성 이야기가 소설 속 여성들의 굴곡진 삶을 통해 깊이와 폭을 획득하고 메아리가 울리도록 만들고 있다. 동시에 이 소설 속 여성들은 시각 예술과의 상호텍스트성을 통해 자신들의 문제를, 다시 말해 누군가의 응시 대상이자 주체가 아닌 객체로서 좌절과 절망의 삶을 살아야만 했던 문제를 보다 핍진하게 우리들에게 전달한다. 여성만이 아니라 모든 인간이 대상으로 간주되고 있는 고도로 발달된 자본주의 체제에서 이들 작가가 전하고자 했던 메시지는 우리 모두에게 문제 해결의 가능성에 대해 진지하고 절실하게 찾아보기를 요청한다.

참고문헌

갠스, 허버트 J. 『고급문화와 대중문화』. 이은호 역. 서울: 현대미학사, 1996.

민병호 『거주의 의미: 거주인간학과 도시건축』. 서울: 시공문화사, 2007.

박연실. 「라파엘 전파 조형론 연구」. 『미학 예술학연구』 8 (1998): 239-62.

베린저, 팀. 『라파엘 전파』. 권행가 역. 서울: 예경, 2002.

손영희. 「여성 예술가와 남성 화가의 뮤즈로서의 엘리자베스 시덜」. 『19세기 영어권 문학』 17.1 (2013): 53-82.

오정화. 「주체로서의 어머니의 언술 분석: The Mother/Daughter Plot by Marienne Hirsh 서평」. 『현대 비평과 이론』 5 (1993): 343-50.

윤조원. 「이자벨은 어디로: 『여인의 초상』의 행복/불행한 결말에 관하여」. 『미국학 논집』 37.2 (2005): 105-32.

최정선. 「헨리제임스의 『여인의 초상』: 이자벨 아처의 선택과 결말의 해석 문제」. 『근대영미소설』 14.1 (2007): 143-63.

한광석. 「『자에는 자로』에 나타난 성, 종교, 권력」. 『셰익스피어 리뷰』 37.2 (2001): 412-39.

화이어스톤, 슐라미스 『성의 변증법』. 김예숙 역. 서울: 풀빛, 1996.

힐턴, 티모시. 『19세기 복고주의 운동: 라파엘 전파』. 나희원 역. 서울: 시공사, 2006.

Agnew, Jean-Christpher. "A House of Fiction: Domestic Interior and the Commodity Aesthetic." *Consuming Visions: Accumulation and Display of Goods in America 1880-1920.* Ed. Simon J Bronner. New York: Norton, 1989. 132-48.

Ammons, Elizabeth. *Edith Wharton's Arguments With America.* Athens: U of Georgia P, 1980.

_____. "Fairy-Tale Love and the *Reef.*" *American Literature* 47.4 (1976): 615-28.

Andres, Sophia. *The Pre-Raphaelite Art of Victorian Novel: Narrative Challenges to Visual Gendered Boundaries.* Columbus: Ohio State UP, 2005.

Auerbach, Jonathan. "Executing the Model: Painting, Sculpture, and Romance-Writing in Hawthorne's *The Marble Faun.*" *ELH* 47.1 (1980): 103-20.

Balter, Ariel. "What Does * * * * Want? Desire and Consumerism in Edith Wharton's *The Custom of the Country.*" *American Literary Realism* 27.3 (1995): 19-36.

Banta, Martha. *Imaging Women: Ideas and Ideals in Cultural History.* New York: Columbia UP, 1987.

Barnett, Louise K. "American Novelists and the Portrait of Beatrice Cenci." *New England Quarterly* 53.2 (1980): 168-83.

Bauer, Dale. *Edith Wharton's Brave New Politics.* Madison: U of Wisconsin P, 1995.

_____. *Feminist Dialogics: A Theory of Failed Community.* Albany: U of New York P, 1988.

Bazin, Nancy Topping. "The Destruction of Lily Bart: Capitalism, Christianity, and Male Chauvinism." *Denver Quarterly* 17.4 (1983): 97-108.

Beach, Joseph Warren. *The Twentieth-Century Novel*. New York: Appleton-Century-Crofts, 1932.

Bendixen, Alfred. "Introduction." *Edith Wharton: New Critical Essays*. New York: Garland P, 1992. vii-xii.

Benert, Annette Larson. "The Geography of Gender in *the House of Mirth*." *Studies in the Novel* 22.2 (1990): 26-42.

Bennett, Andrew. *Keats, Narrative and Audience, the Posthumous Life of Writing*. Cambridge: Cambridge UP, 1994.

Berger, John. *The Way of Seeing*. London: Penguin, 1976.

Blackall, Jean. "Edith Wharton's Art of Ellipsis." *Journal of Narrative Technique* 17 (1987): 145-62.

Blake, Nevius. *Edith Wharton: A Study of Her Fiction*. Berkeley: U of California P, 1961.

Blanchard, Mary W. "Boundaries and the Victorian Body: Aesthetic Fashion in the Gilded Age America." *American Historical Review* 100.1 (1995): 21-50.

Blow, Suzanne. "Pre-Raphaelite Allegory in *The Marble Faun*." *American Literature* 44.1 (1972): 122-27.

Boydston, Jeanne. "Grave Endearing Traditions: Edith Wharton and the Domestic Novel." *Faith of a Woman*. Ed. Alice Kessler Harris and William McBrien. New York: Greenwood P, 1988. 31-40.

Brooks, Kristina. "New Woman, Failed Woman: the Crisis of Reputation in Turn of the Century Novels by Pauline Hopkins and Edith Wharton." *Legacy* 13 (1996): 101-15.

Bullen, J. B. *The Pre-Raphaelite Body: Fear and Desire in Painting, Poetry, and Criticism*. Oxford: Clarendon P, 1998.

Carson, Benjamin D. "'That Doubled Vision'": Edith Wharton and *The House of Mirth.*" *Women's Studies* 32 (2003): 695-717.

Casteras, Susan. "Pre-Raphaelite Portraiture: A Strangely Discovered Vision." *Collecting the Pre-Raphaelites: The Anglo-American Enchantment.* Ed. Margaretta Frederick Watson. London: Ashgate, 1997. 139-46.

_____. "'The Prime Hours of First and Subsequent Initiations': Henry James on Pre-Raphaelite Art and Artists." *Henry James Review* 23.3 (2002): 304-17.

Christ, Carol. *Diving Deep and Surfacing: Women Writers on Spiritual Quest.* Boston: Beacon P, 1980.

Cioux, Elaine. *Diving Deep and Surfacing: Women Writers on Spiritual Quest.* Boston: Beacon P, 1980.

Clubbe, John. "Interiors and the Interior Life in Edith Wharton's *The House of Mirth.*" *Studies in the Novel* 28.4 (1996): 543-64.

Colquitt, Clare. "Unpacking Her Treasure: Edith Wharton's 'Mysterious Correspondence' with Morton Fullerton." *Library Chronicle of the U of Texas at Austen* 31 (1985): 73-107.

Connell, Eileen. "Edith Wharton Joins the Working Classes: *The House of Mirth* and the New York City Working Girl's Clubs." *Women's Studies* 26 (1996): 557-604.

Coulson, Victoria. *Henry James, Women and Realism.* Cambridge: Cambridge UP, 2009.

DeLamotte, Eugenia. "The Power of Pretense: Images of Women as Actresses and Masqueraders in Nineteenth-Century American Fiction." *Studies in American Fiction* 11 (1983): 219-31.

Dimock, Wai-Chee. "Debasing Exchange: Edith Wharton's *The House of Mirth*." *PMLA* 100 (1985): 783-91.

Donovan, Josephine. *Feminist Theory: The Intellectual Tradition of American Feminism*. New York: Frederick Ungar, 1985.

Douglas, Ann. *The Feminization of American Culture*. New York: Knorf, 1977.

Dryden, Edgar A. *Nathaniel Hawthorne: The Poetics of Enchantment*. Ithaca: Cornell UP, 1977.

Edel, Leon. "Henry James as an Art Critic." *American Art Journal* 6.2 (1974): 4-14.

Eimers, Jennifer. "No Greater Work of Art: Henry James and Pictorial Art." *Henry James Review* 23 (2002): 72-84.

Engelman, Joan Chamberlain. *The Feminine Dimension of the Divine*. Philadelphia: Westminster, 1979.

Erlich, Gloria C. *The Sexual Education of Edith Wharton*. Berkely: U of California P, 1992.

Esch, Deborah. "Introduction." *New Essays on The House of Mirth*. Ed. Deborah Esch. New York: Cambridge UP, 2001. 1-14.

Faery, Rebecca Blevins. "Wharton's *Reef*: The Inscription of Female Sexuality." *Edith Wharton: New Critical Essays*. Ed. Alfred Bendixen and Annette Zilversmit. New York: Garland P, 1992. 79-96.

Fedorko, Kathy A. *Gender and the Gothic in the Fiction of Edith Wharton*. Tuscaloova: U of California P, 1992.

Fetterley, Judith. "The Temptation to be a Beautiful Object: Double Standard and Double Bind in *The House of Mirth*." *Studies on American Fiction* 5 (1997): 199-211.

Fleissner, Jennifer L. "Wharton, Marriage, and the New Woman." *The Cambridge History of The American Novel*. Ed. Leonard Cassuto. Cambridge: Cambridge UP, 2011. 452-70.

Fryer, Judith E. *Felicitous Space: The Imaginative Structures of Edith Wharton and Willa Cather*. Chapel Hill: U of North Carolina P, 1986.

Funston, Judith E. "James's Portrait of the Artist as Liar." *Studies in Short Fiction* 26.4 (1989): 431-38.

Gair, Christopher. "The Crumbling Structure of 'Appearances': Representation and Authenticity in *The House of Mirth* and *The Custom of Country*." *Modern Fiction Studies* 43.2 (1997): 349-73.

Gargano, James W. "Edith Wharton's *The Reef*: The Genteel Woman's Quest for Knowledge." *Novel: A Forum on Fiction* 10 (1976): 40-48.

Gass, William. "The High Brutality of Good Intentions." *The Portrait of Lady*. Ed. Robert D. Bamberg. New York: Norton, 1995. 692-700.

Gaunt, William. *The Pre-Raphaelite Tragedy*. New York: Jonathan Cape P, 1942.

Gerard, Bonnie Lynn. "From Tea to Chloral: Rising the Dead Lily Bart." *Twentieth Century Literature* 44.4 (1998): 409-27.

Gibson, Nebius. *Edith Wharton: A Study of Her Fiction*. Berkeley: U of California P, 1961.

Giebelhausen, Michaela. "The Religion and Intellectual Background." *Cambridge Companion to Pre-Raphaelite*. Ed. Elizabeth Prettejohn. Cambridge: Cambridge UP, 2012. 62-76.

Gilman, Charlotte Perkins. *Women and Economics: A Study of the Economic Relation between Men and Women as a Factor in Social Evolution*. New York: Harper and Row, 1966.

Godfrey, David A. "The Full and Elaborate Vocabulary of Evasion: The Language of Cowardice in Edith Wharton's Old New York." *Midwest Quarterly* 1 (1988): 27-44.

Gooder, Jean. "Unlocking Edith Wharton: An Introduction to *The Reef.*" *Cambridge Quarterly* 15.1 (1986): 33-52.

Gribben, Allan. "The Heart is Insatiable: A Selection from Edith Wharton's Letters to Morton Fullerton, 1907-1915." *Library Chronicle of the U of Texas at Austen* 31 (1985): 18-33.

Gubar, Susan. "'The Black Page' and the Issues of Female Creativity." *Writing and Sexual Difference.* Ed. Elizabeth Abel. Chicago: Chicago UP, 1982. 79-93.

Habermas, Jurgen. *The Structural Transformation of the Public Sphere.* Trans. Thomas Burger. Cambridge: MIT P, 1989.

Hadley, Kathy Miller. "Ironic Structure and Untold Stories in *The Age of Innocence.*" *Studies in the Novel* 2 (1991): 262-72.

Hall, Spencer. "Beatrice Cenci: Symbol and Vision in *The Marble Faun.*" *Nineteenth-Century Fiction* 25.1 (1970): 85-95.

Halttunen, Karen. "From Parlor to Living Room: Domestic Space, Interior Decoration and the Culture of Personality." *Consuming Visions: Accumulation and Display of Goods in America 1880-1920.* Ed. Simon J Bronner. New York: Norton, 1989. 169-87.

Hapke, Laura. *Tales of the Working Girls: Wage-Earning Women in American Literature, 1890-1925.* New York: Twayne P, 1992.

Hawthorne, Nathaniel. *The French and Italian Notebooks.* Boston: James R. Osgood Co., 1899.

_____. *The Marble Faun or the Romance of Monte Beni*. New York: New American Library, 1961.

Herbert, T. Walter Jr. "The Erotics of Purity: *The Marble Faun* and the Victorian Construction of Sexuality." *Representations* 36 (1999): 114-32.

Herman, Sondra R. "Loving Courtship or Marriage Market? The Ideal and Its Critics 1871-1911." *Our American Sisters: Women in American Life and Thoughts*. Ed. Jean E. Friedman, William G. Shade, Mary Jane Cappozzoli. Lexington: D. C. Heath, 1987. 359-77.

Hopkins, Viola. "Visual Art Devices and Parallels in the Fiction of Henry James." *PMLA* 76.5 (1961): 561-74.

Howe, Irving. "Introduction: The Achievement of Edith Wharton." *Edith Wharton: A Collection of Critical Essays*. Englewood Cliff: Prentice Hall, 1962.

James, Henry. *Essays on Art and Dramas*. Ed. Peter Rawling. Aldershot: Scholar P, 1996.

_____. "On *The Reef*: A Letter." *Edith Wharton: A Collection of Critical Essays*. Englewood Cliffs: Prentice Hall, 1964. 147-50.

_____. *The Portrait of a Lady*. New York: Norton, 1995.

Johnson, Laura K. "Edith Wharton and the Fiction of Marital Unity." *Modern Fiction Studies* 47.4 (2001): 947-76.

Jottkandt, Sigi. "Portrait of an Act: Aesthetics and Ethics in *The Portrait of a Lady*." *Henry James Review* 25.1 (2004): 67-80.

Kaplan, Amy. *The Social Construction of American Realism*. Chicago: U of Chicago P, 1988.

여성과 사회: 이디스 워튼 소설 연구

Kazine, Alfred. "Afterwords." *Ethan Frome* by Edith Wharton. New York: Scribner's, 1997. 141-50.

Keyser, Elizabeth. "The Way in Which the Heart Speaks: Letters in *The Reef*." *Studies in American Fiction* 19.1 (1991): 95-106.

Lacan, Jaques. *Female Sexuality*. Ed. Juliet Michell and Jacqueline Rose. New York: Norton, 1985.

Lee, Hermoine. *Edith Wharton*. London: Chatto and Windus, 2007.

Levine, Jessica. *Delicate Pursuit: Discretion in Henry James and Edith Wharton*. New York: Routledge, 2002.

Lewis, R. W. B., ed. *The Collected Short Stories of Edith Wharton*. New York: Charles Scribner's Sons, 1968.

_____. *Edith Wharton: A Biography*. New York: Harper & Row, 1975.

_____. "Introduction." *The Age of Innocence by Edith Wharton*. New York: Charles Scribner's Sons, 1970.

_____, and Nancy Lewis. Eds. *The Letters of Edith Wharton*. New York: Scrivener's, 1988.

Lidoff, Joan. "Another Sleeping Beauty: Narcissism in *The House of Mirth*." *American Quarterly* 32.5 (1980): 519-39.

Loebel, Thomas. "Beyond Herself." *New Essays on The House of Mirth*. Ed. Deborah Esch. New York: Cambridge UP, 2001. 107-32.

Lowenthal, Leo. "Historical Perspectives of Popular Culture." *Mass Culture: The Popular Arts in America*. Eds. Bernard Rosenberg and David M. White. Glencoe: Free P, 1957. 51-67.

Lubbock, Percy. *Portrait of Edith Wharton*. New York: Appleton-Century Co., 1947.

MacComb, Debra Ann. "New Wives for Old: Divorce and the Leisure-Class Marriage Market in Edith Wharton's *The Custom of the Country*." *American Literature* 68.4 (1996): 765-97.

Macnaughton, William R. "Edith Wharton's "Bad Heroine": Sophy Viner in *The Reef*." *Studies in the Novel* 25.2 (1993): 214-25.

Marx, Leo. *The Machine in the Garden: Technology and the Pastoral Ideal in America*. New York: Oxford UP, 1964.

Matthiessen, F. O. *American Renaissance: Art and Expression in the Age of Emerson and Whitman*. New York: Oxford UP, 1941.

Maynard, Moira. "Moral Integrity in *The Reef*: Justice to Anna Leath." *College Literature* 14.3 (1987): 285-95.

McDowell, Margaret B. *Edith Wharton*. Boston: G. K. Hall, 1976.

Michelson, Bruce. "Edith Wharton's Houses Divided." *Studies in American Fiction* 12.2 (1984): 199-215.

Mizener, Arthur. *Twelve Great American Novels*. New York: New American Library, 1967.

Moddelmog, William E. "Disowning 'Personality': Privacy and Subjectivity in *The House of Mirth*." *American Literature* 70.2 (1998): 337-63.

Morey, Ann-Janine. *Religion and Sexuality in American Literature*. Cambridge: Cambridge UP, 1992.

Neumann, Erlich. *The Great Mother: An Analysis of the Archetype*. Trans. Ralph Manheim. Princeton: Princeton UP, 1963.

Ohler, Paul. Edith Wharton's "Evolutionary Conception." *Darwinian Allegory in Her Major Novels*. New York: Routledge, 1994.

Olin-Ammentorp, Julie. "Edith Wharton's Challenge to Feminist Criticism." *Studies in American Fiction* 16 (1988): 237-46.

Orlando, Emily J. *Edith Wharton and the Visual Arts*. Tuscaloosa: U of Alabama, 2007.

Papke, Mary Elizabeth. *Verging on the Abyss: The Social Fiction of Kate Chopin and Edith Wharton*. Westport: Greenwood P, 1990.

Patterson, Martha H. *Beyond the Gibson Girl: Reimagining the American New Woman 1895-1915*. Urbana-Champaign: U of Illinois P, 2005.

Pearce, Lynn. *Woman/Image/Text: Readings in Pre-Raphaelite Art and Literature*. Toronto: U of Toronto P, 1991.

Pearsall, Ronald. *The Worm in the Bud: The World of Victorian Sexuality*. London: Weidenfeld and Nicolson, 1969.

Pratt, Judith. "Spinning among Fields: Jung, Frye, Levi-Strauss, and Feminist Archetypal Theory." *Interdisciplinary Revisions of Jungian Thought*. Ed. Estella Lauer and Carol Schreier Rupprecht. Knoxville: U of Tennessee P, 1985.

Preston, Claire. *Edith Wharton's Social Register*. New York: St. Martin's, 2000.

Prettejohn, Elizabeth. "Introduction." *Cambridge Companion to Pre-Raphaelite*. Ed. Elizabeth Prettejohn. Cambridge: Cambridge UP, 2012. 1-15.

Proctor, Nancy. "The Purloined Studio: The Woman Sculptor as Phallic Ghost on Hawthorne's *The Marble Faun*." *Roman Holidays: American Writers and Artists in Nineteenth Italy*. Ed. Robert K. Martin and Leland S. Person. Iowa City: U of Iowa P, 2002. 60-69.

Ransom, John Crow. "Characters and Character: A Note on Fiction." *American Review* 6 (1936): 271-88.

Rossetti, Dante Gabriel. *His Family Letters* in *Victorian and Later English Poets*. Ed. James Stephen, et al. New York: New American Library, 1949.

Ryan, Mary. *Women in Public: Between Banners and Ballots 1825-1880*. Baltimore: Johns Hopkins UP, 1990.

Saunders, Judith P. "Evolutionary Biological Issues in Edith Wharton's 'The Children.'" *College Literature* 32.2 (2005): 83-102.

Schaffer, Julie. "Not Subordinate: Empowering Women in Marriage Plot− The Novels of Frances Burney, Maria Edgeworth, and Jane Austen." *Criticism* 34 (1992): 51-74.

Schiller, Emily. "The Choice of Innocence: Hilda in *The Marble Faun*." *Studies in the Novel* 26.4 (1994): 372-402.

Schriver, Mary Suzanne. "Convention in the Fiction of Edith Wharton." *Studies in American Fiction* 11 (1983): 189-201.

Schulman, Robert. *Social Criticism & Nineteenth-Century American Fiction*. Columbia: U of Missouri P, 1987.

Sergent, Elizabeth Shepley. *Willa Cather: A Memoir*. Lincoln: U of Nebraska P, 1963.

Showalter, Elaine. "The Death of the Lady (Novelist): Wharton's House of Mirth." *Representations* 9 (1985): 133-49.

_____. "Death of a Lady Novelist: Wharton's *House of Mirth*." *Edith Wharton: New Critical Essays*. Ed. Alfred Bendixen and Annette Zilversmit. New York: Carland P, 1992. 3-26.

Singley, Carol J. *Edith Wharton: Matters of Mind and Spirit*. New York: Cambridge UP, 1995.

Smith-Rosenberg, Carroll. *Visions of Gender in Victorian America*. New

York: Oxford UP, 1985.

Smith, Timothy L. *Revivalism and Social Reform in Mid-Nineteenth Century of American Ideas.* Ann Arbor: Michigan UP, 1966.

Spiller, Robert et al. *Literary History of the United States.* New York: MacMillan, 1959.

Stanford, Derek. "The Pre-Raphaelite Cult of Women: From Damozel to Demon." *Contemporary Review* 217 (1970): 26-33.

Steele, Valerie. *Fashion and Eroticism: Ideals of Feminine Beauty from the Victorian Era to the Jazz Age.* New York: Oxford UP, 1985.

Steiner, Wendy. *Pictures of Romance: Form against Context in Painting and Literature.* Chicago: U of Chicago P, 1991.

Stern, Milton R. *Context for Hawthorne: The Marble Faun and the Politics of Openness and Closure in American Literature.* Urbana: U of Illinois P, 1991.

Strachey, Barbara and Jane Samuel. Ed. *Mary Berenson: A Self-Portrait from Her Diaries and Letters.* New York: Norton, 1983.

Strout, Cushing. "Hawthorne's International Novel." *Nineteenth-Century Fiction* 24.2 (1969): 169-81.

Tillman, Lynne. "A Mole in the House of the Modern." *New Essays on The House of Mirth.* Ed. Deborah Esch. New York: Cambridge UP, 2001. 132-58.

Towheed, Shafquat. Ed. *The Correspondence of Edith Wharton and Macmillan, 1901-1930.* Houndmills: Palgrave Macmillan, 2007.

Travis, Jennifer. "Pain and Recompense: The Trouble with *Ethan Frome.*" *Arizona Quarterly* 53.3 (1997): 37-64.

Trilling, Lionel. "The Morality of Inertia." *Edith Wharton: A Collection of Critical Essays*. Ed. and intro. Irving Howe. Englewood Cliffs: Prentice-Hall, 1962. 137-46.

Tuttleton, James W. "Mocking Fate: Romantic Idealism in Edith Wharton's *The Reef*." *Studies in the Novel* 19.4 (1987): 459-74.

_____, Kristin O. Lauer, and Margaret P. Murray. Eds. *Edith Wharton: The Contemporary Reviews*. Cambridge: Cambridge UP, 1992.

Van der Haag, Ernest. "Of Happiness and Despair We Have No Measure." *Mass Culture: The Popular Arts in America*. Ed. Rosenberg, Bernard, and David Manning White. Glencoe: Free P, 1957. 515-31.

Van Doren, Carl. *The American Novel, 1789-1939*. New York: MacMillan, 1946.

Veblen, Thorstein. *The Theory of the Leisure Class: An Economic Study of Institution*. New York: Scribner's, 1934.

Wadsworth, Mary, Grenville Lindell Winthrop. *Painting and Drawings of the Pre-Raphaelites and Their Circle*. Cambridge: Fogg Museum of Art, 1946.

Waggoner, Hyatt. *Hawthorne: A Critical Study*. Cambridge: Belknap, 1955.

Waid, Candace. *Edith Wharton's Letters from the Underworld: Fictions of Women and Writing*. Chapel Hill: U of North Carolina P, 1991.

Webster, Roger. "From Painting to Cinema: Visual Elements in Hardy's Fiction." *Thomas Hardy on Screen*. Ed. T. R. Wright. Cambridge: Cambridge UP, 2005. 20-36.

Wegener, Frederick. "Enthusiasm Guided by Acumen: Edith Wharton as Critical Writer." *The Uncollected Critical Writings of Edith Wharton*. Ed. Frederick Wegener. Princeton: Princeton UP, 1996. 3-52.

Wendell, Jones Jr. "Holding up the Revealing Lamp: The Myth of Psyche in Edith Wharton's *The Reef.*" *College Literature* 19.1 (1992): 75-90.

Wershoven, Carol. *The Female Intruder in the Novels of Edith Wharton.* East Brunswick: Associated UP, 1982.

Wharton, Edith. *The Age of Innocence.* New York: Scribner's, 1970.

_____. *A Backward Glance.* London: Everyman, 1993.

_____. *The Custom of the Country.* New York: Bantam Books, 1991.

_____, Ogden Codman. *The Decoration of Houses: Revised and Expanded Classical American Edition.* New York: Norton, 1997.

_____. *Ethan Frome and Other Short Fiction.* Ontario: Bantam Books, 1987.

_____. *French Ways and Their Meanings.* New York: Appleton, 1919.

_____. "The Great American Fiction." *The Uncollected Critical Writings of Edith Wharton.* Princeton: Princeton UP, 1996. 151-59.

_____. *The House of Mirth.* New York: Penguin, 1964.

_____. *The Letters of Edith Wharton.* Eds. R. W. B. Lewis and Nancy Lewis. New York: Collier, 1988.

_____. *Novellas and Other Writings: Madame de Treyems, Ethan Frome, Summer, Old New York, The Mother Recompense, A Backward Glance.* Ed. Cynthia Griffin Wolff. New York: The Library of America, 1990.

_____. "Permanent Values in Fiction." *The Uncollected Critical Writings of Edith Wharton.* Princeton: Princeton UP, 1996. 175-79.

_____. *The Reef.* New York: Jefferson Publication, 2015.

_____. *The Uncollected Critical Writings of Edith Wharton.* Ed. Frederick Wegener. Princeton: Princeton UP, 1996.

_____. *The Writing of Fiction.* New York: Scribner's, 1970.

White, Terence de Vere. "Sex and Sensibility." *Spectator* 23 (1983): 22-24.

Wilson, Edmund. "Justice to Edith Wharton." *Edith Wharton: A Collection of Critical Essays.* Ed. Irving Howe. Englewood Cliffs: Prentice-Hall, 1962. 19-31.

Wilson, Elizabeth. *The Sphinx in the City: Urban Life, the Control of Disorder and Women.* Berkeley: U of California P, 1991.

Wolff, Cynthia Griffin. *A Feast of Words: The Triumphs of Edith Wharton.* New York: Oxford UP, 1977.

_____. "This Vision of His Story." *Modern Critical Reviews: Edith Wharton.* Ed. Harold Bloom. New York: Chelsea House P, 1986. 65-89.

정혜옥

덕성여대 영문과 학사
고려대 영문과 석사, 박사
덕성여대 영문과 교수
덕성여대 어학실장, 언어교육원 원장, 도서관장 역임
미국소설학회 회장 역임

저서__『나사니엘 호손: 개인과 사회적 질서의 관계』
　　　『미국문학의 선구자: 찰스 브록넨 브라운 소설 연구』
　　　『나사니엘 호손의 주홍 글자 연구』(공저)
　　　『좋은 번역을 찾아서』(공저)
　　　『성과 속 그 사이에서의 문학 연구』(공저)
　　　『미국 근현대소설』(공저)
　　　『순수의 시대』(번역)
　　　『그 지방의 관습』(공역)
　　　『미국 소설사』(공역)
논문__주로 19세기와 20세기 초의 미국 작가에 관한 논문 다수 발표

여성과 사회: 이디스 워튼 소설 연구

초판 1쇄 발행일 2020년 10월 30일
정혜옥 지음

발행인 이성모
발행처 도서출판 동인

주　소 서울특별시 종로구 혜화로3길 5, 118호
등　록 제1-1599호
TEL (02) 765-7145 / FAX (02) 765-7165
E-mail dongin60@chol.com
ISBN 978-89-5506-831-3 (93840)
정　가 26,000원